佐崎一路
Illustration
高瀬コウ
（キャラクター原案 まりも）
リビティウム皇国の
ブタクサ姫
11

ヴィオラ
ルーク
セラヴィ

ジル
リーゼロッテ

エステル
メイ理事長

リビティウム皇国のブタクサ姫 11

佐崎一路

Illustration
高瀬コウ
(キャラクター原案 まりも)

目次

これまでの物語

嫌われ者だった過去を捨て、森に住むレジーナのもとで新しい人生をスタートさせたジル。30年前の過去に飛ばされて、自分と母に関係する秘密を知ったジルは、〈時の精霊〉の力で再び現在に舞い戻り、2代目《巫女姫》の称号を得る。そのあと、大陸中原での黒妖精族《ダークエルフ》と洞矮族《ドワーフ》との争いから始まった騒乱を静め、ようやく日常を取り戻そうとしたジルだが⁉

登場人物

ジル（シルティアーナ）

「醜く愚鈍なブタクサ姫」と呼ばれていた少女。暗殺されるが生き返り、レジーナの弟子に。修行に励み、稀なる能力を開花させる。

フィーア

ジルの使い魔《ファミリア》の〈天狼《シリウス》〉。

セラヴィ

神童と呼ばれる司祭。

コッペリア

ヴィクター博士の人造人間《オートマトン》。駄メイド。

ルーク

帝国の皇帝の孫。ジルに好意を寄せる。

シャトン

白猫の獣人族《ソアン》。とある人物の直弟子。

ラナ

狐の獣人でジルの侍女見習い。

エステル

ベーレンズ伯爵家の長女。ジルがライバル。

リーゼロッテ

シレント央国の第３王女。

ヴィオラ

サフィラスの王女。男装の麗人。

エレン

ジル付きのメイド。

ブルーノ

エレンと同郷で幼馴染み。

イラスト：高瀬コウ

大陸MAP
シレント央国
インユリア侯国
央都シレント
リビティウム皇国
クワルツ湖
オーランシュ
辺境伯領
ユニス法国
エルフの森
レジーナの庵
グラウィオール帝国
闇の森
デア=アミティア
連合王国
大樹界
帝都コンワルリス
魔人国
ドルミート
旧ケンスルーナ
旧ユース大公国
クレス王国
クレス自由同盟
首都ウィリデ
諸島連合
愚者の砂海

【序章】騒乱の終結と月下のふたり

満月の下、ロスマリー《海の雫》湖の湖面は穏やかに揺れています。

水平線の彼方まで満々と水が湛えられた、海と見紛うほど広大な大陸最大の湖は静かで、月は優美に海峡（湖峡？）に差しかかっていました。

そんな幻想的な夜景を、私は手すりに両肘を突いて眺めています。

鏡のような湖面に映るのは、純白の夜会服《イブニングドレス》を着て、

「このような粗末なもので、まことにもって汗顔の至りですが……」

黒妖精族《ダークエルフ》の皆さんからそう恐縮されながら渡された（心から感謝したのはいうまでもありません）、人の世界では幻ともいわれる、月の光で虹色に輝く『星月夜草《スターリーナイト》』を精霊魔術で新鮮なままにあしらった髪飾りを着けた、私の姿です。

誰もいない広いデッキに出て夜風に髪を揺らしつつ、私は万感の思いを込めて、銀色に輝く湖面に視線を落としていました。

ちなみにいま私がいるのは、グラウィオール帝国から急遽派遣された、最新鋭の帝族専用大型魔導機船『プリンセス・ジュリア』の船上です。

「なんですか、これは⁉　ぜんぜん知りませんわよ⁉⁉」

「うわ～っ。これ、下手をすれば皇帝陛下の御座船に匹敵するんじゃないですか⁉」

『洞矮族《ドワーフ》・黒妖精族《ダークエルフ》騒乱』が終結したところへ、フェルス大河を遡上して突如として現れたグラウィオール帝国の秘密兵器の威容を前にして、勝手に名前を冠された私と同様に、なにも聞いていなかったらしいルークも、唖然としたのはいうまでもありません。

あとで聞いた話では、もともと進水式は私が帝国に戻ってからになるはずだったそうですが、中原の情勢が予断を許さないと見て取った皇帝陛下やエイルマー様（王太子殿下でルークのお父様）が、ティフィオム商業圏諸国への示威行為を兼ねて急遽派遣したとのこと。

もっとも、結局のところは騒動が終結したタイミングで登場して、ただただ私を混乱させただけでしたけれど。

ともかくも、騒乱には間に合いませんでしたが、そのあとの打ち上げ……というか、各勢力との条約締結式やパーティ会場には最適だということで、この『プリンセス・ジュリア』に舞台を移して連日行われた各種式典も終わり、今宵は関係者が集まっての記念パーティと相成りました。

こうして離れていても、船内の大ホールで行われているパーティのざわめきが聞こえ、宝石のように煌々としたシャンデリアと、色取り取りに輝く魔道具群《マジックアイテム》が満艦飾《まんかんしょく》の光を放ち、湖面がそれを反射して万華鏡のように揺らいでいます。

パーティ会場では、『大陸の食糧庫』と呼ばれる中原産の、選りすぐりの新鮮な食材を使って、帝国でも屈指のコックたちが辣腕を振るい、合わせて長い歴史を誇る妖精族《エルフ》や、《神魔聖戦《フィーニス・ジハード》》以前から連綿と続く吸血鬼《ヴァンパイア》などが秘蔵していた、ありとあらゆる酒精が一堂に会し、蟒蛇《うわばみ》である洞矮族《ドワーフ》が浴びるように飲んでも尽きることがない……という有様でした。

「はははははっ、妖精族《エルフ》の酒がこれほど美味いとは予想外であったな。いくらでもイケるぞ！」

洞矮族《ドワーフ》の代表者であるスヴィーオル王の呵呵大笑が響き、

「とはいえ、この貴腐葡萄酒《きふワイン》など上品すぎて、酔うには物足りぬな。身共はお主ら洞矮族《ドワーフ》の火酒《スピリタス》のほうが好みであるぞ。飲んだときのカッとした喉越しが、温かな生き血に似ておるからのう」

すっかりその場に馴染んでいる吸血鬼の真祖《トゥルー・ヴァンパイア》のヘル公女が、気楽な態度で所見を述べ、

「強い酒というのでしたら、我が里にてジル殿の発案で作られた葡萄地酒《ブランデー》などはいかがですか？　まだ若いですが、なかなかのものですよ」

本来、吸血鬼《ヴァンパイア》に対してはアンタッチャブルであるはずの妖精族《エルフ》。その頂点である〈妖精王《オベロン》〉ウラノス様が、快活な口調でなんのわだかまりもなく、ヘル公女に話しかけていました。

「「ほほう！」」

和気藹藹とした雰囲気のなか――これが人間族《ヒューム》の権力者によるパーティともなれば、鼻を突くような香水の匂いや葉巻の香りが会場全体に充満して、なおかつ腹に一物ある会話で辟易するところですが――形式的な主催者である私も、ルークも、虚飾を排した、お互いがありのままの姿で楽しめるものがパーティだと考えていますので、集まった貴賓《ゲスト》の皆さんにも、その趣旨を了解していただいたうえで、かなり無礼講《フリーダム》に楽しんでいただいています。

もっとも、パーティに参加している主立った面子《メンツ》が、ユース大公国の吸血鬼の真祖《トゥルー・ヴァンパイア》ヘル公女様をはじめ、洞矮族《ドワーフ》のスヴィーオル王陛下と腹心のヴィトゥル突撃団長やソルゲイル防衛団長など、それと私の旧知である妖精族《エルフ》の〈妖精王《オベロン》〉ウラノス様、黒妖精族《ダークエルフ》の〈妖精女王《ティターニア》〉ラクス様と、ラクス

様の親衛隊長（新設された親衛隊の隊長になったそうです）のノワさんを筆頭とした腹心の方々、そしてここロスマリー《海の雫》湖を支配する竜人族《ドラゴニュート》の祭祀長アサナシオス氏、龍神官《ドラゴン・プリースト》メレアグロスと龍の巫女《ドラゴン・メディウム》テオドシアなどほぼ人外ですので、自由奔放にならざるを得ないのですが……。

　なお、これに加えて船内には、ユース大公国で待機中だった私の親友にして侍女であるエレンと、その幼馴染みのブルーノ、同じく侍女で狐の獣人族《ゾアン》であり私にとって妹にも等しいラナ、それとお馴染みの冒険者であるジェシー、エレノア、ライカもいて、給仕のお手伝いに回ったり、私が連れてきたふたりの幼児（コッペリアによってドサクサ紛れに謎の生命体に改造されたため引き取らざるを得なかった、もとは黒妖精族《ダークエルフ》のアラースとコロル）の相手をしたりと大忙しです。

　勿論、ここまで行動をともにしてきたコッペリアやセラヴィ、シャトン、プリュイ、アシミ、〈三獣士《さんじゅうし》〉の皆さんも、船内で各々別行動をしています。関係者でこの場にいないのは、クレス自由同盟東部から、報告のために一足先に帝都に戻ったというブラントミュラー家の家令《ステュワード》にして〈獣王《ゾーオン・レークス》〉でもあるロイスさんと、物理的な問題で近くの湖面に着水している〈真龍《エンシェント・ドラゴン》〉のゼクスくらいなものでしょう。

　ちなみに、私の使い魔《ファミリア》である〈神滅狼《フェンリル》〉のフィーアは、いつものように座敷犬サイズになって、パーティ会場で謎のお肉をはじめ、巨大蟹、巨大海老、淡水クラーケンなど、犬が食べても大丈夫なのかしら？　と思える山海の珍味を心行くまで頬張っています。

　あと、〈三獣士《さんじゅうし》〉の騎竜である三頭の飛竜《ワイバーン》たちは、現在船倉にある飛竜《ワイバーン》専用の厩舎で休んでいます。なにげに飛竜《ワイバーン》が離着陸できる装備もあるところから、前世でいうところの空母のような機能も合わせ持っているのかも知れません。この一見豪華客船風な『プリンセス・ジュリア』号は。

　ともかくも、波の音と船内楽団が演奏するメロディーに身を委ねながら、船べりで夜風に当たっていると、背後から聞き慣れた穏やかな声がかけられました。

「こんなところでどうしたんです？　ジル」

　振り返れば、タキシードを洒脱に着こなしたルークが、ゴブレットを手にして立っています。

「――さすがに騒がしくなってきたので、ちょっと静かな場所で気分転換をしたくなりました」

　そう私が悪戯っぽく答えたのに応じるかの如く、船室のほうから――、

「飲み比べである。言っておくが、身共は酒精で酔い潰れたことはないぞ」

「面白い。それは洞矮族《ドワーフ》に対する挑戦だな。受けて立とう。そして吸血鬼《ヴァンパイア》のお姫様に、敗北の味ってやつを教えてやろうではないか」

「――ふむ。ドラゴン様と酒は切っても切れないもの。しからば竜人族《ドラゴニュート》の名において、これは座視できるものではありませんな。我らも参加いたしましょう。なに、酒精など水も同然」

　なにやら気炎を上げるヘル公女と、それに対抗するスヴィーオル王、さらにはアサナシオス祭祀長の張りのある声までが響いてきました。それに合わせて、やんやの歓声と喝采が沸き起こります。

「……なるほど。見ているだけでも悪酔いしそうですね」

　聞こえてきた乱痴気騒ぎの声に、苦笑を浮かべるルーク。

　ちなみに、ラクス様やノワさんを筆頭とした女性陣は、果汁水を片手に別腹だとばかり、この日のために準備された特製のデザートや、満を持して投入されたバニラアイスなどを、酒豪に負けな

いハイペースで、食べるというよりも飲む勢いでパカパカと口に運んで、けろりとしていました。

「でも、いいことですわ。この機会に、ロスマリー湖の水運を使って各種族同士の交流が活発になれば、いつかわだかまりなくお互いに融和協調して、共存共栄の道へと進めるかも知れませんもの」

　確か講道館の教えにありましたわね。『自他共栄』という言葉が。

「物流の活性化は商業の基本ですからね。今回の条約締結に合わせて、関税の一律化や手続きの簡素化を――」

……っと。気分転換のためにパーティ会場を抜け出したのに、いつの間にか思考が公務《おしごと》モードに戻っていました。ここのところ息つく暇もないほど目まぐるしかったので、気持ちの入れ替えができないのかも知れません。

　思わず微苦笑をルークに向けると、真昼に妖精でも見たかのような、心ここにあらずの表情で見返されましたけれど、あら、ルークも酔っているのかしら?

(ああやって、無闇に小首を傾げて、微笑みながら上目遣いになるのはやめたほうがいいと、クララ様には何度も言っているのですけれどねえ)

(本人が無自覚なのが問題よね。耐性のあるルーカス様でも、半分魂が持っていかれているのに)

(耐性のない一般人なら、一発で理性を持っていかれかねないですにゃ)

　どこからか、コッペリアとエレンとシャトンの囁き声が聞こえたような気がしますが、周囲に私たち以外の気配はないので、おそらく細波《さざなみ》の音が錯覚でそう聞こえただけでしょう。

　ナイーブになっている私の気分を察したのか、軽く咳払いをしたルークが取り繕うかのように、手にしたゴブレットを私のほうへ差し出しました。

「そ、そうだ。ちょうど冷えた水をもらってきたところです。いかがですか？」

「ありがとうございます」

ゴブレットを手に取った私は、魔術で冷やしたのか器《うつわ》自体が魔道具《マジックアイテム》なのか、汲み立ての清水のように冷えた僅かに柑橘系の香りのする水を、一口二口……ゴブレット半分ほど口に運びました。

お礼とともにゴブレットを返すと、ルークは躊躇《ためら》いもなく、半分残っていた水を一気に空けます。

（ウエッヘッヘッへ。間接チューですよ、間接チュー）

（ふたりとも気付かないふりをしているけど、意識しているのがバレバレよね）

（耳が真っ赤ですにゃ）

ネズミでしょうか。チューチュー囃し立てるような鳴き声が聞こえる気がしますが、ともあれ、空っぽになったゴブレットを、もたれかかっていた手すりの上に置いたルークは、なんとなく私と並んで湖面を眺めます。

「……そういえば、こうしてふたりきりで話すのって久しぶりですわね」

しばしの沈黙ののち、ふと思い出してそう私が切り出すと、ルークは曖昧に頷きました。

「そういえば――そう……ですね？」

いつ以来だったかな？　と小さく呟くルーク。

「少なくとも調査学習の前。まだ学園に通っていた頃ですわね」

「いや、あの、僕らはまだ、リビティウム皇立学園へ留学中という立場ではあるのですが……」

苦笑するルークの言葉通り、このあとグラウィオール帝国の帝都へ戻って、今回の中原での首尾を報告し、そのあとに聖女教団主催によるユース大公国国王の葬儀を行い、その足でなし崩し的に中断しているリビティウム皇立学園へ復学する予定になっています。

一年以上も休学……というか、消息不明になっていた私ですが、もともと王侯貴族レベルの生徒であれば、それ以前に家庭教師によって高等教育や帝王教育を受けていますから、いかに大陸最高学府とはいえ、すべての講義に参加する必要はなく、不足だと判断した学科の単位を修得するのが一般的です。

幸いにして――というか、かなりの力業ですが――メイ理事長と学園上層部の判断により、現在の〈巫女《みこ》姫〉としての公務は、課外活動の一環と見なされるように手配してくださったそうです。あとついでに、いくつかの論文と補習、追試の結果などを加味して、問題ないと判断されたと内示をいただいています（ルークとセラヴィも同様です）。

「……ですが、一年以上ですか」

そう呟いたルークが躊躇いがちに手を伸ばしてきて、夜風に揺れる私の髪を、さらりと優しく撫でました。

「長かった……ですね」

感慨を込めたルークの言葉に「そうですわね」と同意しつつも、反面、怒涛の一年半でしたので――というか、私の人生って、一貫して女ののど自慢状態ですわね――過ぎてしまえば刹那の瞬きだった気もするわね、とも思える私でした。

「……そういえば、戻ってから、ルークにきちんと挨拶をしていませんでしたわよね？」

「？？？」

怪訝な表情で首を傾げるルークに向かって、手すりから身を離した私は、一度胸に手を当てて……万感の思いを込めて、ずっと言いたかったその言葉を口にします。

「ただいま……ただいま帰りました、ルーク。――ああ、やっと言えた……」

刹那、こぼれ落ちんばかりに目を見開くルーク。その胸にずっと封印していたであろう、言葉にならないもろもろの感情が過《よぎ》り、自然と泣き笑いのような、ルークの素の表情が浮かび上がるのでした。

「お帰り……お帰りなさい、ジルッ」

私がその胸に飛び込んだのか、ルークが私の背を抱き寄せたのか、気が付けば無意識のうちに、私たちはひとつに重なっていました。

止まらぬ涙が流れる頬を、私はルークの胸に押し当てます。

「会いたかった。ずっとずっと会いたかった！」

「はい……はい。私もとても、とても会いたかったです」

お互いの温もりと鼓動を求め合うように、抱き合う私たち。パーティ会場の乱痴気騒ぎの喧騒も、もはや欠片《かけら》も耳に入りません。

そうして言葉もなく、お互いの吐息を間近に感じながら唇が重なろうとした瞬間――。

「ちゅー？」

「ちゅーなの、ちゅー」

「わんわん！」

　ふと聞こえてきた声に、ルークとふたりで反射的に視線を下げれば、いつの間にか足元に、二、三歳ほどの幼児がふたりと、翼の生えた仔犬が一匹。興味津々と私たちを見上げていました。

　仔犬はいうまでもなくフィーア（省燃費仕様）で、幼児たちのほうは、現在、私が保護している元黒妖精族《ダークエルフ》の孤児です。

「おっとっと！」

「駄目よ、邪魔しちゃ」

「確保ですにゃ」

　途端、船室の影からコッペリア、エレン、シャトンが疾風のように現れて、フィーアたちを捕まえると、そのまま再び影の中に溶け込むように消えていきました。

　シャトンお得意の『影移動』でしょう。

「我々のことは気にせず、どうぞどうぞ。続きをしてください、クララ様」

　去り際、コッペリアが腕を振っていましたが、

「「できませんっ‼」」

　当然ながら、鼻白んだ私とルークが、覗きをしていた彼女たちに激昂したのはいうまでもありません。

【第一章】巫女姫の帰還と辺境伯の受難

「――どんな感じでしょうか？　忌憚のない感想をお願いしますわ」

およそ一年半ぶりに袖を通したリビティウム皇立学園の制服姿を、お土産にいただいた、洞矮族《ドワーフ》の匠の手による気泡ひとつない姿見で確認した私は、着替えを手伝ってくれた侍女頭のモニカ、それと馴染みの専用侍女であるエレン、コッペリア、ラナへと振り返って確認してみました。

「お似合いです、お嬢様」

「ジル様はなにを着ても見栄えがしますから、問題なんかないですよ」

「綺麗ですぅ」

生真面目な口調で当然という態度を崩さないモニカに、目を爛々と輝かせているエレンとラナ。

三人の称賛を受けて、私は再度、姿見の前でぐるりと全身を一回転させてチェックします。

ちなみに、私が一年半前まで着ていた制服ですが、諸般の都合によりサイズが合わなくなったため（どこまで続くのかしら、私の成長期？）、〈妖精女王《ティターニア》〉様からお土産にいただいた、仄聞《そくぶん》するところでは絹の数百倍の価値があるという〈オニキス・スパイダー〉の糸で織られた反物から、新しく仕立て直したものです。

そのようなわけで、出来上がりには満足しているのですが……心なしか、前世の知識にあった女子高生の制服姿に比べて、微妙に垢抜けないように思えるのですよね。

気のせいかしら？　と思ったところで、じっと私の制服姿を観察していたコッペリアが、軽く嘆息して一言――。

「……いゃあ、クララ様には似合いませんね～」

歯に衣着せぬ素直な感想に、私は「やっぱり……」と肩を落としました。

「そ、そんなことはありません」

「どこが似合わないのよ!?」

「むぅー！」

私への擁護とコッペリアへの非難とで、慌てて色めき立つモニカ、エレン、ラナの三人ですが、コッペリアは相変わらずの馬耳東風《マイペース》で、淡々と肩をすくめて続けます。

「いや、私服はいいんですよ、私服は。自分に似合うコーデを選べますから。けど、お仕着せの制服となると、いくら厳選された素材を使ったオートクチュールでも、万人向けのデザインは必然的に没個性にならざるを得ないわけで、ぶっちゃけ中身とのギャップが激しいですからね。漫然と着こなすだけでは地味になるというか……」

そう言いつつコッペリアが詰め寄ってきて、私の制服に微調整を加えていきます。

「ふむ。スカートの丈は基本的に太腿の真ん中ですが、クララ様は足が長いので、それに合わせて少し長めにしたほうがいいですね。それと肩の位置、腰の位置も合わせて……」

コッペリアは手慣れた様子で、チョイチョイと修正をします。

「ソックスはきっちりしないで、軽く崩すのが流行りですね。それと、胸元のリボンをしっかり付け過ぎです。ただでさえクララ様は有象無象とは違って胸部装甲が厚くて目立ちますから、ここは緩ーく結んだほうが最適です。ああ、胸ポケットにアクセントで、色ピンの差し色を入れるのもいいですね」

頭の天辺から爪の先まで、ほぼ全部位に指摘が入りました。

「とりあえず、こんな感じでどうでしょう？」

そんな感じで小一時間ほど、テキパキとしたコッペリアの指摘に従って、改造ともいえない小直しが入った私自身の姿を、改めて姿見に映してみれば……なんということでしょう！　格段に垢抜けた制服姿の女子（十五歳）が爆誕していました。

「「「おお……おおぉ～～～っ!!!」」」

ちょっとした小技でほかと差をつける、私たちにはない発想とセンス。思わず感嘆の声を放つ私（前世男子高生）、モニカ（元庶民向け宿屋の看板娘）、エレン（開拓村の村長の娘）、ラナ（ド辺境の限界集落出身で元奴隷）の垢抜けない四人組《カルテット》を前に、コッペリアが「ふふん」とドヤ顔でそっくり返ります。

「――まあ、これが私……!?」

「くっ――負けた」

「凄い凄いっ。ジル様、天使様みたーい」

思わず姿見を凝視する私と、臍《ほぞ》を噛むエレン。あと、一段と目を輝かせたラナが拍手喝采でした。

「……言うだけのことはありますね。既存のファッションを無難に着こなすことが王道と教えられ、それを完璧にこなせるようにと教育された私たちにはない発想ですね」

　自分の知らない間に雇用されて、やたら大きな顔をしているコッペリアを、微妙に警戒していたモニカもまた、コッペリアに対する認識を改めたようです。

「……まあ、能力はあるんですよ、能力は。ほかは壊滅的ですが」

　侍女のなかでは、それなりにコッペリアと絡む機会の多かったエレンが、釈然としない口調で、一言口を挟みました。

　いまさらですけれど、うちの侍女はいろいろと濃い面子ですわね。三十年前の『聖ラビエル教会』で、身の回りの世話をしてくださった見習い巫女や侍女の皆さんは、こちらから話しかけないと口も開かず、喋っても杓子定規で小粒というか生真面目に感じたのですけれど、あれが普通だったのねぇ……と、デコボコと並んだ四人のお顔を見直しながら、私は感慨に浸るのでした。

　ともあれ、改めて制服姿の衣装映えのよさを確認した私は、

「せっかくなので、ルークにも見せてこようかしら……」

　相変わらず、ウチへ同衾《どうきん》……同棲……同居……ルームシェアをしているルークの意見も聞きたくなって、思い立ったが吉日とばかり、別棟にいるルークの部屋に向かうべく、踵《きびす》を返しました。

「ウキウキしていますねー」

「乙女心というものですね」

　そんな私を横目で見ながら、コッペリアとモニカが訳知り顔で頷き、対照的にエレンが渋い顔をして、ラナが不得要領な表情で首を捻りました。

まあ、確かに浮かれている自覚はあります。

なにしろ明後日から、懐かしの学園生活――一歩間違えれば大陸が滅亡するとか、世界大戦が勃発するとかいうイベントが目白押しでない――安穏とした、私個人の時間が取れるのですから！


思い起こせば一年半前に、〈不死者の王《ノーライフキング》〉との相撃ちボンバーで過去にタイムスリップするという異常事態に遭遇したことを皮切りに、三十年前の世界でなんだかんだあって〈巫女姫クララ〉に祭り上げられ、その裏の真実を知ったうえでどうにか平仄《ひょうそく》を合わせて、なんとか現代へ戻ったのはいいのですが、

「もう三十年も経っていることですし、当時の私を知っている方など、記憶能力に疑問を持つほど高齢か、生命活動に疑問が出るほど老齢かでしょうから、いまさらもう問題ないでしょう」

と、楽観視してユニス法国の聖都テラメエリタへ足を運んだところ、どっこい速攻で正体がバレて、有耶無耶のうちに〈巫女姫〉の続行となり、さらには布教活動の一環で吸血鬼《ヴァンパイア》の国ユース大公国へと赴き、神代の怪物を相手に、ユース大公国の実質的支配者で、吸血鬼の真祖《トゥルー・ヴァンパイア》であるヘル公女と協力して、どうにかこれを斃《たお》すことに成功（勝てたのは、ほぼマグレですが）。

で、これで終わりかと思ったところ、大陸中原のティフィオム商業圏と呼ばれる、中小国が集まっての自由貿易諸国にて折り悪く魔物の被害が激増し、その背後に中原支配を目論む黒妖精族《ダークエルフ》の野心家の存在があることがわかって、中原の平和のため、たまたま知り合った黒妖精族《ダークエルフ》の〈妖精女王《ティターニア》〉様とともに、黒妖精族《ダークエルフ》と戦争中であった洞矮族《ドワーフ》の助っ人をすることになり。

それによって、黒妖精族《ダークエルフ》の反逆者トニトルスによって奪われていた、ルークの騎龍である〈真龍《エンシェント・ドラゴン》〉ゼクスを解放したりと、中原中を右往左往の数カ月。

そしてつい先日、追い詰められたトニトルスが火をつけて燃え上がった、黒妖精族《ダークエルフ》の聖地にして居住地である森都《ロクス・ソルス》から黒妖精族《ダークエルフ》たちを逃がし、そのあとに襲ってきた《屍骸龍《ゾンビ・ドラゴン》》を、洞矮族《ドワーフ》、黒妖精族《ダークエルフ》、さらには妖精族《エルフ》の〈妖精王《オベロン》〉様や、ドラゴンを信奉する竜人族《ドラゴニュート》などが力を合わせて撃破することに成功……という、どれひとつ取っても破滅と隣り合わせのタイトロープな出来事を、どうにかこうにか切り抜けられました。

結果的に中原に平和が取り戻され、その成果をもっていちおうの成功として、グラウィオール帝国の帝都コンワルリスへと取って返して報告を行い、皇帝陛下から労《ねぎら》いのお言葉を賜りました。

そのあと、紆余曲折の末に、どうにかユース大公国で、聖女教団主導によって亡き国王の国葬を行い、ユニス法国（というか聖女教団）からの依頼も滞りなく終了したのです。

そのあと、なんだかんだと理由をつけて引き留めようとする帝国の王侯貴族や聖女教団の関係者をまくため、『転移門《テレポーター》』やフィーアとゼクスの翼を使ってのショートカットを多用し、二十日あまりでシレント央国の央都シレントへと到着したのでした。

「ああ、これで煩わしい生活とは縁切りですわ！　これからはどこにでもいる平凡な女の子として、ありがちな慎ましい生活を送りますわよ！」

見えてきたシレントの町並みを前にして、ようやく戻ってきたという安堵と喜びとともに、これからの日常を思って今後の抱負を放った当時の私。

「「「「「「「「「いやいやいやいや、無理！」」」」」」」」」

その途端、周囲から一斉に無慈悲なツッコミが入ったのは言うまでもありません。

「……それはまあ、無理っぽいのは自覚していますけれど、いまぐらい夢を見てもいいじゃないですか」

帝国や中原諸国はともかく、リビティウム皇国内ということは、国教である聖女教団のお膝元ですので、いくら祖父であるテオドロス法王聖下の威光があろうとも（あるのかしら？　若干疑問ですが）、教団の聖地《聖天使城《サンタンジェロ》》の圧力は完全に阻止しきれないでしょう。

実際に、

「ぜひ、今後も聖地にとどまって教団をお導きください！」

と口説く賢人会や、私を旧王家の王女とし、自分たちの旗頭として担ぎ出そうとするユニス王国時代の貴族の方々に対しては、

「私はまだ学生ですので、央都で暮らします！　卒業後？　寿退職する予定ですので、ご期待には沿えませんわね」

そう適当に言いくるめて、引き止める手を半ば強引に振り切ってきましたけれど、央都に滞在しているということは言ってありますので、確実になんらかの搦め手で、教団の追及の手は伸びてくるでしょう。

とりあえずは学園やルークが防波堤になってくださるとは思いますけれど、それ以上に私自身がしっかりしなければいけない。それはわかるのですが、懐かしの我が家を前にしたときくらいは、

夢を見てもいいではないですか。

そう思った刹那、慌ただしいノックの音が扉から響いたかと思うと、こちらからの返事にももどかしげな様子で、ルークが先触れもなくやってきました。

そして前置きもなく、切羽詰まった表情で言い放ったのです。

「大変です、ジル！　聞いた話では、四カ月ほど前にリビティウム皇国において、オーランシュ辺境伯の乗った馬車が何者かに襲われ、多数の死傷者が出たとのことです！」

その一言で、私の平穏な学園生活がいきなり頓挫したのでした。

「では、僭越ながらワタシからクララ様に、件《くだん》のオーランシュ辺境伯とやらが、襲撃されて身罷《みまか》られた事件について、確認した事実を報告させていただきます」

壁際にモニカ、エレン、ラナと並んで待機していた侍女四天王（という感じ）のひとり、人造人間《オートマトン》のコッペリアが、恭しく腰を屈めて私へ一礼をしてから、一歩前に出てきました。

「――いや、まだ身罷っておられないのであるが」

「――確定しているのは襲撃があって、当人が療養という名目で雲隠れしているだけだね」

花の刺繍が施されたプチポワンチェアに座って、紅茶の入ったティーカップを優雅に口に運んでいた、一見して王侯貴族の眉目秀麗《びもくしゅうれい》な令嬢令息に見えるふたりから、すかさず訂正の声がかかります。

　そのうち特徴的な縦ロールの髪型をした、紅いドレスの気の強そうなご令嬢こそ、シレント央国の第三王女リーゼロッテ様であり、もうひとりの整った容姿の怜悧な貴公子にしか見えない、実は男装の麗人は、デア＝アミティア連合王国の主要国であるサフィラス王国の王女であるヴィオラ・イグナシオで、いずれも私の学園における親しい友人でもあります。

　およそ一年半ぶり――〈不死者の王《ノーライフキング》〉との決戦以来――の再会となりますが、別れていても友人は友人。ましてや大国の姫君で変わり者同士《同じような立場で》、腹蔵なく話せて、なおかつ同じ死線を潜り抜けた親友です。私がシレントへ戻ってきたと聞いて、秘密裏にいの一番でやってきて、お互いにはしたなくも手を取って、涙ぐみながら無事の再会を喜び合ったものです。

「ああっ、おふたりともお変わりなく。嬉しいですわ！　相変わらず綺麗で魅力的ですのね」

「そういうジル《オヌシ》は無茶苦茶に変わったのぉ。月並みな言葉を何万と重ねたところで、まったく追いつかん……が、見た目は変わっても確かにジル殿であるな。見覚えがある」

「ええ、一段とボリュームを増していますが、その素晴らしい造形は間違いなくジルですね」

「……ふたりとも、どこを見て判断しているのですか⁉」

　凝視されて、私は思わず反射的に胸元を押さえたものです。

ともあれ――。

「……報告は正確にお願いします。それと、私だけではなく、ほかの皆さんにもわかるように、ご説明をしてください」

「わかりました。――それではクララ様以外の有象無象の皆様も、節穴同然の耳の穴をかっぽじって、理解できるかどうかは別にして、せいぜい傾聴するようにお願いします」

慇懃無礼とはまさにこのこと、とお手本にしたいような態度で、折り目正しく頭を下げるコッペリア。私やエレンのような耐性のない一同の間に、もにょりとした微妙な沈黙が下ります。

「ワタシの調べた限り、央都のみならず大陸中のその筋の組織は現在混乱の最中、混沌《こんとん》の坩堝《るつぼ》といっても過言ではない状況に陥っています」

臨時休業にしてカーテンの引かれたルタンドゥテの店内。

『光芒《ライト》』を付与した照明の下、テーブルを合わせて会議室風にした室内で、コッペリアが珍しく沈痛な表情で話し始めました。

今回、リーゼロッテ様とヴィオラも含めた私たち（コッペリアに加えて、ルーク、セラヴィ、エレン、ブルーノ、プリュイ、アシミ、ジェシー、エレノア、ライカ、シャトン）が額を寄せ合っている目的はただひとつ。

現在、央都の貴族社会を席巻している噂の真相の追及。すなわち、リビティウム皇国の諸侯王筆頭にして、三大貴族――シレント公爵兼央国王、ユニス侯爵兼法王、オーランシュ辺境伯兼国王――の一角を占める重鎮の当主が、こともあろうに央国内で何者かに襲撃され、多数の死傷者を出したという不確定な噂……醜聞について、各自が集めた情報を持ち寄って真偽を判断しようという試みのためです。

ちなみに、ここで『醜聞』という言葉をあえて使ったのは、それがリビティウム皇国内の貴族の共通認識にほかならないからです。

なにしろオーランシュ国は、グラウィオール帝国及び【闇の森】《テネブラエ・ネムス》と国境を接する皇国の最前線。

つまりは国防の要《かなめ》。リビティウム皇国の護国の剣であるべき強国の当主が、こともあろうに賊に襲われ、多大な被害を出したとなれば、恥以外のなにものでもないでしょう。少なくとも面子を重んじる貴族社会では、醜聞として周知されてしまっていました。

ですが、噂はあくまで噂に過ぎません。とりあえず裏付けを取るべく、わりと自由に動ける立場のセラヴィやジェシー、裏社会に顔の利くシャトンにも協力をお願いして、情報の収集にあたっていただき、その結果を持ち寄っての情報交換会なのです。

ですが、意外なことに真っ先に発言の許可を求めたのは、コッペリアでした。

まあこれで意外と顔の広い……というか、謎の人脈を持っているコッペリアですので、思いがけない伝手《つて》から情報を入手したのかも知れません。

「混沌……そうでしょうね。ですが、具体的にどういった勢力が、どのように判断して、どう動いたのか、それはわかっているのですか？」

「勿論です。このワタシに抜かりはありませんよ、クララ様」

胸を叩くコッペリアの自信満々な態度が、今日はやけに頼もしく見えます。

なにしろ、いまのところ情報は「襲われて死傷者が出た」程度で、具体的な被害やお父様――辺境伯の安否については、いまだ不明な状況ですので、今日一日やきもきしていた私は、藁にも縋《すが》る思いで、続く言葉に神経を集中しました。

ほかの面子も似たような表情で、一部を除いて興味深げに、コッペリアの報告に耳を傾けます。

なお、一部というのは、コッペリアの言うことに関しては頭から疑ってかかっているらしく、懐疑的な目で眺めているセラヴィとエレン、それと「一日働いて腹が減った」というので、賄いのガーリックライスを出したところ、一心不乱に頬張っているシャトンとブルーノ、アシミの三人。あと、その様子をどことなく物欲しげに横目でちらちら眺めているリーゼロッテ様のことです。……あら？　もしかして真面目に聞いているのは半数なのでは？

「まず、いままでの主流派が、ふたつに分かれたのを確認しています」

「「「「「「？」」」」」」

「根強いのが『初代が至高でそれ以外認めない』派ですが、『二代目も含めて巫女姫は最高』派が、これに取って代わろうとしています」

拳を握り締めて熱く語るコッペリア。

「……えーと」

「しかしながら、現在最大派閥なのは『初代など知らん。二代目こそ新時代の女神』派ですが、これについてはまだ発足間もなく、若い世代を中心にしているため、ぶっちゃけ海のものとも山のものともいえず、支持基盤が非常に不安定な状況です」

「ああ、そういう烏合の衆は早々に分裂するか、古参の派閥に切り崩されて併合されるかが常だろうね」

ヴィオラがしたり顔で嘲笑を浮かべました。

「その通りです。そういうことで、我らクララ様公認ファンクラブは、組織の統合に全力を注ぐ方針でございます！」

「なんの話をしているのですか?!　全然関係ない話題を、いの一番に俎上に載せないでください！　というか、その非公認の公認ファンクラブはやめるように、再三言いましたわよね!?」

「ええ、ですから『クララ様公認ファンクラブ』は解散をして、新たに『クララ様公認ロイヤルファンクラブ』略して『くっころクラブ』へと移行しましたが、それがなにか？」

「なんですの、その豚鬼《オーク》に捕まる女騎士のようなネーミングは!?」

そんなコッペリアとの間の抜けたやり取りを、どことなく予定調和という雰囲気で周囲が流して、「まあまあ」と、口々に宥《なだ》めすかしにかかります。

「さて、続いては暗殺《アサシン》ギルドとかに確認した、あたしですかにゃ」

満を持して、という口調で、空になった皿とスプーンをテーブルに置いたシャトンが、脱線していた状況をもとに戻しました。

「……どうぞ」

「まず、この犯行にウチの組織は関わっていませんにゃ。あと、少なくとも央都周辺の暗殺《アサシン》ギルドや闇ギルドなどの裏組織も、関与していないのは確実ですにゃ。報酬の金貨二十枚に懸けて絶対にゃ」

「そうなると盗賊団か、流れの傭兵とかかな？」

ジェシーの思い付きに、シャトンが首を横に振ります。

「央都近辺にいる大規模な武装集団は、『孤狼旅団《ロンリーウルフブリゲード》』と『滅殺《めっさつ》至誠《しせい》幻想《げんそう》騎士団《きしだん》』ですが、どちらも関与していない裏付けが取れてますにゃ」

「――わふ（呼んだー）？」

孤狼――一匹狼――という単語に反応して、私の膝の上で小首を傾げるフィーア。

ライカとエレノアも思わずという風に顔を見合わせ、

「一匹狼が集団になったら、それはもう一匹狼とは呼べないんじゃないかねぇ？」

「あと、滅殺なんちゃら騎士団は、夜中に勢いで決めたのはいいけど、解散して五年後くらいに、黒歴史でのたうち回りそうなネーミングね」

わりと言いたい放題のコメントを連ねるのでした。

「ふむ。そうなると、非公式ながら犯行声明を出した『亜人解放戦線』の仕業と見るのが有力であるかの……」

難しい表情で、リーゼロッテ様が口を挟みました。

「亜人解放戦線……？」

犯行声明が出ているというお話は初耳ですが、この国の王女であるリーゼロッテ様なら、私たちの知らない情報を掴んでいてもおかしくはありません。

「亜人解放戦線というと、確か虐げられている妖精族《エルフ》や獣人族《ゾアン》などに対する、偏見の撤廃や地位向上を目標にして、聖女教団の関係者やリビティウム皇国内の要人の脅迫や暗殺、誘拐などのテロ行為をする謎の武装集団じゃなかったかな？」

ヴィオラの簡潔な説明を聞いて、

「妖精族《エルフ》の地位向上だと？　上から目線で何様のつもりだ」

「まったくだねえ。崇高な目的のためなら手段を選ばないっていう〝正義の味方〟にありがちな考えだね」

「やっていることはただの犯罪だし、そういうのと同類だと思われると、なおさら肩身が狭くなるのよね～」

「非道ですね。暗殺とか誘拐とか、それが同じ血の通った人間の所業とは思えませんね」

憤慨する妖精族《エルフ》と獣人族《ゾアン》の当事者であるプリュイとライカ、エレノアたち。あと、尻馬に乗るコッペリア。

それにしても、『亜人解放戦線』ですか。いまの説明では、聖女教団の関係者も目の敵にしている……ということは？

「――あら？　もしかして巫女姫の私も、テロの標的にされる可能性がある……ということでしょうか？」

なんといっても正義の名のもとに、人間族《ヒューム》以外の人種や魔物を迫害してきた伝統のある聖女教団です。

　一般的には前記の教えが専横している現在、不本意ながら教団の巫女姫《アイドル》に祭り上げられている私も、そうした面々から見れば不倶戴天《ふぐたいてん》の敵のはずです。私としては、なんとかしてその歪んだ思想を矯正して、種族の融和を図りたいのですが、お互いに理解し合うまでは茨の道でしょう。

「かも知れん。まあ、オヌシ《ジル》は先日まで大陸の反対側にいたわけであるし、亜人解放戦線も巫女姫を襲撃する準備までは整っておらんだろう。だが、今後は細心の注意を払う必要があるな」

「そうですわね。たまたま、運がよかったということですわね」

　眉根を寄せるリーゼロッテ様の言葉に、私も同意しました。

　それと、今後のことを考えると、不特定多数の来客があるルタンドゥテは特に危険ですので、警備もいま以上に人員を増やしていただいて、魔術による結界や防護壁も、さらに強化する必要がありますわね。

「――で、結局、犯人はそのジンカホーセセンとかなのか？」

「亜人解放戦線よ。あと、勝手にお代わりをよそおうとするんじゃないわよ、ブルーノ！」

「そうそう、それそれ」

　エレンに窘《たしな》められてもなんのその。慣れた様子で、キッチンからガーリッククライスのお代わりを取ってくるブルーノ。

「うむ。下町に怪文書が配布されていたらしい。『亜人を迫害する元凶。オーランシュ辺境伯に死を下した。これは正義の誅殺《ちゅうさつ》であり、人間族《ヒューム》至上主義者に対する警告である。亜人解放戦線』とな」

「…………」

その瞬間、すっと足元から体の血が凍るような気がしました。

「実際に被害に遭われたのですか、オーランシュ王は？」

そんな私の表情を一瞥したルークが、怖いほど真剣な面持ちで、リーゼロッテ様に確認を取ります。

「連中はそう言っておるが、オーランシュ家からは『当主は体調不良により、しばし公務を離れる許可が欲しい』という申請が出ておるだけじゃな」

「——まあ、当主が暗殺されたなどと、声高に喧伝することもできませんからね」

軽く肩をすくめるヴィオラ。

「いまのところ可能性としては五分五分ってところか……」

ジェシーが腕を組んで唸りました。

「いや。俺はオーランシュ辺境伯当主が殺害されたってのは、亜人解放戦線とやらのハッタリの可能性が高いと思っている」

そう発言したのは、いまのいままで無言を貫いていたセラヴィです。

セラヴィは、怪訝な表情を浮かべる私たち——正確には、私とコッペリア、そしてルークの顔を順に眺めながら、言い含めるように続けます。

「忘れたのか？　オーランシュ辺境伯の傍にはエミール——先代のエミール卿の養子になった魔族のレグルスがいたはずだ。魔族にとっての三十年は、八年から十年くらいのはずだ。あの当時でさえ、素でジルに匹敵する魔力を持っていたアイツがそのあと修行したとしたら、いまが全盛期なんじゃないのか？」

「「「――あっ」」」

　レグルスを知る私とコッペリアとルークは、思わず声を張り上げました。

　千年王国とも呼ばれるグラウィオール帝国と違い、リビティウム皇国は建国から僅か三十年あまり。

　その暫定首都になっているシレント央国の首都シレントもまた、同じ程度の歴史しか持たない新興の都です。

　なんでも、もとをただせば北方の小国であったシレントの一地方都市であったそうなのですが、『リビティウム皇国』建国と、それに続くカーディナルローゼ超帝国の肝入りによる学園都市『リビティウム皇立学園』創立に合わせて、急遽首都としての体裁を整えられたとのことです。

　そのため、あちこちに建設途中の施設や、泥縄の開発計画によって途中放棄された区画も数多く存在します。また、急速に集まった流民《デラシネ》や冒険者、出稼ぎの人間が勝手に住み着いて、一歩中心街を離れれば、猥雑で無計画な違法建築物や、不用意に足を踏み入れるとなにがあるかわからない、迷路のように細い通路が存在する、初心者殺しの町といえるでしょう。

　そんな遺棄された施設のひとつに、石組みと、火山灰と石灰石でできた原始的なコンクリート（いわゆるジオポリマー・コンクリート）で固められた、地下道へ通じる幅二メルトほどの地下室がありました。

もともとは、地下を網の目のように走る上下水道の工事用詰め所として造られたものですが、地下道自体が結局使われないまま、廃棄された施設——役場の目録にはそう記載され、放置された地下室に、小さな灯火《ともしび》が瞬き、黒のフード付き外套《ローブ》を頭からすっぽりと被った小柄な人物が、迷いのない足取りでやってきて立ち止まり、続いてノックの音が軽快に木霊《こだま》するのでした。

特定のリズムを刻んでノックされた扉。一見するとボロボロの木戸に見えますけれど、あの音から察するに、中に鉄板が仕込んで補強してあると思えるその扉の向こう側で人が動く気配がして、扉の上部にある覗き窓が僅かに開きました。

闇の中でも輝くネコ科の肉食獣のような瞳が現れ、ノックした人物を警戒の視線で一瞥したあと、周囲に誰もいないか視線を巡らせます。

一瞬、こちらに視線が飛んできたことにヒヤリとしましたけれど、妖精族《エルフ》が得意とする〝人払いの結界〟のお陰で、私たちが物陰に隠れて見ているのには、気付いていないようでした。

怪しげな訪問者と、瞳の特徴からいって獣人族《ゾアン》らしい人物の間で、扉を挟んで簡単な符丁の交換がなされ、鍵の開く音とともに素早く扉が開かれると、外套《ローブ》の人物は招かれた扉の内側へ、影のように滑り込みます。

再び鍵が閉まる音がして、扉の向こうの気配も遠ざかっていきました。

「……ふう。さすがは妖精族《エルフ》が十八番《おはこ》にしている精霊魔術ですわね。感覚の鋭い獣人族《ゾアン》でも気付かないなんて」

「ふん。当然だ……と言いたいところだが」

　泰然と胸を張ったアシミですが、消えた黒外套《ローブ》の男性（？）がいたあたりを見据えて、珍しく奥歯にモノが挟まった物言いをします。

「――こちらを見られたときには、私もひやりとしたぞ」

　続くプリュイの感想に、苦々しい表情でアシミも不本意ながら同意しました。

「ああ、さっきの黒フードには、この距離ではギリギリだったかも知れん」

「……もしかして、あの人物の周辺にあった不自然な精霊の流れですか？」

「気付いていたか。アレはおそらく、忌むべき〝精霊使い〟だな」

　私も感じた微かな違和感に、アシミも苦々しい表情で同意します。同時に私は、かつて聞いた『妖精族《エルフ》は精霊の友であり、力尽くで精霊を屈服させる精霊使いとは違う』という台詞を思い出しました。

「だが、人間族《ヒューム》の精霊使いにしては、かなり強力な精霊を使役しているように感じたが……？」

　腑に落ちないという顔で、プリュイが首を捻ります。

「ちょっと前に、黒妖精族《ダークエルフ》のトニトルスが、精霊石を媒介にして、サンダーバードを強制的に使役していましたけれど、もしかして……」

　結局、事件の首謀者だった彼の行方は藪の中のままなのですよね。もしや当人なのでは？　と思って疑いをほのめかしたのですが、アシミは「いや」と首を横に振りました。

「あれが黒妖精族《トニトルス・サギッタ》の裏切り者なら、この距離でも妖精族《エルフ》の結界を察知できたはず。だが、見た感じそれほどの精霊力は感じなかった。半分は勘だが、あれは人間族《ビーン》と黒妖精族《ダークエルフ》の気配が入り混じっていた。つまり考えられるのは、半黒妖精族《ハーフダークエルフ》ということだろうな」

「半黒妖精族《ハーフダークエルフ》ですか?!」

人間の精霊使い自体は、案外と多いのですが――以前に妖精族《エルフ》の里へ行った際に、エレンも「精霊と交信する素養はある。十年も修行をすれば」と言われたように、感受性の強い子供の頃から修行をすれば、ある程度の術は使えるようになります――そうした後天的な術者ではなく、妖精族《エルフ》・黒妖精族《ダークエルフ》の血を引いた精霊使いだということが、フード越しに一目見てわかるものなのでしょうか？

この手の分析力には定評のあるコッペリアに、ちらりと視線で問いかけましたけれど、軽く肩をすくめて、無言で「不明《わかるわきゃない》」という答えが返ってきました。

そんな私たちの戸惑いに対して、当然という口調でアシミが断言します。

「同じ世界樹の末裔として、精霊との親和性が感じ取れるのだ。同族の血を引くと。ま、人間族《ヒューム》には無理だろうが」

「なるほど。いくら鬘《かつら》で隠していても、ハゲ同士は一目で相手がハゲだと看破できる。そういうような意味ですね」

「全然違――むぐっ！」

合点がいった表情で頷いたコッペリアに対して、反射的に怒鳴りつけようとしたアシミの口を、プリュイとシャトンが素早く押さえます。

「しっ！　なんのために人払いの結界を張っていると思っているんだ」

プリュイに窘められて、『俺が悪いのか!?』と言いたげな顔つきで、不承不承声を潜め、肩の力を抜くアシミ。

「……と、ともかく。いくら隠しても黒妖精族《ダークエルフ》特有の気配がする。だが、純粋な黒妖精族《ダークエルフ》にしては違和感があることから、おそらくは半黒妖精族《ハーフダークエルフ》だろうと推測できるということだ」

「ふむふむ。ハゲ同士のシンパシーに加えて、どんだけ高級な鬘でも、同じハゲなら微妙な違和感に目がいく……という理屈ですか。含蓄がある分析ですね」

「ねえ。それって、いちいちハゲに置き換えて納得する意味ってあるのかしら？」

ウンウンとしたり顔で頷くコッペリアに、そう単純な疑問を投げかけてから、

「まあとりあえず、半黒妖精族《ハーフダークエルフ》と獣人族《ソアン》が人目を忍んで暗躍しているのは確かですから、情報通りあの場所が亜人解放戦線のアジトである確率は、かなり高いようですわね」

私がそう総括して、この場にいる仲間たちの顔を見回します。

ここにいるのはルークやセラヴィ、コッペリアにジェシーやブルーノといういつもの面子に加えて、念のためにリーゼロッテ様などの協力を得て、この十倍ほどの人数が、あのアジトの周辺を固めています。

「それにしても、よく次の日にアジトを見つけられたにゃ。うちの情報でも、ここまでピンポイントで確定できなかったのににゃ」

いや〜、まいったにゃ、本職形なしにゃ、と頭を掻くシャトンに対して、傲然と胸を張って自慢するコッペリア。

「ふっ。クララ様に危害を加える輩《やから》がいるとなれば、大陸中に散った我ら『クララ様公認ロイヤルファンクラブ』及び『クララ様秘密親衛隊』百万人が、即座に動くこと請け合いです！　ワタシがこの三十年間、無為に過ごしていたわけがないでしょう。すでに大陸の三分の二は制覇済みです」

　私の目の届かない間に、なにか壮大かつ無駄な努力をしていたらしい、コッペリアの裏の顔の片鱗が窺えましたけれど、下手にツッコミを入れると藪蛇になりそうですので、この場では聞かなかったことにして、軽くスルーしました。

「そうですか。お陰で助かりました」

「ふふふん♪　この程度、造作もないことでございます」

「ちょっと！　言っておきますけど、この場所が怪しいって特定できたのは、うちの商会で商品の流れを掴んでいたからってことを忘れないでよね！」

　と、本来であれば呼ぶはずのなかった珍客である、額《おでこ》の広い少女――グラウィオール帝国の属国貴族であり、帝国随一の海運王であるベーレンズ商会会頭のご令嬢、エステル・リーセ・ベーレンズ――がいきり立って、小さな体を精一杯誇示して主張します。

　ちなみに彼女、本来は私たちと同時期にリビティウム皇立学園へ留学する予定だったのですが、生来の重度の船酔いにより、ずっと帝都コンワルリスにいたところを、私たちがシレントに戻るついでとばかり、半ば無理やり便乗してきたのでした。

「勿論、わかっていますわ。エステルさんのお陰で不自然な物流の流れ――明らかに火薬の原料である木炭と硫黄、硝酸カリウムが運び込まれたのを確認できたのですから、感謝しています」

「ふん、わかればいいのよ、わかれば。つーかさ、あんた巫女姫とかいわれてチヤホヤされて、図に乗ってるんじゃない？　知らない間にやたら化粧が上手くなったみたいだけど、ちょっと顔がよくなったからっていって、誰でもほいほい言うことを聞くと思ったら大間違いだってことを、肝に銘じておきなさいな」

　ふんっ！　と言い放つ彼女。

　なんというか、私が巫女姫になって、さらに認識阻害も外れて素顔になったせいか、どこに行ってもやたら私に対する周囲の態度が変わったなかで、ここまで態度が変わらないのは、ある意味感動的なほどの小気味よさです。

　そうしみじみと感傷に浸る私とは対照的に、

「なんですか、この無礼千万な生物《いきもの》は？」

　コッペリアが不機嫌な表情を隠しもせず、彼女――エステルを睨みつけます。

「なっ⁉　なによ、その言い方は！　口の利き方に気を付けなさいよ。あたしは帝国に籍のあるれっきとした貴族で、なおかつベーレンズ商会のひとり娘なのよ。メイド風情が気楽に声をかけられる相手じゃないのよ！　どっちが無礼千万なのかしら。ほんと、主が主ならメイドもメイドね！」

「……ワタシのことはともかく、クララ様を侮辱するなど万死に値しますね。つーか、貴族？　はーん、貴族の質も落ちるところまで落ちましたね。こんな、霊力も魔力も精霊力もゼロのまったくの無能力者のムシケラが、『貴族でござーい』といってまかり通っているんですから。いやビックリです。ヘソで茶が沸きます」

「なっ――!!??」

初めて顔を合わせたコッペリアと、ルークの幼馴染みにして帝国（つまり大陸中）でも屈指の大富豪で海運王ベーレンズ伯爵のご令嬢であるエステルですが、案の定というか、予想以上に水と油だったみたいです。

もともと成り上がりの貴族で、そこにコンプレックスがあるために財力で補うことを信条にしているベーレンズ商会。その商会のひとり娘で、なおかつ幼馴染みのルークに恋愛感情を持っていて、私を目の敵にしている節のあるエステルと、私（巫女姫クララ）を至上として、基本的に人間の価値を個人の能力や魔力のパラメータで判断するコッペリアでは、立脚地からして違いますし、どう考えても妥協点がまったく存在しません。

そもそも、なんでエステルがここにいるのかなぁ……ああ、ルークがいるからかぁ、と思いつつ、これ以上コッペリアと言い争いをさせておいても不毛ですので、強引に話を変えることにしました。

「と、とにかく。これでおそらく亜人解放戦線の主なメンバーは揃ったと思いますので、これからアジトを強襲したいと思います」

「強襲というとあれですか。外からクララ様が有無を言わせず『天輪落とし《パイル・ヴァルティン》』を叩き込むんでしょうか？」

「人気《ひとけ》のない山の中とかならともかく、央都でそんな大技を使えるわけはないですわ！」

コッペリアの過激な提案を一蹴したのですが、

「山の中ならやるのか……」

なぜかセラヴィが、戦慄したように唖然と呟きました。

なお、以前は私単独では行使できなかった『天輪落とし《パイル・ヴァルティン》』ですが、現在は死ぬほど集中すれば、どうにか一発なら放てるくらいに成長しました。

「まあ、それはともかく。あと、下手に火炎系の術を使うのも禁止ですわ。少なくとも、樽で三個から四個分の火薬の原料が運び込まれた形跡がありますので、万一火がついたら大爆発ですから」

襲撃はあくまで秘密裏に、電撃的に行わなければなりません。

そう念を押すと、コッペリアとシャトン、エステル以外の全員が硬い表情で頷きました。

「面倒臭いですね～。火薬を抱えているんなら、外から火をつけて自爆させればいいじゃないですか」

「そうにゃ。そのほうが後腐れないにゃ」

「綺麗に吹っ飛べば、このあたりの再開発も進むんじゃないの」

過激な意見を口に出すコッペリア、シャトン、エステルの三人。なにげに気が合うんじゃないかしら？

「そうは参りませんわ。そもそも私たちの目的は亜人解放戦線の殲滅ではなく、現状の把握ですから。それに私としては、彼らの主張をなにも聞かずに、一方的に悪だと決めつけて攻撃をする理由はありませんもの」

綺麗事といわれればそれまでですが、それでも話し合いの道を閉ざしたくはない。その私の考えに、ルークは満面の笑みを浮かべて、

「そうですね。その通りです」

同意してくださり、セラヴィとアシミは皮肉な笑みを浮かべて、

「お前らしいな」

「ま、お手並み拝見といこう」

消極的な同意を示してくれました。

「それでは――」

行きましょう！　と合図を送ろうとしたその刹那――。

突然、アジトの地下室から赤い火の粉が飛び、続いて大音響とともに地下室と周辺の地下道、地上の建物などが吹き飛んだのでした‼

「「「「「「…………えっ!?!」」」」」」

唖然としたのも一瞬、咄嗟に魔術障壁を張って爆発と瓦礫を遮断する私と全員の視線が、のほほーんと佇むコッペリアに向かいました。

「……ワタシじゃないですよ？」

まあ、そうでしょうね。それでも半信半疑で、私たちはいまだ爆発を繰り返すアジトとコッペリアを、交互に見比べるのでした。

『真龍騎士ルーカス殿下と巫女姫クレールヒェン様、悪漢どもに鉄槌を下す‼』

『央都の組織は壊滅か⁉　亜人解放戦線構成員四十名あまりが全滅！』

『殿下の神意により、跡形なく消え去った悪の巣窟！』

『怪我をした者や体調を崩した者に対して、無償で治癒を行う巫女姫様。その尊くも神々しいお姿に住民も感涙』

『素晴らしき献身！　まさに巫女の鑑。次代の聖女も確実か?!』

『麗しきそのお姿とお力は、まさに巫女姫そのもの。あるいは先代クララ様を凌駕するとの声も！』

『夜の逢引き！　噂のおふたり。結婚も間近か⁉』

エトセトラ、エトセトラ……。


「「は〜〜〜〜〜〜っ……」」


関係者以外を排除して、出入り口に護衛を配したルタンドゥテの小会議室。

メイドさんやドアボーイに頼んで集めていただいた、朝一番で販売された各新聞紙の一面に躍る見出しを前に、私とルークは思わず海よりも深いため息をつきました。

「な、なにが、けっ……『結婚も間近か⁉』よ‼」

根も葉もない憶測を載せた三流ゴシップ紙――紙名が〈日刊北部《デイリー・セプテントリオ》〉とか書いてあったような気がしましたけれど――を、怒りのあまり細切れにするエステル。

「……思いっ切り私たちのせいにされていますわね」

「箝口令《かんこうれい》は敷いたのじゃがなぁ」

「新聞記者の嗅覚は随分と鋭いと見えるな」

同じく新聞の紙面を取っ換え引っ換え確認しながら、ヴィオラとともに朝から内密で訪問されたリーゼロッテ様も、腑に落ちないという表情で首を捻り、セラヴィは面白そうに片頬を緩めます。

「まあ、この世に完全な秘密なんてない。必ずどこからか漏れるものだ、と父も言っていましたけれど、ここまで来ると作為的なものを感じますね」

難しい表情で、ルークが小さく首を振りました。

「仕方がない。あのときは結構部外者も動員したから、どうしても漏らす奴はいるさ。まして、あれだけの騒ぎだ。一杯ひっかけながら、武勇伝のつもりで喋る馬鹿は出るだろうさ」

「あるいはジル――巫女姫に心酔していて、よかれと思って吹聴したか、だね」

セラヴィの憶測にヴィオラも言い添えます。

ふと、その最後の台詞の『巫女姫に心酔』の部分で非常に嫌な予感を覚えた私は、傍らに待機して、私に関する記事のスクラップを作っているエレンに尋ねました。

「そういえば、今朝からコッペリアを見ていないのですけれど、どこに行ったのかしら？」

ちなみに、朝から記者の取材や詰めかけたファンの騒ぎがうるさく、近所迷惑になりそうでしたので、ルタンドゥテは本日は臨時休業としています。

「ああ、アレですか。アレでしたら、早朝からラナと一緒に家畜の臓物とか残飯を持って、ゼクスの棲む山まで餌をやりにいっています……というか、記者を集めてシャトンと一緒に、有料で記者会見を開こうとしていたので、モニカさんが適当な用事を言って無理やり追い払ったのですが」

その言葉を聞いて、私の脳裏で普段無表情なモニカがVサインを出している姿が再生されました。

「素晴らしいですわ！　ナイスな判断です！」

思わずエレンとハイタッチを交わして、モニカの配慮に感謝します。

ちなみにですが、ゼクスはさすがに町の中で飼うわけにはいきませんので、現在、央都周辺の山岳地帯を根城にして、気ままな狩猟生活を満喫しているみたいです（山の生態系が変わらないかしら？）。とはいえ、さすがに放置しっぱなしとはいきませんので、主人であるルークか、自称親友《マブダチ》のコッペリアが、定期的に様子を見にいく……ということで、央国の許可を得ていますので、今回の仕事はきちんとした大義名分がある役割です。

きっと今頃、ラナとふたりで大量の臓物を抱えて、山の中で牧歌的にラッパを吹いていることでしょう。想像するとシュールな光景ですわね。

と、懸念がひとつ解消したところで、リーゼロッテ様が話をもとに戻しました。

「問題はじゃ、なぜ爆発が起きたのか。犯人は誰なのか。今後どうするか……じゃな」

「いや、あのタイミングで爆発が起きたのが問題だ。偶然か、それとも嵌《は》められたのか」

すかさず、セラヴィが問題点の漏れを指摘します。

「ジルを英雄にして得をする勢力であるか？　一番怪しいのは教団じゃが……」

「教団ではないと思いますわ。それならもっと大々的に公表すると思いますけれど、いまのところ公式に声明は出していませんから」

　というか、当事者である私が無言を貫いているので、公式に対応できない状況なのですけれど、教団や国の追い込みがきついので、いい加減適当に答えないといけません。

　というか、私としては目立たずひっそりと活動したいのですけれど、なぜこうまで裏目裏目に出るのでしょう？

「う～む。わからんな。せめて、現場でなにがあったのかわかれば重畳なのだが、付近一帯はものの見事に吹き飛んだからのぉ」

　瓦礫と、クレーターのように大穴の開いた現場を思い出して、その場に居合わせた全員が「う～ん」と難しい顔で考え込みました。

「生き残りはいないんですよね？」

「おらんな。少なくとも現場には、原形をとどめた負傷者はおらん。ただ――」

　ルークの問いに、リーゼロッテ様が首を横に振りました。

「ただ？」と、ルーク。

「ジルが言っておった半黒妖精族《ハーフダークエルフ》。それらしい死体も発見されておらんのだ。跡形もなく消し飛んだのか、あるいは……」

「逃げた可能性がある？　そう言いたいのですか？」

　私の問いかけに、「まあそういうことじゃな」と、軽く肩をすくめるリーゼロッテ様。

「どちらにしても、ここでプッツリと手がかりは切れたわけか。どうにも後手に回っているようで、面白くはないな」

ヴィオラの感想は、この場に集まった全員の総意でした。

「あー、もう、面倒臭いわね！」

仔犬サイズになっているフィーアが気になるらしく、お菓子をあげたり、羽根ペンで誘ったりしていたエステルですが、一向に興味を示さないフィーアの様子に、あっさりと飽きたらしく、

「あんた巫女姫とやらなんだから、神託かなんかを受信できないの？　もう適当に、出任せを言っておけばいいじゃないの」

傲岸不遜な態度で無茶振りをするエステルを、リーゼロッテ様が感心と呆れが入り混じった眼差しで、まじまじと見据えます。

「大したものであるな。グラウィオール帝国の帝族にして、継孫の婚約者で一国の王女。なおかつ、世界三大宗教のひとつ聖女教団の最高位に位置する巫女姫相手に、まったく怖気づくことなく言いたい放題とは、普通の貴族の令嬢ならどんな命知らずの猛者《もさ》でもできんぞ。妾《わらわ》でも無理じゃ」

やれやれ、馬鹿なのか大物なのか判断につきかねるというところじゃ……と、軽く首を横に振るリーゼロッテ様でした。

「まあ。それはともかく、生憎と私にはエステルさんが言うような、そんな便利な能力はありませんわ。そもそも私は神託を受ける系統の巫女ではありませんし、せいぜいできるのは死霊と話すくらいで――あっ」

「「「あ……っ」」」

同時にルークとセラヴィ、リーゼロッテ様、ヴィオラも気付いたみたいです。

「そうですわ、その手がありましたわね。ありがとうございます、エステルさん」

「な、なによ、気持ちが悪いわね」

「いえ、お陰で目途が立ちそうですので」

爆死した『亜人解放戦線』のメンバーの霊と交信をして、なにがあったのかを尋ねる。普通の人間では、かなり薄気味悪いと思うでしょうけれど、幸か不幸か、私は昔から死霊の類《たぐい》とは縁があるので、いまさら特に怖いとは思いません。

「じゃが、あんな粉微塵に吹っ飛んだ現場で、霊と交信できるものかのぉ？」

半信半疑のリーゼロッテ様のご様子ですが、あれだけの人数がおそらくは不測の事態で大量死したのです。何体かは確実に未練を残した霊体になっているはず。いえ、下手をしたらもう悪霊となって、あの地帯を汚染している可能性すらあります。

「いずれにしても早めに浄化したほうがいいと思いますわ。そうでないと『忌み地《カオス・スポット》』と化す恐れがありますから」

「ふむ。なら、王宮のほうから手を回して、巫女姫様にご出陣を願わねばならんの」

「そうですわね。私も危急の事態とあれば、教団の意向に従って浄化をするのもやむなしですので」

結果的に教団に対しても貸しを作れるということで、お互いにＷｉｎ－Ｗｉｎということになるでしょう。

「うむ。では頼んだぞ」

なにか騒ぎが起これば、真っ先に責任の所在が追及されるであろう央国。その王女であるリーゼロッテ様が不退転の決意を込めた眼差しで、私たち一同の顔をひとりひとり確認して、頭を下げられました。


その四日後。私には必要ない――と、再三突っぱねたのですが、周囲の目もあるために、半ば無理やり王族用の豪華な白塗りの馬車に乗せられ、さらには前後をユニス法国の緋色を主体とした派手な制服で固めた神官戦士と、煌びやかな鎧兜を纏った聖堂騎士《カテドラルナイト》に囲まれて、フィーアに乗れば五分ほど、路面獣車を使ってもせいぜい三十分、とっとと歩いていけば一時間もかからずに着ける場所へ数時間をかけて、歓呼の声とともに鳴り物入りで現場に入った私たちでした。

ちなみに同行する面子は、同じ馬車にルーク、随員用の別な馬車に教団関係者とセラヴィ。そのほか、見物人――もとい、立会人としてリーゼロッテ様。それと、ゲストとしてヴィオラと、ルークの友人《悪友》で帝国侯爵家の継嗣であるダニエル（単なる野次馬）。私の侍女としてモニカとエレンがついてきています。

プリュイやラナら、ほかの面子もついてきたがったのですが、央国ではいまだ亜人差別が顕著ですし、ましてこれから赴く場所は『亜人解放戦線』の爆破されたアジトとあって、そこへ亜人である彼女らを連れていくのはさすがに憚《はばか》られたため、今回はお留守番をお願いいたしました。

あと、コッペリアの場合は、彼女基準による『偉い人間』『一目置くべき相手』に対しては、貴人に対する見事な所作を見せますが、それ以外はたとえ相手が高位司祭や王侯貴族といえど、思いっ切りボンクラ扱いをして、どこに地雷があるのか不明なため、断固として家から出さないように、シャトンに依頼をして監禁……もとい、監視をしてもらっています。

　まあ、当人は気にした風もなく、

「いや、黙っていろといわれれば黙ってますけど？　ま、先日の無礼千万なムシケラ小娘みたいなのがクララ様を侮辱した場合には、黙って殺しますけど」

と、当然のような顔で殺害予告をしたので、さらに念を入れてジェシーたちも待機しています。

とにかく、集合場所である央都の大聖堂の前に行ってみれば、待機している馬車と随員、護衛の大名行列を前に、思わず目が点になってしまいました。

「あの、別にこんなに派手……いえ、物々しい警備は必要なかったのですけれど……」

と、聖都から派遣されてきたという、四十歳ほどの巫女長さんへ思わず愚痴をこぼしたのですが、

「ええ。今回はお忍びということで、目立たないように最低限の人員の配置に加えて、警備の者も一番地味な三等級礼装を着用させております」

　平然とした顔でとんでもない返答がきたので、思わずエレンと顔を見合わせてしまいました。

　これで『最低限』で『一番地味』なら、今後私が公式に出歩く場合、毎回これ以上のドンチャン騒ぎになるってことですわよね!?

　馬鹿じゃないですか?!　税金の壮大な無駄遣いですわ！

あまりの阿呆らしさに黙り込んだ私の態度を、この行列を前に気後れしていると判断したのか、世慣れた大人が世間知らずの子供に言い聞かせるような口調で、巫女長さんは懇々と言い含めます。

「よろしいですか。巫女姫様、いえクレールヒェン様。姫様は畏れ多くもユニス法国の巫女姫にして、グラウィオール帝国の王女《プリンセス》。さらには未来の皇妃でもございます」

いやぁ、最後のはどーなのかしら？　と、横目でルークの表情を窺えば、なにやら照れたように、はにかんでいました。

たまにポンコツになるなぁ、この人……。

「ご自分の居場所をわきまえてください。本来であれば、世俗の汚れを避けるために生涯《聖天使城《サンタンジェロ》》で清浄にお過ごしになられるか、はたまた近い将来におけるルーカス殿下の正妃として、側妃がひしめく後宮を差配される、重要なお立場なのですよっ」

巫女長さんの諫言に、思わずうわ～～っとなる私でした。

……どちらにしても籠の鳥ですわよね。

イライザさんが還俗からの結婚コースを選択した気持ちが、理解できたような気がしますわ。

ため息をついた私の憂慮の理由を、なにやら深読みしたらしいルークが、

「後宮なんてとんでもないです！　生涯に妻はひとりだけですから、信じてください！」

「いや。そもそもこのジルが、おとなしく閉じ込められるタマか⁉」

弁明するのを、外野でセラヴィが無責任に混ぜっ返していました。

到着した爆発現場の周りは、衛兵によって事前に立ち入り禁止措置が取られ、物見高い観衆や火事場泥棒の類が入り込まないように、一分の隙もないほど厳重に監視されていました。

「おお、嫌だ嫌だ。この臭いときたら、まるで汚水のようではありませんか。このような不浄な場所に巫女姫様をお連れするなど、まことにもって痛恨の極み。巫女姫様、ひいては法王聖下、さらには聖女教団に対する侮りの現れでありましょう。教団としては、断固として王家に厳重抗議をせねばなりません！」

いちおう、最低限死体の類は片付けられ、事件後一巡週も経っていないとは思えないほど綺麗に掃き清められた現場ですが、巫女長さんは周囲を一瞥すると、お付きの女官から渡された絹のハンカチで鼻と口元を覆って、さも不快そうに吐き捨てました。

え～～っ。これって結構頑張って、清潔にしていると思いますわ。私が浄化をするというので、さぞかし突貫作業で頑張ってくださったのでしょう。その労に感謝こそすれ、これ見よがしに不快な顔をしなくてもいいでしょうに。

そもそも、そんなに嫌なら来なければいいのになぁ。というか、あなた方は巫女なんだから、巫女としての仕事をしてください、と思いながら私は胸元で聖印を切って、

「巫女長様。わたくしに対する気遣いは不要ですわ。迷える魂を救うこともまた、巫女として大切なお役目。そのお役目を与えられたことを誇りにこそ思え、厭《いと》うなどあろうはずもございませんわ」

噛んで含めるように言い切って、にっこり笑って誤魔化します。

途端、巫女長さんのお付きで来ていた若い女官や巫女たちが、

「「「はうぅぅぅぅ……」」」

アヘ顔で果てて、その場に卒倒してしまいました。

よしっ。イライザさんは微笑みで老若男女を問わず骨抜きにしたという逸話を聞いたので、私も試しにやってみましたけれど、これは結構使えますわね。ただ、巫女長さんは頬を赤らめたくらいで正気を保っているので、満点とは言いがたいみたいですわ。

原因は、私がまだテレを捨てきれないせいか、イライザさんが凄かったのか、巫女長さんが年の功で免疫があるのか。う〜む、判断に迷うところですわね。

今後とも精進しなければ！

と、密かにファイトを燃やす私に向かって、

「――し、失礼いたしましたっ！」

先ほどの言動に対する反省か、巫女たちの様子に対してかは微妙ですが、巫女長さんは慌てて頭を下げて、随員に彼女たちを馬車に運ぶように指示します。

「いいえ。わたくしこそ配慮に欠けておりましたわ。経験の浅いあの子たちには、こうした殺伐とした場所は刺激が強すぎたようですわね。ここから先は私と護衛とで向かいますので、巫女長様には彼女たちの看護をお願いできないでしょうか？」

意訳「邪魔だから下がっていてください」

私の提案に一瞬、渡りに船という顔をした巫女長さんですが、

「い、いえ。そうは参りません。私には、巫女姫様をお守りするという役目がございます」

半ば自分に言い聞かせるように、断固とした口調で続けました。

お守りするんじゃなくて、監視するためでしょうけれど、確かに彼女にも『役目』として譲れない線があるのでしょう。

——困ったわね……。

ぶっちゃけ、瓦礫が散乱した災害現場に、素人の女性を連れていくのは足手まとい以外のなにものでもないのですけどね。

それがわかっているので、リーゼロッテ様も自重をして、ほんの入り口のところで見守っているのですけれど、宗教的使命感に後押しされた彼女は、梃子でも動きそうにありません。

「それなら心配はいりません。この僕が姫君をエスコートしますので、巫女長殿、貴女は巫女たちの世話をしてください」

すかさずルークが口添えをしてくださり、

「まさか、〈真龍騎士〉たる殿下の腕を信用しないなんてことは、言わないでしょうからね」

ダニエルが付け加えます。

さすがに、それ以上文句を言うのは不敬と考えたのでしょう。ルークとダニエル、それと護衛の

騎士たち、最後に面倒臭そうに耳くそをほじって立っているセラヴィへ視線を定める巫女長さん。

「わかりました。巫女姫様のことを、くれぐれもよろしくお願いいたします、殿下。それと、セラヴィ・ロウ司祭。命に代えても巫女姫をお守りするのですよ！」

「お任せください」

「へいへい。命に代えましても」

一点の曇りもない瞳で請け負うルークと、耳垢を飛ばしながら適当に返事をするセラヴィ。

一瞬、眉を吊り上げた巫女長さんですが、ルークの面前だと自重したのか無言で頭を下げて、この場をあとにしました。

「ふう……。これで自由に動けますわね」

私は、軽くその場で伸びをします。

「とはいえ、瓦礫も完全に撤去されていませんし、万が一火薬が残っていたら大変ですから、十分に気を付けてください。ジル」

「ええ、わかっています。何重にも魔術障壁を施していますし、危険があればフィーアが教えてくれます」

心配性なルークの足元に、仔犬サイズになっているフィーアが寄っていって、鼻先をこすりつけました。

「それに、ルークたちも守ってくださるのでしょう？　ならば安心ですわ」

私が自然体でそう微笑んだ——刹那、居並ぶ護衛の聖堂騎士《カテドラルナイト》や神官戦士の殿方が、一斉に呆けた表情でバタバタとやたらいい笑顔で卒倒し、ルークたちも顔を赤くしてその場に蹲《うずくま》ってしまいました。

「えっ⁉　なんですの、このカオスは?!?」

瓦礫が散乱する現場で、一瞬にして自分以外のほぼ全員が倒れるという珍事を前に、私は思わずフィーアを抱き寄せて途方に暮れるのでした。

アジトの最奥。もとは物置程度の小部屋の壁を破って密かに拡張された、人が五十人ほども入れる小ホールに、どこか妖艶な雰囲気を宿した中性的な半黒妖精族《ハーフダークエルフ》の男・ジンが入ってきた。

その途端、詰めかけていた『亜人解放戦線』のメンバー四十人あまりから、一斉に殺意にも似た敵意が迸《ほとばし》る。

居並ぶ構成員の六割方が、角や耳、鱗など獣の特徴を持った獣人族《ゾアン》で、残り二割がそれ以外の亜人であった。残り二割については見えないところに特徴があるのか、あるいは『亜人解放戦線』の主義に同調している人間族《ヒューム》なのかは不明だが、パッと見は人と区別のつかない者たちであった。

いずれも、あまり裕福とはいえない身形《みなり》をした男たちである。

「おやおや……。まるで、これから私刑《リンチ》でも始まるような雰囲気ですねェ」

フードを下ろし手袋を外して、黒妖精族《ダークエルフ》の特徴である褐色の素肌を晒したジンは、軽く肩をすく

めて、周りの殺気を柳に風と受け流す。

「……状況によってはそうなるかも知れん」

正面にいる犬精鬼《コボルト》らしいブルドッグのような顔をした男が、牙を剥き出しにして唸るように威嚇する。どうやら彼が、この場のリーダーらしい。

「――ほう？　なぜでしょう？」

「とぼけるな！　なんだ、あの犯行声明は⁉　オーランシュ王を害するなど、まったく予定になかったことだぞ！　それに聞いた話では、当代の巫女姫は獣人族《ゾアン》はもとより、妖精族《エルフ》や黒妖精族《ダークエルフ》、洞矮族《ドワーフ》どころか、果ては竜人族《ドラゴニュート》に吸血鬼《ヴァンパイア》とも親交を結んでいるというではないかっ。話半分としても、十分に留意すべきことだ。今後の関係性を模索するためにも、当代や先代の巫女姫関係者には手を出すなと、あれほど念を押しておいたはず！　知らんとは言わせんぞ‼」

猛《たけ》るリーダーに合わせて、周りの構成員たちも、

「それと貴様、同志イサークを唆《そそのか》したな！」

「同志イサークと仲間二十人はどうなった⁈　あれ以来まったく連絡が取れん！」

「この三月《みつき》ほどの間に、官憲によって各地のアジトや同志が、軒並み打撃を受けているんだぞっ」

「下手な動きどころか、いままでは辛うじて目こぼしをされていた、チラシや街頭演説などの表立った抗議活動すらできなくなったのも、貴様が原因だという自覚があるのか‼」

「そもそも貴様、勝手に行方をくらませてなにをしていた⁉　場合によっては造反と見なすぞ‼」

口々に喧々囂々と騒ぎ立てる『亜人解放戦線』のメンバーたちを一瞥して、吊るし上げられる形

となったジンは、悪びれることなく薄ら笑いを浮かべた。

「おやおや、皆さん随分と甘いことで。いつの間に体制側に日和《ひよ》ったのですか？　我らの敵であるリビティウム皇国の重鎮。三大貴族の一角を切り崩すことに成功したのですよ。もっと喜んでくれてもいいではありませんか。それに、唆したなどと人聞きが悪い。前々から同志イサークは実力行使するべしと、声高に主張していたではないですか」

「なにを白々しいことを！」

「二代目巫女姫即位で浮かれているいまがチャンスだとか、吹聴していたのは貴様だろうに‼」

「『新たな巫女姫に我々を知らしめるべき』と強弁し、同志イサークを焚きつけたその舌で、なにを白々しい！」

「知っているぞ。貴様、ここで実績を残せば同志イサークこそ次のリーダーだとか、口当たりのいいことを言い含めただろう⁉」

「はて？　それのどこに問題が？　そもそも決断されたのは、同志イサークと彼の一派でしょう。私が非難されるのは、いささか公正さに欠けますな」

　平然と答えるジンを、リーダーが底光りする目で睨みつける。

「……で。その同志イサークと、ほかの同志たちはどうした？」

「皆さん、尊い犠牲となられました」

　臆面もなく言い放ったジンの無感動な台詞を受けて、アジト全体に激震が走った。

「きっ、貴様あっ‼　同志を、央都にいる同志の三分の一を犠牲にして、どの面を下げて、いまさら舞い戻ってきた!?!」

リーダーを筆頭に、その場にいる全員がジンを罵倒する。

このままでは先ほどの言葉通り、即座に私刑《リンチ》になりそうな雰囲気であるのだが、当の本人は別段恐れ入った様子もなく、

「おやおや。皆さんは亜人全体の権威向上のためなら、命も捨てる闘士だったのではないのですか？　その信念に従って、同志イサークたちは散ったのです。誇りにこそ思え、私を面罵するなど本末転倒ではないですか」

「……ジンよ。五年前に、貴様を同志に加えたのは間違いだった。行き場のない半端者の半黒妖精族《ハーフダークエルフ》だというので、情に絆《ほだ》された俺の落ち度だ」

リーダーの怒りと自責混じりの低い声に、ジンは軽く肩をすくめた。

「実際、私は組織のために役に立ったと思いますが。必要な情報を集め、黒妖精族《ダークエルフ》との取り引きにまつわって武器を横流しし、活動資金を得て、皆さんの食料や酒まで手配しました」

「ああ、だから判断を誤った。俺は最初から貴様をどこか胡散臭いと思っていたのだが、同志イサークなどが貴様にすっかり丸め込まれていたため、表立っては言えなかった。だが、その結果がこれだ！　早々に貴様を切っておけば、同志たちを犠牲にすることもなかったものを」

「なるほど」

頷いたジンは、もはや明確な殺意を隠そうともしないリーダーと、手に手に武器を持ったメンバーたちの顔を一通り見回して……そして、失笑した。

「確かに判断を誤りましたね。私がこの部屋に入ってきた瞬間に、同士討ちを覚悟して全員で向かってくれれば、あるいは一度くらいは私を殺すことができたかも知れませんが」

「……なに？」

「リーダー、貴方は……あなた方は本当に無能でした。まあ、私の央都での隠れ蓑になっていただいたことには感謝しますが」

「なにを言っている⁉　ジン、貴様はいったい……？」

「これから死に逝く者に明かしても、仕方がないでしょう。生憎と、冥土の土産は渡さない主義でして。ああ、私のジンという名も偽名ですので、念のため」

わけもなく猛烈な嫌な予感を感じたリーダーは、仲間たちに即座にジンを攻撃するよう指示を飛ばそうとした――。

「状況判断が致命的に遅いですね。何年も一緒にいて、私がなにも仕込んでいないわけがないでしょう？　食糧、水、酒……あなた方の体内には〈白炎鳥《ホワイト・フェニックス》〉の分霊の一欠片――いわば種火が仕込んであります。そして、このアジトのそこかしこには火薬がたっぷりと……」

その直後にジンがパチンと指を弾くと、それを合図にしてメンバー全員が腹部に凄まじい熱を感じた――と思った瞬間、口から火の粉を吹き出し、やがて炎はメラメラと燃え広がり、人が生きたまま松明《たいまつ》と化したのだった。

「があああああああああっ‼　ぐああああああああああっ⁉　ジ、ジン、ぎざまっ‼」

最後の執念で飛びかかってきたリーダーを、高温の炎を纏った右手で無造作に殴り倒したジンは、さらに懐からフリントロック式の鉄製の短銃を取り出すと、倒れたリーダーに鉛の弾を撃ち込む。銃、まして短銃ともなれば命中率は格段に下がるのだが、さすがにこの距離では外しようがない。心臓を直撃されて一瞬だけ、海老のように体を仰け反らせたリーダーをゴミ屑のように一瞥すると、

「さて、この勢いではすぐに火薬に火がつきそうな塩梅ですから、長居は無用ですね」

火の海の中、涼しい顔でそう独り言ちながら、閉鎖されているはずの地下水路へ通じる鋼鉄製の扉を、事前に用意してあった合鍵で開けて、ジンはひとり悠々と遠ざかっていくのだった。

爆心地と思われるところの〝場〟がかなり乱れ、案の定、お亡くなりになった人々の一部が悪霊化していたため、腰を据えて亡者たちの語る無念や怨みつらみに耳を貸し、宥めすかして、どうにか事件の詳細を聞き終えた私。

そのあと、私は『聖星月夜の宝冠《ラ・ニュイ・エトワレ》』（試作品）――前回、《屍骸龍《ゾンビ・ドラゴン》》を相手にして壊れた『星華の宝冠《スターライト・ティアラ》』の代わりに、コッペリアと共同でコツコツと作成していた宝冠《ティアラ》――を使って全員の無念を浄化して、場所の霊的な歪みも修正しました。

とりあえず問題がなくなったのを確認した私は、待ち構えていた皆に、その足で簡単に首尾を報告すると、さっさと離れたがっていた巫女長さんたちに馬車に押し込まれるようにして、この場を

あとにしたのでした。

　で、翌日――。

　お店もそうそう休業してもいられませんが、さりとて普段通りに開店したが最後、待ち構えていた記者や見物人がコミケの男津波並みに雪崩れ込んできて、収拾がつかない騒ぎになるのは目に見えています。なので、やむなくシャトンの監修のもと、店の前に露店を作って、従業員が売り子となって、わりと日持ちのする焼き菓子などを販売することにしました。

　一袋あたり銅貨五十枚（だいたい二、三千円くらいの感覚）と、一般市民相手にはわりと強気の値段設定にしたのですが、それでも物珍しさ……というか、「巫女姫様のご利益《りやく》がありそう」というデマのせいで、並べる傍から売れていき、あっという間に売り切れてしまったのにはびっくりです。

　とりあえず、

「次はお昼の鐘が鳴ったら販売します。現在お並びの方には、整理券をお配りします」

という、前世地球の日本ではよくあった手法で、どうにか騒ぎを収拾させることに成功しました。

　一過性のお客様に対してはこれで当座を凌ぐことにして、店内の営業も別に行うことにしました。ただし、ご案内するのは以前からのご贔屓筋と、私やルーク、リーゼロッテ様、ヴィオラ、ダニエル、エステルの知り合いや関係者といった問題のなさそうな客層に絞ることで、どうにかいつも通り営業を再開する方針で、従業員の皆さんには周知徹底を図りました。

　本来であれば、こういうお高くとまったやり方は好きではないのですが、ここしばらく、巫女姫フィーバーの熱が冷めるまではやむを得ません。

「そう言いながら、こういうのがいつの間にか格式になっていくのよねぇ～」

と、不吉な予言をしたのはエステルです。

どんぶり勘定の私と違い、商売に関してはかなり現実的な大富豪ベーレンズ商会のご令嬢とあって、さらには抜け目なく、

「いっそ露店販売用の商品とは分けて考えて、別ブランドで小売店を作ったらどうかしら？　五：五でうちが出資してもいいわよ」

「いやいや、それはまずいですにゃ。半分どころか三割も経営権を握られたら、ほとんどおおもとが口出しできなくなるにゃ。せいぜい二割ですにゃ、あと二割はうちで出すにゃ。それでも十分に、央都に蔵が建つにゃ」

　ここで待ったをかけたのはシャトンでした。

　露店に群がる市民の皆さんの数と迫力に圧倒されている私たちとは違って、逆に「乗らなくちゃ、このビッグウェーブに‼」と、商魂に火がついたみたいです。

「二割ぃ……⁉　ちょっと待ちなさいよ。聞いたこともない弱小商会が、うちみたいな大資本に勝てるわけないでしょう！　うちなら大陸中に一気に五十店は店を出して見せるわよ！」

「はーん、大資本なんてものは腰が重いうえに、殿様商売に胡坐をかいているものにゃ。巫女姫サン、騙されちゃダメにゃ。大資本と銀行は、晴れの日に傘を押し付けて、土砂降りの日に傘を取り上げるものですにゃ。その点、うちみたいなところは腰が軽くて、地域に密着してるにゃ！」

私が否も応も言わないうちに、なにやら商売人同士の仁義なき戦いが勃発していました。

まあ、商売のお話は商売人同士にお任せするとして、問題は前日の〝浄化術〟行使に伴って判明した、あの日のアジトでの出来事についてです。

「――と以上が、あの夜の出来事だったみたいですわね」

語り終えたところで、私は気持ちの落ち着くハーブでできた香茶で喉を潤します。

「「「「「「「う～～～～～～～～～む」」」」」」」

途端、ルタンドゥテの三階にある応接室に集まっていた一同は、揃って難しい顔で呻吟されました。

面子はいつものルーク、セラヴィ、ブルーノ、リーゼロッテ様、ヴィオラ、シャトン、プリュイ、アシミです。

エステルは転入したばかりの学園の課題が終わらないということで、泣く泣く執事長さんに連行されて、央都にあるベーレンズ商会の屋敷（さすがは帝国屈指の財閥。どこにでも拠点はあるようです）へ戻りました。

あと勿論、うちの侍女四天王もいますが、こちらはお茶や軽食の準備など、細々とした侍女本来の仕事に従事しています。

ちなみにですが、非公式とはいえ王族や貴族が集まってのお茶会ともなれば、カップの配置や花瓶に活ける花の種類、テーブルのレースの模様まで、ある程度のしきたりというか、暗黙の了解があるのが面倒なところです。

　ここにいらっしゃる方々は、そうしたことにはかなり鷹揚ですけれど、だからといってそれに甘えて手を抜いたり、間違えたりすれば、それは主人である私の失態ということになるので、各自、本腰を入れて仕事に没頭しています。

「違う違う。スプーンを包むナプキンはふたつ折りにして、さらに折り目を中に巻くようにロール風にして折って、輪が右に、端が左になるように四つ折りにするんですよ。あ、折り目には筋をつけないように指を入れる！　そこっ。お菓子は月の一日から十日までは穀物を使ったものを添えるのがしきたりなので、もう一品追加。あと十一日以降は果物で、二十一日以降は野菜なので間違わないように。確実に季節のものを使うのが常識です」

　で、こういう場を仕切る場合は、コッペリアの独擅場《どくせんじょう》となります。

　モニカは確かに優秀な侍女ですがもともと平民ですから、王族や貴族相手に完璧な礼儀と作法を心得ているか……となると、やはり粗がありますし、エレンもまだまだ経験が足りません。ラナについては今後に期待です。

　なので、こうした場合に完璧かつ的確な指示を入れられるのは、うち……というか、ブラントミュラー家の使用人全体を見回しても、おそらくは家政婦長のベアトリスさんかその下のメイド長、そして万能メイドを自称するコッペリアくらいでしょう。

普段の言動がアレなので軽視しがちですが、実のところコッペリアって、当人が自画自賛、豪語するだけの能力があるのですよね。

これでぶっ飛んだ言動を抑えて、衝動に任せない理性ある行動ができれば完璧なのですけど……。

このあたりが微妙にもどかしいのですが、当人曰く「万能のメイドスキル！　絶対の忠誠心！　世界最高の高性能！　そして、ちょっと足りない理性と自制心！　これでこそ真の完璧！　あえて隙を作ったヴィクター博士の天才性といえるでしょう‼　クララ様と同じですね！」とのことです。

最後になぜ同意を求められたのか、意味不明ですが。

そんなわけでコッペリアの指示のもと、配されたお茶を飲んで一息ついたところで、ヴィオラが口火を切りました。

「状況から判断すると、亜人解放戦線も、そいつに体よく利用された風に思えますね」

そのご意見はごもっともですが、では、肝心の〝ジン〟が何者かとなると、まったく手がかりがありません。なんで都合よく、あの場面で『冥土の土産』をペラペラと喋ってくれなかったのでしょうね。漫画や映画なら、調子に乗った悪党が墓穴を掘る場面でしょうに。

「そもそも亜人解放戦線は、本来はオーランシュ王に手を出す予定はなかった。それを〝ジン〟が強引に決行させたわけですよね。つまり、個人的な怨恨の線でしょうか？」

「ジルよ。その〝ジン〟と名乗っていた半黒妖精族《ハーフダークエルフ》に覚えはないのか？」

「う～～ん、覚えはないですわね。わりと特徴的な相手なので、一度見れば忘れないと思うのですが……。可能性としては、私個人ではなくて〝巫女姫〟に怨みを持つ者。あるいは【大樹界《インゲーンス・シルワ》】の騒動の関係者で、私に怨みを持つ者という線もあるかも知れませんけれど」

ルークとリーゼロッテ様に念を押されましたけれど、少なくとも私個人の交友関係に、該当する人物はいません。

いえ、知らずに恨みを買っていることもあるかも知れませんが、そうなるともう、雲を掴むようなお話になってしまいます。

「こうなると半黒妖精族《ハーフダークエルフ》というのが、逆に選択肢を広げているな。人間からも黒妖精族《ダークエルフ》からも排斥される連中だ。どこを見回しても怨み骨髄だろうし……半妖精族《ハーフエルフ》同様にな」

セラヴィの皮肉を込めた投げやりな言葉に、アシミは顔をしかめて吐き捨てました。

「別に排斥しているわけではない。半妖精族《ハーフエルフ》はだいたいにおいて、妖精族《エルフ》の父親と人間族《ビーン》の母親の間に生まれる者が多いので、自然と人間族《ビーン》の側で暮らすことが多くなるだけだ。それを差別するのは人間族《ビーン》のほうだろうに」

「それだって、父親が甲斐性を発揮して扶養するべきでしょうに――って、ああ、なるほど。妖精族《エルフ》って顔だけはいいですからね。いいように遊んで捨てるわけですね」

エレンの蔑み塗れの視線に、アシミは「おい、ちょっと待て小娘！」と、必死に弁明しようとしますが、

「最低であるな」と、リーゼロッテ様。

「男としてきちんと責任を取らないなど、犬畜生の所業だよ」と、完全に他人事のヴィオラ。

「顔のいい奴は敵だ」と、目の据わったブルーノのおどろおどろしい怨嗟。

「半妖精族《ハーフエルフ》って、妖精族《エルフ》に比べて寿命は三分の一くらいで、精霊力は低い。そのくせ鉄アレルギー体質は受け継ぐって、劣性遺伝の塊みたいなもんなので、あんましお得感がないんですよね～」と、ひとり関係ない部分でボヤくコッペリア。

皆の非難の矢面に立たされて、「おい、一部の不心得者と俺を一緒にするな！　プリュイ、お前もなんとか言ってくれ！」と逆切れしてプリュイに助けを求めたアシミですけれど、

「お前も普段から『人間族《ビーン》』『人間族《ビーン》』とひとまとめにしているだろう。いい機会だ、その薄っぺらい価値観を矯正してもらえ」

すげなく切って捨てられました。

ううううう……と小さく煩悶するアシミを横目に見ながら、

「――とはいえ、実際問題として我ら妖精族《エルフ》が人間族《ヒューム》との間に子供を持つことを禁忌としているのは、伝統とか格式とかではなく、もっと心情的な問題と聞いている」

「というと？」

ついでのように付け加えられたプリュイの嘆息に、ルークが興味深そうな表情で聞き返します。

「いまコッペリアが言っただろう？　半妖精族《ハーフエルフ》は純血の妖精族《エルフ》の三分の一、せいぜい三百年ほどしか寿命がないと。なら誰だって自分の子供が、自分より先に寿命で死ぬのを見たくはないだろう」

「「「「「なるほど」」」」」

ひどく単純で人間らしいその理由に、その場にいたほとんどの人間が会心したのでした。

「…………」

と、そこでいまだに事件の内容と、ジンなる半黒妖精族《ハーフダークエルフ》の正体について考え込んでいる私の様子に気付いて、ルークとセラヴィが気忙しげな視線を送ってきました。

「ジル、どうかしましたか？」

「なにかヒントでもあったのか？」

「ヒントというか、なにかこう見落としがあるような……モヤモヤとしたものがあるのですが」

隔靴《かっか》掻痒《そうよう》というか、もう一歩届かない感じです。

そんな私の様子に、全員が無駄話をやめて注目する……そのプレッシャーが、余計にモヤモヤを大きくします。

と、そこへ扉をノックする音がして、外から執事《バトラー》のカーティスさんの伺いを立てる声がしました。

「失礼いたします、お嬢様。コンスルの町からお客様がお見えになっているのですが、リーゼロッテ王女様、ヴィオラ王女様方の賓客をお迎え中ですので、後日改めさせるか、それとも別室へご案内いたしましょうか？」

「コンスルから⁉」

コンスルと言われて咄嗟に浮かんだのはクリスティ女史ですけれど、それならカーティスさんが『お客様』と言うわけがありませんわね。そうなると、どなたでしょう？

尋ねる前にカーティスさんが、お客様のお名前を口に出されました。

「エラルド様とカルディナ嬢でございます」

「…………」

どなただったでしょうか……？

「えっ、嘘だろう⁉　ギルド長と受け付けのカルディナさんが‼」

先に気付いて、素っ頓狂な声を出したのはブルーノでした。

「あ、あー……！」

そういえばいらっしゃいましたわね。というか、私も本来は冒険者ギルドコンスル支部の所属だったのですよね。実質、活動していなかったので忘れかけていましたけれど。なぜここに???

どうしましょう？　と目で周囲に問いかければ、

「ジルがお世話になった冒険者ギルドのエラルド支部長ですか。確かやり手だとカラバ卿から聞いています。ぜひお会いしたいですね」

「ふむ、この時期に他国のギルドの、しかも支部長の地位にある者が、わざわざ足を運んだ……真意が知りたいところじゃのぉ」

「冒険者ギルドといえば、各国において独立独歩とはいえ、デア＝アミティア連合王国のアミティア共和国に総本部がありますからね。いちおうボクにも無関係というわけではないのですが……ああ、ジル。できればライカさんを呼んだほうがいいかも知れませんね」

ルーク、リーゼロッテ様、ヴィオラとともに、特に問題はない、話も行き詰まっていたところですし、気分転換にむしろ会ってみたいというご要望でした。

「ライカさんですか？　多分、別棟の宿舎にいると思いますけれど、なぜでしょうか？」

ヴィオラのご意見に小首を傾げたところ、ヴィオラは室内の面子に視線を投げかけ、「……まあ、いいか」と、暗に「ここだけの話」をほのめかせながら、口元に蠱惑的な笑みを湛えて続けます。

「実は彼女——ライカ・フェドーラ・アドルナートの実家とは、まんざら知らない仲ではないのですが、アドルナート家といえば、冒険者ギルド総本部創設者の直系で、代々アミティア共和国の重鎮なのですよ。万が一にも、冒険者ギルドから圧力がかかったとしたら、彼女を通じて便宜を図れないか……そこまでいかないにしても、そこにいるだけで無体な要求に対する抑止力として、睨みが利くと思ったまでです」

なるほど。と思いましたけれど、ライカは別に私の臣下というわけでもないですし、実家と離れて一介の冒険者をしている彼女を巻き込むのは、いかがなものでしょうか。

「とりあえず、事情を話して承知していただければ、ということで。彼女の身の上に関しては、皆さんも突っ込んだ話をしたり、吹聴したりしないほうがいいでしょうね」

躊躇する私の心情を読んでか、ルークがそう提案してくれました。

「えっ、名前がふたつあって苗字持ちってことは、ライカの姉ちゃんって、もしかして王族なのか⁉」

いきなりツッ込んだ発言で目を丸くしたのはブルーノですけれど、

「その程度で驚いてどうすんのよ！　あんた、この室内にいるのがどなた様だか忘れたの⁉」

と、凄い剣幕でエレンに小突かれて、私（巫女姫兼帝族）、ルーク（帝族・帝孫）、リーゼロッテ様（王女）、ヴィオラ（王女？）の顔を見回して、「——あ……」という顔をしたところを見ると、あまりにも身近すぎて、どうやら本気で忘れていたっぽいです。

　私はかつて【闇の森《テネブラエ・ネムス》】でレジーナに暗唱させられた、主要国の王族と歴史を思い出しながら付け加えます。

「ちなみに、アドルナート家は、現在は王族ではありませんわ。というか、アミティアは共和国なので貴族というモノが存在しません。ただ、古くからの名家などの場合は、形骸化した名前が残っているみたいですけれど……」

と、いちおう補足しておきましたけれど、ブルーノをはじめエレンたちも「共和国？　なにそれ、美味しいの？」状態で、いまひとつピンときていないみたいです。まあ、実際のところ共和制もかなり形骸化していて、血統による特権階級が隠然たる影響力を及ぼしているらしいですが。

民主主義、資本主義、社会主義、共産主義。いかような政治体制を敷こうと、詰まるところ人間のやることは、似たようなものに帰結するというわけですわね。

　とりあえず詳しい説明はあとにして、ライカ本人が了承してくださるなら同席をお願いできないか、先にカーティスさんに確認していただいてから、コンスルから来たふたりをお通しするように指示を出しました。

　で、二十分後――。

　ふたつ返事で承知してくださったライカが同席したのを確認してから、カーティスさんが、一見すると若い男女を連れて部屋に入ってきました。

　男性はぱっと見二十代半ばほどにしか見えませんが、実はクリスティ女史よりも年上の若作りエラルド支部長と、女性は十代後半の見た目通りのギルドの看板娘……というか、花形受け付け嬢のカルディナさんです。

「ジュリアお嬢様。エラルド・バルデラス様とカルディナ様をお連れしました」

「ありがとうございます、カーティスさん。お待たせして申し訳ございません。エラルド支部長、カルディナさん。一瞥以来ですわね。お変わりなさそうで安心いたしましたわ」

ほぼ二年ぶり、認識阻害なしの素顔でお会いするのはこれが初めてのエラルド支部長（なにげにフルネームは初めて聞きました）とカルディナさんですが、そのせいでしょうか。私が声をかけるまで、まるで化石になったかのように、呆然としたお顔で硬直していました。

「認識阻害なしで、二年以上会っていなかったからなぁ」

「心構えなしでこの至近距離でいきなりじゃ、そりゃこうなるわ」

「お気の毒に……」

ブルーノ、エレン、モニカのコンスル組が、しきりに頷き合っています。

「エラルド支部長……？」

再度、声をかけたところで、エラルド支部長が再起動しました。カルディナさんのほうは、まだ魂が遊離しているみたいで、「え、なんで、こんな……てか、胸囲の格差社会が目の前に……」と、ブツブツとうわ言を呟いていますが。

「い、いえ、こちらこそ。突然の訪問、まことに申し訳ございませんでした。ジュリア様もお変わりな……あ、いえ、なんというか非常に――」
①お美しくなられた。↓いままで綺麗でなかったの⁉　↓NG

②変わられましたね。↓どう変わったの？　↓①に続く　↓NG
③お変わりなく。ご健勝のようでなによりです。↓一年間行方不明で苦労していたのを知らないの!?　↓NG
④貫禄が出ましたね。↓太ったってこと!!?　殺す!!　↓BAD END
⑤成長されましたね。↓④に続く　↓Nice Boat.

一瞬の苦悩と煩悶が垣間見えました。

「――非常に、魅力を増されましたね」

「的確な言葉のチョイス、ありがとうございます」

とはいえ、さすがは海千山千のギルド長。きちんと言葉を選んでくださいました。

「それと、せっかくなので私の友人たちをご紹介いたしますわ」

そう言って、興味深げに私たちの様子を窺っていたルークたちに視線を向けると、慣れたもので各々が立ち上がります。

その優美な動きで、相手が貴族階級だとあたりをつけたらしいエラルド支部長は、立ったまま改めて威儀を正しました。

「ご存じかも知れませんが、こちらはグラウィオール帝国の現皇帝陛下の直系帝孫にあたるルーカス殿下。お隣が、ここシレント央国の第三王女リーゼロッテ様。さらにお隣が、デア＝アミティア連合王国のサフィラス王家のヴィオラ第一王女様。それとこちらは私の信頼する護衛で、アミティア共和国の旧王族でもあるライカ・フェドーラ・アドルナート様。そして、聖女教団のセラヴィ・

ロウ司祭、妖精族《エルフ》の里【千年樹の枝《ミレニアム・ラームズ》】の特使のような立場である『銀の星《アシミ・アステリ》』と『雨の空《ブリュイ・シエル》』のおふたり。そして商人のシャトン。あとブルーノたちについては、特にご紹介の必要はありませんわよね……って、あの、エラルド支部長？　あの、もしもーし？」

紹介の途中でなぜかエラルド支部長は真っ白に燃え尽きて、カルディナさんともども魂を虚空へと飛ばしてしまいました。今度はなかなか帰ってきません。

「……考えてみれば、スゲー面子だよなぁ」

「そりゃ、事前情報もなく知らされたら、こうなるわ」

「お気の毒に……」

知人であるブルーノ、エレン、モニカが、またもや同情を禁じ得ないという表情で頷き合います。

「そうですか。別に取って食うわけでもないので、普通に挨拶すればいいと思うのですけれど？」

「そう思って流せるのはお前くらいだ」

セラヴィのツッコミに、その場にいた全員がうんうんと頷きました。

「それで、クララ様。この生きる死人には、お茶とケーキを用意すべきですか？　失神ソファと気付け薬《アンモニア》のほうがよさそうですけど」

面倒臭そうなコッペリアの問いかけに、「無難に紅茶を準備してください」とお願いしておきます。

ちなみにお茶請けのケーキは、各自の好みがわからないので、何種類かセレクトできるようにしています。どうでもいいですけれど、聖都にいたときには清貧を心がけていたので、お茶菓子も滅多に食べられなかったのですが、こちらに戻ってきて選り取り見取りになったお陰で、カロリーとの戦いが熾烈で大変です。

　ついでに付け加えると、コッペリアの言った『失神ソファ』というのは、貴族のお嬢様が気絶したときに横たえるための専用ソファのことです。

　貴族のお嬢様は、なにかあるとバタバタと倒れる「か弱い私」がデフォですので、たいていのお屋敷には装備されています。うちにもいちおうありますけれど、フィーアの昼寝用の寝床になっているのが現状でした。

　とりあえずおふたりの席を準備して、紅茶とケーキの準備を終えたところで、エラルド支部長の意識が天上から帰還したみたいです。

「――ご、ご無礼を！　知らぬこととはいえ、失礼をいたしました。こ、こら、カルディナ君。呆けてないで、床に膝を突いて！」

　状況を理解したと同時に、慌てて片膝を突いて、腰を九十度に折り曲げます。

　そのついでにカルディナさんの後頭部をアイアンクローで鷲掴みにして、ほとんど土下座状態へ持っていくエラルド支部長。

「よいよい、そう気にするな。いまの我は、友人の家に遊びにきた一介の学生に過ぎぬ。そう畏まることはない」

「そういうことですよ。それにボクたちのいま現在の立場は、なんの位も持っていない無役の王族に過ぎませんからね。ギルドの要職にある貴方に、そこまで遜《へりくだ》られる立場ではありませんよ」

　リーゼロッテ様もヴィオラも、エラルド支部長に肩の力を抜くように言い含めていますけれど、かなり至難の業なのか、エラルド支部長はダラダラと脂汗を垂らしています。

その理屈でいうと、いま現在『巫女姫』という公式な肩書きを持っている私が、ある意味、グラウィオール帝国の帝孫であるルークよりも、国家主席よりも立場は上だったりします（皇帝陛下や教皇聖下、法王聖下に伍する権威らしいです）。

「だから無理だって」

「大人って、いろいろとシガラミがあるでしょうからねえ」

「お気の毒で言葉になりません……」

ブルーノ、エレン、モニカの天丼の合いの手も、そろそろ飽きてきました。

と、そこでラナが私のほうを向いて、なにやら言いたげな表情でモジモジしているのに気付きました。それと、ポケットになにか入れているのか、やたらとスカートが膨らんでいます。

「……どうかしましたか、ラナ？」

気になって近付いて、中腰になって尋ねます。

「あ、あの……その……」

周囲に気を遣って、言いたくても言えないラナの健気な様子に、私は思わず口元を綻ばせます。

「大丈夫よ。気にしないで、深呼吸をして――すうー……はあ～……はい、なにかしら？」

「――あ、あの。遅くなりましたけれど、ジル様にお帰りなさいの贈り物……皆で」

ラナはそう言って、両掌の上に載るくらいの小さな木箱――綺麗に仮漆《ニス》が塗ってある、宝石箱のような小型のオルゴールを差し出しました。

「これを私に⁉」

驚いて尋ね返すと、ラナは何度もこくこくと頷き、傍らでエレンが、

「私とモニカさん、ラナとでお金を出し合ったんです。ジル様が無事に戻ってこられたお祝いの品をプレゼントしたくて。特にラナなんて、いままでコツコツ貯めていた全財産を出したんですよ」

「――っっっ！　ありがとうっ、ラナ。皆さん……」

感極まって、ラナの小さな体を抱き締める私――の傍では、コッペリアが「全財産？　本当にぃ？　実際はもっと貯め込んでいるんじゃないの？　ちょっとジャンプしてみなさいよ。おらおら、ジャンプ！」とオラついて、エレンとモニカに同時に殴られていました。

と――。

私たちの様子を微笑ましい目で眺めていた一同の温かな空気に解かされたのか、どうにか凝固から立ち直ったらしいエラルド支部長が、苦笑しながら続けます。

「いやいや、そうですね。まずはジュリア様のご無事をお祝いすべきでしたね。無事のご帰還、まことにおめでとうございます」

「ありがとうございます。それを言うために、わざわざ？」

「あ、いや。まあ、ギルド証の再発行や、今後のお立場などについてご相談があって、予定ではきちんとアポイントメントを取って、正式にお伺いするつもりではいたのですけれど――」

ここでふと、エラルド支部長は表情を引き締めました。

「実は、我々が央都近郊の『転移門《テレポーター》』を使ってきたのとほとんど入れ替わりで、ある人物が、逆に

央都方面から離れる姿をたまたま見かけたもので、もしやジュリア様になにごとか関係するのではと思いまして、こうして馳せ参じた次第でございます」

「ある人物とは、どなたでしょうか？」

『転移門《テレポーター》』の使用料は安くはないですし、身元もしっかりしていないと使えないはずですから、それなりの身分の方ということでしょうけれど、ちょっと思い付きません。

「ご存じでしょうか？　オーランシュ国クルトゥーラの冒険者ギルド長エグモント・バイアーという男です」

聞き覚えのないその名に、私たちはお互いに顔を見合わせました。

ですが、オーランシュ王が襲撃を受けたそのあとで、領都クルトゥーラの冒険者ギルド長を央都シレントで見かけたという証言を聞き、その場にいた全員の胸中に、なにか言い知れない不安がよぎったのでした。

とはいえ、現段階ではあくまで憶測と妄想にしか過ぎません。

儀礼的な挨拶は以上にして、肩肘の張らない内輪の話に同席することになったエラルド支部長とカルディナさん。もっとも、勧められたソファに座るのはエラルド支部長だけで、カルディナさんは旧知であるエレンたちが並ぶ壁際に立っていて、

「……ああ、エレンちゃん。二年ぶりだけど変わらない大平原が、私の心を潤すわ。このゴツゴツした肋骨の感触が、私の凍てついた心を満たすのよ。ああ、私たちの小さな友情は永遠ね！」

ついでに小柄なエレンにしがみついて、その豊満とは言いがたい胸にぐりぐりと頬を擦り寄せて

挨拶をしていました。

「その感想が、あたしの心を抉《えぐ》るんですけど！　つーか、あたしはまだ成長の余地はありますから‼」

「そんなイケズなことは言わないでよ、エレンちゃ～ん！　十五歳でしょう？　もうピークは過ぎてるわ。このサイズでほぼ決まったわよ～。お姉さんの経験上、間違いないわ！」

「そ、そんなことない……わよね？　ですよ……ね？」

「「「「ど、どーなんでしょう（のかな）（のかにゃ）（であろう）（でしたか）」」」」

切羽詰まった視線を向けられ、咄嗟に言葉を濁した私、ライカ、シャトン、リーゼロッテ様、モニカを、カルディナさんは一瞥して吐き捨てます。

「ふっ。所詮、持てる者にはわからないことですよ。——ねえ、そこのおふたりも、そう思いますよね？」

「いや、わたしは種族的なもので……」

「ははは、こう見えても着痩せする性質《たち》でね。困ったものだよ」

同意を求められたプリュイとヴィオラが、微妙に引きつった笑みで、矛先を躱します。

気まずくなった私たちは、お茶を飲んだりスイーツを摘まんだり——私は健康とカロリーの兼ね合いで（最近運動不足気味ですので）、冷やした生のキュウリを齧って——して誤魔化します。

「先輩先輩、エレン先輩、大丈夫ですよ」

そんなエレンの肩を、コッペリアが優しく叩きます。

「豊胸手術ならばっちこいです。任せてください。なんならビームも内蔵させますよ」

「いーーやーーっ!!!」

改造人間待ったなしの提案に、エレンが全力で拒否の叫び声を張り上げました。

そんな女の子同士の他愛のないじゃれ合いから視線を逸らせて、軽く咳払いをしたエラルド支部長が続けます。

「とにかく、このあとさらに『実は、クレス自由同盟の〈獣王《ゾーオン・レークス》〉も控えていまして♪』とか、『黙っていましたけれど、魔人国ドルミートの〈魔王《シャイタン》〉は私の舎弟で』とか、まさかまさかの『ああ、そうそう。超帝国の〈神帝《ドミュナス》〉陛下とは昵懇の仲ですのよ』とかないでしょうね、お願いします！」

切実な……というか悲痛な叫びに対して、私は首を傾げます。お願いしますと言われても……。

「別に、紹介されても悪いことではないのではありませんか？　立場上、各国の上層部へ人脈を築いたり、顔を売ったりする行為は、不利にはならないと思いますけれど？　まあ〈獣王《ゾーオン・レークス》〉や〈魔王《シャイタン》〉なら確かに、肝胆相照らす仲ではありますけれど、さすがに〈神帝《ドミュナス》〉陛下などは、私にとっても雲の上の方ですわ」

まあ、世の中絶対ということは絶対にないので（矛盾した表現ですが）、もしかすると将来なにかのきっかけで、ご尊顔を拝し奉る羽目になるかも知れません。とはいえ、いまの段階ではその懸念はありませんと、私はエラルド支部長に太鼓判を捺します。

「これ以上のサプライズはなしでお願いします、ジュリア様！　いや。小出しに紹介されるのなら、非常にありがたいのですよ。確かにここで実績と人脈を築けば、もしかすると将来的に帝国の冒険者ギルドのトップ……は無理にしても、本部長……いや、帝都の支所長くらいなら狙えるかも知れません！」

　野望の上限がみみっちいというか、やたらと現実的ですわね。

「それで、お話は戻りますけれど、そのエグモント氏というのは、どのような人物なのでしょうか？」

　そう水を向けると、我に返ったエラルド支部長が立て板に水で、事前の資料を読み上げるように『エグモント』なる人物の詳細を説明し始めました。

「エグモント・バイアーはもともと一介の冒険者でしたが、その手腕と実務能力を買われ、十五年ほど前にリビティウム皇国西端にあるモンロー子爵領の冒険者ギルド職員に抜擢された……と言われています。なにぶん他領のことですから、あくまで伝聞と公表されている資料によれば、ですが」

「含みのある言い回しじゃのぉ」

「申し訳ございません、リーゼロッテ王女。それ以上のことを調べようとしても、まったくもって不明。なにしろ、モンロー子爵領は十五年前に魔物暴走《スタンピート》によって壊滅状態となり、当時の冒険者ギルドの職員はほとんど絶命しているか、消息不明（この場合は死亡を意味する）で、記録も散逸しているため、これ以上たどることは事実上不可能でしたので」

「ふん。それで、エグモントとやらはその状態から、ひとりだけ生き延びたのか」

　できすぎだな、と言いたげなアシミの言葉に、私たちも知らずに頷いていました。

「確かに記録だけを見れば不審な点はありますが、当時エグモントは公務でモンロー子爵領を離れていたため、幸運にもたまたま難を逃れられた。これは複数の記録がありますので、そのことについて疑念を抱いた者がいても、それは下種《げす》の勘繰りとして相手にはされなかったようですね」

なるほど、そこら辺まできちんと下調べをしているのですか。確かにエラルド支部長《このかた》も、切れ者であるのは間違いないところでしょう。

「そのあと、モンロー子爵領へ帰ったエグモントは町と冒険者ギルドの復興に尽力し、その手腕を買われて央都シレントの冒険者ギルドへ引き抜かれ、数年のうちに幹部へと上り、そして四年前に起きたオーランシュの『シルティアーナ《ブタクサ》姫行方不明事件』――どうされました、ジュリアお嬢様？　いきなりひっくり返られて」

「……いえ、なんでもありませんわ……」

縁は異なもの味なもの……とは男女関係を指してのことですけれど、人間関係全般でも、世の中なにがどう繋がって縁があるのか、わからないものですわね。

「？　ともあれ、当時この事件で大失態を引き起こし、失脚した前クルトゥーラ冒険者ギルド長に代わってギルド長となり、現在に至る――といったところですね」

「ふーむ。確かに胡乱な人物であると見る向きもあろうが、あくまで憶測に過ぎん。そもそも後ろ暗いところのない権力者など、ほとんど皆無であるからのぉ。事実、実績をあげている以上、我々がとやかく言える立場にはないぞ」

リーゼロッテ様の真っ当な意見を予想していたのか、エラルド支部長は頷いて、背後のカルディナさんに目配せをしました。

先ほどまでの醜態がなかったかのように、毅然とした表情で背筋を伸ばしたカルディナさんは、手に持っていた鞄から、何枚かのレポートのような用紙を取り出して、エラルド支部長へ渡します。

「それで私も、少々アプローチを変えてみました。ここ百二十年ほどの間に、些細な理由や原因不明の『魔物暴走《スタンビート》』などで滅んだ町や村の記録を遡れるだけ遡って、その前後に存在した特長的な人物についてまとめてみたのですが、何人か気になる人物がいまして。——どうぞご確認ください」

テーブルの上に広げられた報告書を、その場にいた全員が覗き込みます。

「獣人族《ソアン》、騎士、教師……時代も性別も年齢も、種族さえもバラバラだな」

プリュイのそっけない感想に、エラルド支部長は首肯して、

「ええ。いずれも〝非常に優秀だった〟という但し書きが付く以外は共通項がありませんが、実はもうひとつ共通するものがあったのです」

「もったいぶるな、人間族《ビーン》。どういうことだ？」

迂遠な言い回しを嫌うアシミが問い質《ただ》します。

「その前に、妖精族《エルフ》であるおふたりにお聞きしたいのですが、半妖精族《ハーフエルフ》も卑金属を触れない、というのは本当ですか？」

「なぜそんなことを聞くのかわからんが、少なくとも人間族《ビーン》との混血《ハーフ》であった場合は、俺の知る限り卑金属には触れないはずだ。ま、その子や孫世代は不明だが」

「基本的に妖精族《エルフ》の体質は末代まで続きますよ。多少は軽減するかも知れませんけど、金属アレルギーは遺伝するという実験結果が出ています」

ここでフォローを入れたのはコッペリアです。

「それは、黒妖精族《ダークエルフ》も同じですか？」

「そりゃそうですよ。基本、同じですね」

コッペリアの回答に、エラルド支部長の目が剣呑に光りました。

「ならば、やはり不可解ですね。先ほど言いかけた共通点ですが、彼らが住んでいた場所の傍で、『鉄を触れる半黒妖精族《ハーフダークエルフ》を見た』という噂が確認できたのです」

「――あっ！」

その途端、私の心の奥にわだかまっていた疑問が、ストンと落ちました。

亡者たちの証言にあった、犯人であるジンと名乗った半黒妖精族《ハーフダークエルフ》は、〝鉄製の短銃〟でリーダーを撃ち、〝鋼鉄製の扉〟を開けて地下から逃げたのです。普通であれば考えられないことです。

「その様子では、どうやらこちらでも、その半黒妖精族《ハーフダークエルフ》が現れたようですね」

懸念していたことが的中したことに、エラルド支部長は深刻な表情を示すのでした。

【第二章】金色のギルド証と皇華祭《おうかさい》の準備

テーブルの上で燦然と輝く金色のギルド証を前に、私は思わず一言所感を述べました。

「……解せません」

「――と、おっしゃられましても。これは本部の決定ですので」

予想していた反応なのでしょう。エラルド支部長はこちら向きに差し出した冒険者ギルド証を、さらにずいっと指先で私の目の前まで押し出します。

『へっへっへっ。お代官様、山吹色のお菓子でございます』というような、いかにも胡散臭い笑みと手つきに見えるのは、私の目の錯覚でしょうか？

改めて視線を落とせば、派手派手しい見た目に違《たが》わず、表面には『Aランク冒険者ギルド証』と刻印がなされ、さらに『ジュリア・フォルトゥーナ・クレールヒェン』『巫女姫』という文字が躍っています。

「私は本来、冒険者としてはCランクになったばかりの新人ですわ。そして、一年間以上の行方不明のためにギルド指定の活動もできず、休止失効状態だったため、ギルド証の再発行をお願いした。――その流れであれば、ペナルティとしてランクが下がるのが自然ではありませんか？　それがいきなりAランクとか、なんの冗談ですの!?」

「と、おっしゃられましても。ジュリア様の能力や実績から勘案した場合、これでもまだ控えめだと思いますが？」

　エラルド支部長が視線で周囲に同意を求めると、この場にいる全員が曖昧な表情を浮かべました。

同意はできるけれど、こうした横紙破りは認めづらい……というところでしょうか。

「大方、私の身分（帝族、もっといえば超帝国のお墨付き）や肩書き（巫女姫）で、特例として政治的な圧力がかかったのでしょうけれど、決まりってそういうものではないでしょう！　きちんと手順を踏んで、ルールに従って定められるものではありませんか‼」

「……いや、まったくその通りであるな」

「だけどこれ、不遇な目に遭ったほうが訴える内容で、優遇された側が主張するのは珍しいというか……逆だろう、普通」

「理不尽は許せない。そこがジルの素晴らしいところですよ」

　リーゼロッテ様が嘆息し、それにセラヴィがコメントを返して、ルークが綺麗にまとめました。

　とにかく、こんな不公平な行いは看過できませんわ。断固として受け取りを拒否いたします。

　私の本気を感じ取ったのか、

「ああ、なるほど。ジュリア様は、冒険者ギルドが無用な便宜を図った。特権として扱ったとお思いなのですね」

　やれやれ困った勘違いだなぁ、とばかりに余裕綽々で首を横に揺らすエラルド支部長。

「……違うのですか？」

「まあ特例ではありますが、誓ってルールは破っておりませんよ」

「そんなはずは――」

「ジュリア様は各ギルドにおける『戦中災害時等、特進制度』をご存じでしょうか？　ギルドに登録している者や職員が、国家の存亡に関わる戦時や災害時に派遣されて死亡した場合に、特別に二階級特進をする制度でございます」

　これまた事前に用意していたのでしょう。カルディナさんから渡されたギルドの規約を開き、私たちに見えるようにして、立て板に水で解説をするエラルド支部長。

「――えっ。ちょ、ちょっと待ってください。まさか……」

「はい、その『まさか』でして。一年前の〈不死者の王《ノーライフキング》〉は災厄《ティザースター》級と認定されていますので、この際に消息不明だったジュリア様は、二階級特進となっておりました。ちなみに確認したところ、そちらのセラヴィ司祭も同様です」

　ラッキー♪　と、素直に喜ぶセラヴィ。

「まあ、実際のところ、こうして奇跡の生還を遂げられたわけですが、一度特進したものを取り消した前例はありませんからね。晴れてジュリア様は、ＣランクよりＡランクへと昇進されました。おめでとうございます」

「「「「おめでとうございます」」」」

　声を揃えて祝福の言葉を発する侍女ズとカルディナさん。

「さすがはジルですね。Ａランクともなると帝国でも百人といませんし、いろいろと特典もあるそうですからね」

「まあ、特典といっても平民なら士爵扱いで、無条件で市民権を得られる。それと税率が優遇されるくらいだから、フロイライン・ジルではあまりメリットがないのは確かですが」

　肩をすくめるルークとヴィオラに対して――というか、私に対してでしょうけれど、説明を加えるエラルド支部長。

「確かにジュリア様にとって、それらのメリットは存在しないも同然ですが。Aランクに上った最大の利点は『あらゆる依頼に対して取捨選択の権利がある』『年間のノルマが存在しない』ことにあると、私めは愚考いたす所存でございます」

「ノルマがなくなるのですか？　それは確かに嬉しいですけれど、取捨選択は……そもそも、依頼を受けるかどうか、窓口で選ぶものではないのですか？」

　ちなみに冒険者ギルドの依頼の受け方は、よく想像されるような、ギルドの壁に依頼書が貼ってあって、それを剥がして窓口へ持っていく（いわゆる雑用・日雇い依頼《クエスト》と呼ばれる、基本的に誰でも受けられる仕事）ようなものは敬遠されがちで、多くの冒険者は窓口でカルディナさんのような職員と打ち合わせをして、この依頼なら手頃では？　と双方が納得した形で受けるのが普通です。

　ですから、いまさら取捨選択がどうのこうのと言われても、別に関係ないのでは？　と素朴な疑問を抱いたのですが、どうやら違っていたみたいです。

「ジュリア様は、いままでその手の依頼を受けることはなかったようですが、依頼のなかには『指名依頼』というものがございまして、冒険者ギルドに登録している冒険者は、これを断ることはできません。いえ、できないことはありませんが、その場合は多額の違約金などが発生いたします」

「ははぁ、なるほどのぉ。読めたぞ。さては、ジル目当てにかなりの指名依頼が入ったな。で、なかにはよろしくない依頼主からのものもあり、ギルドとしても対応に苦慮した……といったところかの」

　リーゼロッテ様の皮肉と侮蔑をたっぷり含んだ言葉に、エラルド支部長とカルディナさんが目を伏せました。

　どうやら正解のようですが——。

「『よろしくない依頼主』というのは、たとえばどのような方でしょうか？」

　ふと気になって尋ねてみたところ、

「い、や。その……ま、まあ、い、いろいろですよ、いろいろ」

「そ、そ、そうです、いろいろです」

　なぜか挙動不審になって、やたら抽象的な説明に終始するエラルド支部長とカルディナさん。

「まあ、いまさら詮索しても無意味であろう。——おっと、そういえば思い出したが、そろそろ『皇華祭《おうかさい》』の時期であるが、ジルとルーカス公子は準備を進めておるのか？」

　あからさまに話題を変えたリーゼロッテ様ですけれど、それはともかく『皇華祭』とはなんでしょう？　どこかで聞いたような気もするのですが……。

　ルークも心当たりがないらしく、怪訝な表情を浮かべています。

　そんな私たちの様子に、軽く目を瞠って小考したリーゼロッテ様ですが、はたと膝を叩いて、

「……ああ。そういえば去年は、調査学習のドタバタと後始末のために、『皇華祭』は取りやめになっ

たのじゃったな」

納得したように頷かれました。

「『皇華祭』というのは、要するに創立祭のことで、来月に行われる学園あげてのイベントじゃ。内容は学園の創立を記念して、パーティや出し物を行い、この日ばかりは部外者……といっても学園の関係者や生徒の保護者限定じゃが、これに学園を開放して、ともに楽しんでもらおうという趣旨の祭りじゃな」

「「へえー、そうなんですか」」

「で、学生は普段は基本的に学生服じゃが、この日ばかりは私服でも問題はないので、貴族クラスの特に女生徒は、気合を入れたドレス姿を披露するのが通例じゃ」

「た、大変！　そうと聞けば、すぐに出入りの仕立て屋に連絡をしなければ間に合いませんわ‼」

悲鳴を上げるモニカですけれど、別に制服でもいいのでしたら、制服でよろしいのではないでしょうか？

仕立て服でドレスともなれば、三月《みつき》から半年はかかるのが普通ですので、いまから注文して間に合わせようとか、かなり無理があると思います。

もしくはイージーオーダーか、手持ちの衣装で誤魔化すか。

そう提案したところ、モニカにめちゃくちゃ怒られました。

「とんでもございません！　ジル様の恥は当家の恥！　ひいてはルーカス殿下の恥でございます。最新、最高、最強のドレスを、準備させずにおられましょうか！」

普段は冷静なモニカの侍女魂に、火がついています。

「まあ、当然であろうな。『皇華祭』の最後には、ゲストと生徒の投票により『プリンセス』と『プリンス』が選ばれて、衆人環視の前でダンスをすることになる」

「あら、そうなんですか」

大変ねえ、と思いながら相槌を打ったところ、なぜかその場にいた全員が一斉にため息をついて黄昏《たそがれ》ました。

「……他人事のように頷いておるが、下馬評でも賭けのオッズでも、おぬし《ジル》がぶっちぎりで『プリンセス』を確実視されておるぞ。それどころか、ほかの女生徒が同じ舞台に立って審査されることすら敬遠――いや、この場合は嫌厭《けんえん》じゃな――して、軒並み辞退しておる。ちなみに我は審査員なので選考の対象外になっておるが、これほど審査員だったことを安堵したのは初めてじゃな」

「えええええっ!?!　そうなんですか?!」

そろそろ巫女姫フィーバーも落ち着いてきたかと思ったのですが、まだ時期尚早だったみたいですわね。

まあ、人の噂も七十五日というので、そのうち収まるでしょう。多分、三カ月後くらいには。

そんな私を眺めながら、リーゼロッテ様はもう一度ため息をつきました。

「いっそ、おぬし《ジル》は『殿堂入り』とかで適当に埒外にして、『準プリンセス』を選定することにしようかという意見もあったんじゃが……」

「「えええええええっ!?!　そんな殺生な（困りますにゃ）!?」」

なぜか声を揃えて慌てる、コッペリアとシャトン。

「当日を当て込んで、限定アイテムを大量発注済みにゃ！」

「せっかく、クララ様のサイン入りチャンピオンベルトやチャンピオンフラッグ、チャンピオンリング、チャンピオンマークのキャップまで取り揃えたのに！」

このふたりを放置――あとでじっくりと話を聞くことを私は心にとどめて――して、さらに話を続けるリーゼロッテ様。

「さすがにそうなると盛り上がりに欠けるゆえ、例年なら衣装やダンスや音楽でポイントを競うところ、もっと淑女として多方面の魅力を判断してはどうか、競技を増やしてはどうかという話になったのじゃ。また、そういうことなら参加しようと名乗りを上げる女子もちらほら」

なるほど道理ですわ。私たちはお人形さんではなく、生身の人間なのですから。勝負をするにしても、能力や内面もきちんと推し測ってほしいと思うのが女心。

そうでなければ女が廃る。淑女としての矜持が満たされないということなのでしょう。

「結果、各淑女たちからの要望により、今年の『プリンセス』の候補者は、例年通りの衣装、ダンス、音楽発表……に加え、乗馬、弓、水泳、砲丸投げ、千メルト持久走、お手玉《ジャグリング》を行ったうえで、最終的に一対一の決闘で勝負を決めることに――」

「それ、淑女は関係ありませんわよね⁉　てゆーか、とりあえず自分の勝てそうな種目を列挙しただけですわよね⁈」

「ちなみに、個別の競技に関して、ジルはひとりで全種目をこなしてもらうが、挑戦者はチームを組んで、代表者が当たるそうじゃ。『ひとりひとりでは勝てなくても、全員が力を合わせれば勝機は見える！』とのスローガンで一致団結しておる。健気なことよ」

「なにげに、私が大魔王扱いされていませんか?!」

　そんな私を無視して、

「ゴミ屑どもが無駄な努力をしようとしていますね。クララ様に勝てるわけはないものを」

「まあ、なあ。どうせ、いま言った競技も全部できるんだろう、ジルなら」

「言うまでもないわ、愚民。クララ様なら、踊ってフルート鳴らして馬に乗って矢を的中させながら火の輪くぐりをしつつ、お手玉《ジャグリング》を披露するくらい朝飯前よ。――そうですよね、クララ様！」

「それはまあ、それくらいは普通にできますけれど。そうなればもう、淑女でもプリンセスでもなんでもない、大道芸人ではありませんこと!?」

　他人事のように盛り上がっているコッペリアとセラヴィを、私は八つ当たり気味に一喝するのでした。

「「「「「普通にできるんだ……」」」」」

　なぜか戦慄するルークたち。

「あと、『プリンス』のほうはルーカス公子が本命じゃが、この変態《ヴィオラ》も拮抗しておるし、そこのセラヴィ司祭も、下級生の間には密かにファンクラブもあるというので、ダークホースではあるな。ま、ほかにも根強い人気の生徒もおるので、まだまだ読み切れんわ」

　周囲からの微かなやっかみを含んだ視線を受けて、槍玉に挙げられたルークとヴィオラ、セラヴィの三人は、苦笑を浮かべたり当然と受け流したり、それがどうしたとばかり軽く肩をすくめたりして、余裕の表情です。

「いや〜、なんか楽しそうだね、カルディナ君。せっかくなので――」

「さすがにあと一カ月も職場を離れて、まして物見遊山などできませんからね、支部長」

私たちの話を聞いて、見物していく気満々なエラルド支部長を、すかさずカルディナさんが掣《せい》肘《ちゅう》しました。

ともあれ、『亜人解放戦線』に対する話し合いは二転三転して、いつの間にやら間近に迫った学園祭である皇華祭へと、話の趣旨が集約するのでした。

さて、皇立学園へ乗り物（馬車や獣車、竜車など）で送迎してもらう生徒は、貴族クラスを中心に結構な人数がいますが、大校舎の車寄せまで乗り入れできるのは、基本的に侯爵以上の身分の出身者か、学園が特別に許可をした生徒のみとなります。

伯爵以下の身分の場合は、校門前で乗り物から降りて、そこから歩いて教室へと向かうわけです。

私も入学当初は歩いていましたけれど、途中からルークの馬車に相乗りさせていただくようになり、自然と校舎前まで乗り入れするようになっていました。

個人的には、ルタンドゥテから学園まで馬車で二十分程度、なおかつ途中は魔物も山賊も出ない

平坦な道なので、歩いて通ってもいいと思うのですけれど、

「そんなことをすれば周囲が大惨事になります‼」「人垣ができて押し合いへし合い、挙句、将棋倒しで暴動が起き、死人が出るのは必定！」「一発で央都の都市機能が麻痺するのでやめてください！」

と、周囲から猛反対を受けたため、現在でも馬車通学を余儀なくされています。

女子がひとり歩きしただけで、機能不全に陥る央都シレント。首都のわりに、意外とモロいものですわね。

で、現在私は〈巫女姫〉という立場もあり、ルークが一緒でなくても馬車での乗り入れが可能という許可を、学園から得ています。

まあ、現代に帰ってきて以来、ルークが一緒に登下校しない日はないので、ほとんど意味はないのですけれど。

さて、コンスルからエラルド支部長がお見えになってから三日。

央都は意外なほど平穏で、『亜人解放戦線』のアジトの崩壊も、「仲間割れによるものか、火薬の取り扱いの不備」との公式声明があり、一段落ついた感じです。

「そういえば、領地で治療中のお――オーランシュ辺境伯様ですが、教団経由で私へ治癒の依頼がくるのではありませんか？」

ふと気になって、央都の大神殿へセラヴィ経由で問い合わせてみたのですが、

「いまのところ、そういう話はきていない。つーか、あのギルド長のおっさんとここの執事《バトラー》が組ん

で、教団の巫女長と神祇官《じんぎかん》相手に、朝から晩まで丁々発止の大激論をしていて、それどころじゃないって感じだな」

「カーティスさんもですか？　ここのところギルドとの折衝があるとは伺っていましたけれど、教団にまで乗り込んでいたというのは初耳ですわね」

「ちなみに議論の中身は、お前《ジル》に仕事を依頼する場合の優先順位と、報酬額の取りまとめだ。どこも一番でかいパイを取ろうと、躍起になっている感じだな」

「他人事みたいな言い方ですわね。セラヴィ司祭」

「まあ実際、俺みたいなぺーぺーには関係ない話だからなぁ。教団の頂点にして至宝、唯一無二たる巫女姫様」

「「ふ、ふっふっふっふっ……!!」」

　笑顔と笑顔のぶつかり合いに、ちょうどお茶を運ぶために扉を開いて顔を出したラナが、怯えたように一度開いた扉をそっと閉じました。

　そのようなわけで、表面上はわりと平穏な日常が復活した今日この頃。今朝もルークと一緒に、馬車で学園の大講堂前までご一緒したのですが、先に到着していた馬車……いえ、平甲獣《ウィルダーシェル》が引く獣車によって、正面が塞がれていました。

　ちなみに、平甲獣《ウィルダーシェル》は陸生の亀に似た魔獣で、歩みは牛より遅いくらいですが力は強くて、一頭で馬十頭分くらいの力があります。

「むうっ、よりによってトロい平甲獣《ウィルダーシェル》が前ですか。時間がかかりそうですね。クララ様と公子様をお待たせするなど言語道断ですので、退くように言ってきます！」

今日のお付きの侍女であるコッペリアが、口だけではなく本当に相手を蹴り飛ばしそうな勢いで、憤然と立ち上がろうとするのを、「まあまあ、まだ時間もありますから」「あとから来たのは私たちですので、仕方がありませんわ」と、宥めて座らせます。

実際、講義の時間まではまだまだ余裕がありますし、ここまで立ち入れるということは、相手も高位の貴族であるのは間違いないのでしょうから、無暗に波風を立てる必要もありません。

と、私のそんな安穏とした考えは、ルークの侍従の一言で変わりました。

「殿下。護衛が確認したところ、どうやら前の獣車はオーランシュ家のもので、乗っているのはシルティアーナ姫のようです」

「！！！？？」

私はどうにか驚愕を呑み込んで、平静を装うことに成功した……と思います。

ふと気になってルークの表情を窺うと、目を丸くして驚いた表情こそしていますが、特に〝シルティアーナ姫〟に対する特別な感情や思い入れはないようです。

私はなぜか、大きな安堵と小さな失望とを感じながら、「珍しい……というか、僕は学友としては初めて会うかな？」と、首を傾げるルークに同意しました。

「そうですわね。伝聞では去年もほとんど休学されていたみたいですので、お出ましになるのは、ほとんど一年ぶりになるのではないでしょうか？」

それから小さく呟くように「私と同じですわね」と付け加えます。

「ずっと膝の痛みに悩まされていたということですが、多少なりとも体調がよくなったのでしょうか？　それならば僥倖……文字通り不幸中の幸いなのですけれど」

　そんなおめでたい話ではないだろうなあ、と言わんばかりの口調のルークに、件の侍従さん――あとで聞いたら帝国伯爵家の次男だとか――が、「恐れながら」と進言しました。

「獣車から降りるのにも随分と難渋しているように見受けられますので、ご快癒にはほど遠いかと。おそらくは〝オーランシュは健在なり〟という対外的なアピールのため、こうして担ぎ出されたといったところではないでしょうか？　とはいえ……」

　そもそも貴族の令嬢が馬車ではなくて、重い荷物を牽引するときに使われる平甲獣《ウィルダーシェル》が引く獣車に乗ってきたという事実そのものが恥の上塗りですが――と微かな嘲笑を浮かべての侍従さんの露骨な侮蔑の言葉に、私は思わず両耳を押さえて蹲ってしまいました。

「ジル、どう――」

　そんな私の異変にルークが狼狽《うろた》えたそのタイミングで、オーランシュの獣車の扉が開き、中から二十代半ばほどに見えるブルネットの髪をしたメイド服の女性――確かゾエ・バスティアさんとおっしゃる侍女頭だったかと記憶しています――が、意外と軽やかな身のこなしで降りてきました。

　あまり目立たない容姿の女性ですが、ルークの侍従さんが帝国伯爵家の次男であるように、あるいは彼女もどこかの貴族の子女なのかも知れません（というか普通に考えて、王族や高位貴族の侍女というのは、嫡子以外の貴族の子女による行儀見習いや花嫁修業を兼ねているので、間違いなく貴族の出なのでしょう）。

動きやすいようにメイド服を着てはいますが、よく見れば胸元には高価そうなブローチ（あの輝きは魔輝石ですわね）が輝き、髪飾りや銀色の指輪もよくよく見れば、目を奪われるような精緻な代物です。

そうして、周囲の視線もなんのその。彼女が手慣れた仕草で金属製のコントローラ（正式名称が不明なので、私の中でそう呼んでいるだけですが）を操作すると、ズンッ‼　と、見るからに頑丈そうな獣車が片側に沈み込み、続いて『プシューッ！　プシュプシュ！』と蒸気の音を立てながら、巨大な金属製の不格好な鎧――魔導甲冑が、沈んだ側の扉から、陽光を跳ね返してぬっと現れました。

『おおおおおおおおおおおおおおおおおおおおおおおおっ⁉』

途端、声にならないどよめきが、鏡のように静かな水面《みなも》に投げられた石が生み出す波紋のように、一気に広がります。

周囲を見回せば、どうやら私たちが気付かないうちに通学してきた生徒やその関係者、及び職員など、かなりの人数が集まって注目していたようです。

それが、この場に現れた金属の塊のような『ブタクサ姫』のインパクトに、思わず驚愕の呻きを漏らしたのでした。

ガッシャンガッシャンと騒音を立てながら、億劫そうに獣車から落ちてくるシル……なんとかさん。

ズンッ‼　と地面に降り立った瞬間、車軸が折れそうなほど傾いていた獣車がもとの姿勢に戻り、反動で何回かバウンドを繰り返して、牽引していた平甲獣《ウィルダーシェル》がひっくり返りそうになり、御者が慌てて立て直しています。

「――どうぞ、こちらへ。姫様」

ゾエさんの指示に（というか操作に）従って、ズン！　ズン！　と一歩ごとに地響きを奏でながら歩き出すシルティあああ……なんか、もうアレでいいような気がしてきました。

アレの手には、よく見ると大ぶりの紙袋が抱えられ、中から山のようなシュトーレンが顔を覗かせています。

それを一本丸ごと手掴みにして、大きく開けた口でムシャムシャと頬張っているアレ。

……確かシュトーレンって小麦粉とバターと砂糖のカタマリで、一本二千五百キロカロリーくらいあるカロリーモンスターのはず。しかもよくよく見れば、それぞれのシュトーレンにはバター、クリームチーズ、蜂蜜などがふんだんに盛られ、地獄のような代物へと変貌しています。この世界の甘過ぎるお菓子に閉口している私にとっては、もう、見ているだけでも胸焼けがしそうで、思わず視線を外して口元を押さえてしまいました。

と、ほとんどの人間が唖然呆然とするなか、窓からその様子を眺めていたコッペリアが、不快げに顔をしかめました。

「……なんすか、あのブッサイクなガラクタは？」

そう吐き捨てるように言って、例のあのブタクサ姫が纏っている、頭の天辺から爪の先まで完全に覆われた、機械と甲冑が融合したような魔導甲冑――要するに、魔術と錬金術をふんだんに盛り込んだパワードスーツのようなものです――を指さすコッペリア。

「え？　えーと……。以前に聞いたお話だと、あの中身の方がおみ足を痛められているそうで、それを補うための魔導甲冑……確か『ヴィクター式魔導甲冑《鋼鉄の乙女《フェッルム・ウィルゴ》二十八号》』とかだったかしら……あ、名称からして、もしかしてヴィクター博士の作品か、コッペリアとは別のシリーズ……とかでは……って、あの？」

説明している間に明らかに不機嫌になるコッペリアを見て、私は思わず及び腰になってしまいます。

で、全部話し終えた刹那――。

「――はあぁぁぁ～～～ぁあンはあっ!?!」

と、それはもう、とことん人を馬鹿にしたような「はあ？」が返ってきました。

「なんですか、その『ヴィクター式』ってのは?!　極限の機能性と洗練された美意識の極地であるヴィクター博士《前のご主人様》の作品を、馬鹿にしているんですか!?　あーんな美意識の欠片もない、実用性皆無、辛うじて動くだけの夏休みの工作みたいなポンコツに、よりにもよってヴィクター様の名を冠するとは！　どこの唐変木《トウヘンボク》の盆暗《ぼんくら》が、誰に断って付けたんですか‼」

普段からわけのわからないスイッチで激昂しているコッペリアですが、どうやら今度という今度ばかりは、本気で逆鱗に触れたようです。

確かに言われてみれば、目の前の人造人間《コッペリア》にしろ、私が愛用している『光翼の神杖《アリ・ディ・ルーチェ》』にしろ、高いレベルで見栄えと機能が両立していて、あのいかにも物々しく無骨な魔導甲冑とは別物です。たとえるなら、名筆で有名な画家の作品と、孫弟子の開いている絵画教室に通う学生の作品くらい、見た目のインパクトも完成度も違います。

「あんな不細工な代物に、ワタシと同じ『ヴィクター謹製』の名を冠するとは……。初めてですよ……ここまでワタシをコケにした脳タリンどもは……‼」

そうキレながら、親の敵か、嫁の粗を探す姑のようなオラついた目つきで、魔導甲冑を睨みつけるコッペリア。

「え、えーと……それでは、あの魔導甲冑は、ヴィクター博士とは関係ない技術なのでしょうか？」

「当然です！　多少なりとも前のご主人様の技術が使われていたら、あんな達磨ストーブの化け物みたいな見てくれの、しかも外部から指示しなきゃ動かないような玩具になるわきゃありません！　ワタシを見れば一目瞭然じゃないですかっ」

自意識過剰な台詞にも思えますが、確かに、無駄に自己主張の激しい性格で、なおかつ美少女の外見をしたコッペリアの製作者が、あんな無骨なコントローラで動くだけの魔導甲冑を造るとは、考えにくいですわね。

そうこうしているうちに私たちの乗る馬車も動き出し、すぐに車寄せに停められて、従者によって昇降用の階段が据えられ、扉が開けられました。

「どうぞ、ジル」

慣れた仕草のルークにエスコートされる形で、いつものように肩を並べて講堂へと向かう私たち。

これまたいつものように、その途端あちこちから「きゃ～～っ‼」という女生徒の嬌声が聞こえてきます。

普通なら、そのまま校舎へ足を踏み入れるのですが――。

「――殿下、巫女姫様。シルティアーナ姫が、ぜひお二方にご挨拶したいと……」

そう伝えてきたルークの侍従が見詰める視線の先では、大講堂の入り口でこちらの様子を窺っているゾエ侍女頭と、その隣に彫像のように立って、むしゃむしゃとシュトーレンを丸齧りしているアレがいました。

「僕は別に構いませんが――」

「わ、私も問題ありませんわ。話したいこともございますので」

帝族であるルークと〈巫女姫〉たる私のほうが格上なので、本来あちらから歩いてくるのがマナーなのですが、あの大重量の魔導甲冑では動くだけでもいちいち大変そうですし、なにより学園では同じ学生同士ということもあり、私とルークはなんとなく以心伝心で、こちらから近付いてご挨拶をすることにしました。

私たちが近付いていくと、ゾエさんは一歩下がって腰を屈め、アレもさすがに食べる手を休めて、

「……、……………。…………」

「〝おはようございます、ルーカス公子様。お目もじを心待ちにしておりました。また、巫女姫様にはお初にお目にかかります。シルティアーナ・エディス・アグネーゼと申します〟と、姫様は申しております」

アレがなにやらボソボソと呟いた言葉を、ゾエさんが同時通訳しました。

「お久しぶりですね、シルティアーナ姫。一瞥以来ですね。ご挨拶が遅れたこと、心よりお詫び申

し上げます」

オーランシュ王の襲撃事件に言及しないのは、さすがに周囲の耳目を気にされての配慮でしょう。

続いて私も満面の笑みを取り繕って、

「ご丁寧な挨拶、恐れ入ります。〈巫女姫クレールヒェン〉ジュリア・フォルトゥーナです」

ルークがちょっと驚いた表情をしたのは、私が人前で『巫女姫』を自称することをあまり好まないのを知っているからでしょう。とはいえ、今回はその肩書きが必要な場面と判断してのことです。

それから私は、前々からこのブタクサ姫へ提案したかったことを口に出しました。

「あの。失礼ですが、オーランシュ王家第五王女様は、以前ご不幸に遭われておみ足に不自由がお残りだとか。よろしければ、私が治癒いたしますけれど？　多分、私なら治せると思いますので」

途端、アレの手から食べかけのシュトーレンがポロリと落ちました。

同じく、愕然と目を見開いたゾエさんですが、すぐに小さく咳をして威儀を正し、

「あ、ありがたいお申し出ですが、なにぶん姫様の治療に関しましては、旦那様のご指示に従ってのことでもあり、また巫女姫様御自らのお手を煩わせるということになれば、現在、定期的に治療をしていただいている教団の担当者とも、報酬などの協議が必要となりますので……」

「でも、お高いんでしょう？」と言わんばかりのゾエさんの返答に、「別にただで構いませんけれど」と答えそうになって、そういえばつい先日、その報酬の件でうちと教団と冒険者ギルドとで、協定を結んでいる最中だというセラヴィの情報を思い出してしまいました。

考え込む私の様子に、どことなく安堵した表情のゾエさんが一礼をして、「それでは、その件に

関しては後日。失礼いたします」とさっさと切り上げて、アレを伴って廊下の先へと遠ざかっていきます。

　重低音の足音が小さくなっていくのを聞きながら、そういえばと思い出しました。仄聞したところでは、異母妹であるエウフェーミアも、あの襲撃事件以来学園を休学しているとのこと。いまどうしているのか、襲撃に巻き込まれて後遺症がないのかどうか聞きそびれたことを、後悔する私でした。

　表向きは『オーランシュ家へのお見舞いと挨拶行脚』と称し、『転移門《テレポーター》』と『転移魔法陣《シフトポーター》』を乗り継いで、シレント央国の央都シレントと自国内のクルトゥーラを行き来している……ということになっている、オーランシュ国クルトゥーラ冒険者ギルド長エグモント・バイアーであるが、実際のところ多少目端の利く者が彼の足取りを追えば、即座に疑問を覚えるだろう。

　どうにも動きが鈍いというか、おざなりなのだ。

　多忙を理由に面会を後回しにするオーランシュ家関係者との折衝もそこそこに、央都にある三階建ての町屋敷へと帰ってきた（冒険者ギルド支部長という立場からすれば、かなり異例の資産家ということになる）エグモントが、いつものようにひとり――気が散るとの理由で、秘書は離れた部屋に待機している――書類を捲《めく》っていたところ、

『……聞こえるか、〈4＝7《フィロソファス》〉。エグモントよ』

押し殺した声が、机の一番下にある頑丈な鍵のかかった引き出しから聞こえてきた。

慌てて書類を投げ出したエグモントは、肌身離さず持っていた鍵で引き出しを開け、さらに魔術鍵が施されている小型の金庫を所定の手順で開いて、中から両掌で挟める程度の水晶球を取り出す。

よく見れば内部に複雑な文様が彫り込まれたこの水晶球は、各国の王室か冒険者ギルド本部だけに秘匿されている通話用の秘宝と同系統のものであったが、ただその色が、ほとんど黒に近い藍色であるという違いがあった。

「これは――〈6＝5《アデプタス・メジャー》〉。このような時間に連絡をくださるとは、なにかございましたか？」

立ち上がってその場に片膝を突いたエグモントの問いかけに、水晶球の向こうから押し殺した平坦な声が返ってくる。

『例の巫女姫が、貴様の作った偽のブタクサ姫に接触した』

「ほう？　意外と早い動きですな」

『どうやら、ブタクサ姫の足を治す気でいるらしい。不確定因子ゆえ、あれの能力に関しては不明だが、仮に完治させられたとして、〈4＝7《フィロソファス》〉、そちらで齟齬《そご》は生じないのか？』

「ふむ……。いえ、問題ありません。それどころか、こうなればさらに一石投じられるかも知れません。いま現在、こちらの宮中は次の当主を狙って疑心暗鬼の魔窟となっています。そこへブタクサ姫……いえ、それに関連して巫女姫と帝国も巻き込むことができるとなれば、さらに混迷の度は深まるでしょう」

『ふむ。では、予定通りということだな？』

「左様でございます、〈6＝5〉《アデプタス・メジャー》。すべては蒼き神の御心のままでございます」

『ふん。とはいえあの巫女姫は、いろいろと予想外《イレギュラー》であるからな……。まあいい。あれほど極上の生贄《いけにえ》も存在せぬからな。邪魔しそうな亜人どもも始末したことであるし、今度こそ、我らが神の復活のために、さらなる血と供犠《くぎ》が必要だ』

「仰せの通りにございます」

恭しく頭を下げるエグモント。

『それと、行方をくらませているオーランシュ辺境伯当人の潜伏場所はわかっているのか？』

「は……いえ、大まかにオーランシュ領内だろうとアタリをつけてはいるのですが。まるで煙のように、ある地点から足取りが掴めない状況でして……」

『ふん……。大方、影法師が動いているのだろう。だが、逆に言えば超帝国の奴らを足止めできている状態ともいえる。見方によっては僥倖だ。ならば、央都での仕事はもう十分だ。クルトゥーラへ戻って、引き続き工作を続けよ。そちらは任せたぞ、エグモント』

「〈6＝5〉《アデプタス・メジャー》は、まだそちらへ？」

本来の姿を偽り、『怪しげな半黒妖精族《ハーフダークエルフ》の男』として常に活動している、古《いにしえ》の神を崇める秘密結社のなかでも、最も位階の高いその人物を思い描きながら、エグモントは尋ねた。

『うむ。神器のお力で周囲に溶け込んではいるものの、そろそろ潮時だろう。懸念していた傀儡《くぐつ》……貴様の作ったブタクサ姫の反抗も杞憂であり、中原の騒乱を通じて、超帝国の介入が行われるギリギリの線を見切ったことでもあるしな』

「〈6＝5〉《アデプタス・メジャー》のお力であれば、〈巫女姫〉ごとき問題にもならないでしょう。高みの見物をしている超帝国も、その傲岸と怠惰ゆえに、なにもできずに滅びるのみでしょうな」

侮蔑の表情を隠しもしないエグモントに対して、水晶球の向こうからも冷徹な笑いが返ってきた。

『ふっ、身にあまる力を持った者は、常に傲慢な自信家だ。だが、それゆえに足を掬われる。自分を正義だの神だのと称している連中に比べて、我らは脆弱だ。ゆえに細心の注意を払って、針の穴に糸を通すように計画を進めなければならん。貴様も留意することだ。――と、あまり念話に時間をかけると察知される恐れがある。これでいったん切るぞ。次の定時連絡は五日後の夜の零時とする』

「はっ！　すべては蒼き神のために！」

『真なる蒼き神のためにっ』

その合言葉とともに念話を切り上げた人物――〈6＝5〉《アデプタス・メジャー》〈大賢者〉と呼ばれた――現在は対外的に〝ゾエ・バスティア〟と名乗っている彼女は、エグモントが持っていた水晶球と対になる水晶球を、収納《クローズ》の機能がついた指輪型の〝神器〟にしまい込むと、立ち上がってスカートを翻し、無骨な操縦機を片手に嫣然《えんぜん》と嗤《わら》いながら、自らの操り人形が待つ講義室へと戻るのだった。

❀幕間　皇華祭の淑女たち…………

右も左も上も下も真っ白な空間。

なんでも、内部にいる者の意思に応じて自在に形状を変える精神感応物質《サイコ・マター》が使用されているという、メイ理事長専用の講義室。

「――よし。これでこの一年間……のみならず、今年分の講義の補習は終了。あとで出してもらうレポートの出来にもよるけれど、問題なく通常の講義に戻れるわ。にしても、ここって精神に働きかけて通常の五倍速で学習できる、あたしの友人曰く『メンタルとタイムのルーム』なんだけれど、普通の人間なら十五分と我慢できないところ、よくふたりとも連日八時間も籠もって発きょ……おかしくならなかったわね。大したものだわ」

亜空間に精神感応物質《サイコ・マター》で作られた、椅子と机、講義用のホワイトボードを、手振りだけで消し去ったメイ理事長。手にした補習用のレジメを無造作に地面にポイと捨てると、白い床に穴が開いて、レジメはどこへともなく消えていきました。

「はあはあ……あ、ありがとうございます……お手数をおかけいたしました」

いま、発狂って言いかけなかったかな？　と、使いすぎて痛む頭を押さえながら、私も立ち上がって一礼しました。とりあえず、今日ばかりは頭脳労働で消費したカロリーを補充するため、『ケーキは一日一個まで』の制限を外してもバチは当たらないことでしょう。

「…………」

なお、隣では息も絶え絶えのセラヴィが、白目を剥いて前のめりに卒倒しています。

最初は倍速でも、鼻血を出して脳の血管が切れかけていたのですが、いまではどうにか五倍速にもついてこられるようになったのですから、さすがは〝神童〟です。人間の対応力って素晴らしいですわ（「壊れてもジルちゃんなら治せるでしょう」の一言で強行した理事長も剛《ごう》の者ですが）。

もっとも、その分の反動はきついらしく、講義も終盤になると、毎回夏の終わりの蝉のような状態になってしまいますが……。

それでも最後までやり遂げたのですから、大したものです。

そんなセラヴィを一瞥したメイ理事長が指を鳴らすと、いつものようにセラヴィの椅子は寝台《ベッド》に変化して、さらにどこからともなく、わらわらと集まってきた二・五頭身で金髪碧眼の幼女を模した人形が、「うんしょ、うんしょ」という感じで寝台《ベッド》ごと外――医務室へと運んでいきました。

意識こそないものの、じっくりと休息して点滴でもすれば、若さもあって一晩で治るはずです。

残った私の前には、ソファとレースのクロスをかけたテーブルが現れて、その上には繊細なアールグレイ風の薫り高い紅茶とケーキスタンド、サンドイッチトレー、角砂糖ばさみ、茶漉しが揃えられていました。

ケーキスタンドに並べられているのは、定番のキュウリのサンドイッチと、イチゴジャムとクリームを添えたスコーンです。

「アフタヌーンティー風にしたけど、もっとガッツリ食べたいなら、ウェルシュレアビット（ウェールズ風チーズトースト）とローストビーフとかも準備させるけど？」

「いえ、これで十分ですわ。それにこのあと、デザイナーと衣装合わせがございますので、あまり食べ過ぎるのは、その……」

「ああ、なるほど。皇華祭のドレスだね。そっか、もうそんな季節か～……まあ今日日《きょうび》、コルセットでウエスト四十五セルメルトなんていう馬鹿な風潮はないけれど、お腹をへこませて採寸されるとか、精神的に地獄だよね～」

うんうんと頷きながら、ぱっかぱっかと馬のようにサンドイッチとスコーンを食べまくるメイ理事長。これでよくこのスタイルを維持できるものだと、羨ましく思ってしまいます。もしかして、神人になるとウエストの悩みとは無縁になるのでしょうか？　だとすれば、私も本気で進化の道を模索してみたいものです。

そんなことを考えながら、ちびちびとキュウリのサンドイッチを齧る私。

「そうですわね。オーダーメイドって、なんでああ採寸が多いのでしょうね。私としては別に制服でもよかったのですけれど、うちの侍女とかがやたらと張り切っていまして」

ついでにデザイナーも張り切っていて、「巫女姫様のドレスを仕立てられるなど、光栄の至りでございます！」とか言って、来月に間に合わせるために職人を総動員したのみならず、暖簾分けした弟子を皇国中から集めて、臨戦態勢で取り組んでいるそうです。

「あー。まあ、ドレス姿を競うのも皇華祭の目玉だからねえ。各自気合の入った特注のドレスを準備するのも恒例ってところだから、諦めなさいな。それにあんたの場合、特注品でないと絶対にサイズが合わないでしょう？　けしからんことに」

「あの、どこを見ておっしゃっているのでしょうか？」

　視線が胸に刺さるなぁ……。

「べっつに〜っ。ああ、それはそれとして、皇華祭は外部にも開放されるので、学園側《こっち》でも十分に警戒するつもりだけれど、思いがけない悶着に巻き込まれたり、巻き込んだりしないように気を付けてね」

「え、ええ……それは気を付けますけれど、なんだかその言い方だと、私がトラブルを起こすか引き寄せるように聞こえるのですが」

「だいたい合ってる。聞いた話では、今朝もオーランシュ家のブタクサ姫——ってことになっているアレと接触したんでしょう？　それがどれだけ危険な行為か、わかっているわけ？」

　事情を知っているメイ理事長に咎められると、さすがに返す言葉がありません。

「それは……自分でも軽率だったとは思っていますけれど」

「まあ、元実家がどうなっているのか、気になるのはわかるよ。まして、父親が襲撃されて重傷だって噂なんだから、いても立ってもいられないのは十分理解できるけどさ。けれど、壁に耳あり障子に目ありっていうし、不用意に近付かないのが一番なんだけど……」

　う〜ん。つまり、さっきお話をした侍女頭のゾエさんも、間諜である可能性を考えなければいけないということですか。あと、どうでもいいですが、この世界にも障子ってあるのね。

　見た感じ、多少杓子定規なところがありそうでしたけれど、瞳の奥には確固たる信念を持ち、芯の強そうな〝働く女性〟〝自立した女〟って感じでしたから、そういう方を疑いたくはないのですが……。

そんな私の内心を見透かしたのか、メイ理事長は不意に表情を緩めて、

「ま、教育者として生徒に人を疑えとか、信用するなとかいうのは間違っているわね。どーも、昔いろいろあって苦労したせいか、物事の見方が斜めになっているわね。やだやだ、あたしも年を食ったのかしらね。――ってことで、年寄りの愚痴はおしまい！　腹芸とか、あんたのキャラじゃないしねー。あんたはあんたらしく真っ直ぐに、自分の信じた道を通っていきなさい。露払いは大人の役目なんだから」

そう言って、軽く肩をすくめるのでした。

よくわかりませんけれど、多分『フォローはするから頑張りなさい』という意訳なのでしょう……と適当に考えて、私は立ち上がってメイ理事長へ一礼しました。

「ありがとうございます。ご忠告は肝に銘じます」

「ん」

気にするな、というようにひらひらと掌を振りながら、メイ理事長は私に合わせて、紅茶のカップを置いて立ち上がりました。

理事長とふたり揃って理事長室から廊下へ出たところ、寮でセラヴィと同室の地味めの男子生徒

（なんて名前だったかしら……？）が、とぼとぼと歩いてくるのが目に入ります。

「——あ、巫女姫様！」

ぱっと目を輝かせる、地味男子生徒。私の隣には理事長がいらっしゃるのですが、私服らしいガーリー調のワンピースを着ているので、ぱっと見は学園の見学にでもきた資産家の娘さんにしか見えません。

「ごきげんよう。どうかされましたか、こんなところへ？」

私が尋ねると、彼ははにかんだように頬を赤らめながら、

「え、ええと。その、またセラヴィ君が倒れたので、回収するように教導官《メンター》から言われまして」

ああ、なるほど。

「そういえば、寮でセラヴィと同室ですものね。でも、ひとりでは大変ではないですか？」

「覚えていてくれたんですか、僕のこと⁉」

途端、それはもう本当に嬉しそうに、満面の笑みを浮かべる彼。……ごめんなさい。覚えているのは『セラヴィの同室』『下級貴族の子弟』という情報、ただそれだけです。

「ええまあ……（汗）。そ、それはともかく、セラヴィに代わってお礼を言います、卿《きょう》のお陰で助かりますわ」

「そんな畏れ多い！　僕なんか準男爵家の三男坊ですから、普通に『エリアス』って呼び捨てで構いません」

あ、思い出しましたわ！　確かフルネームは、エリアス・ヤン・バルテク君だったはず。

「それではエリアス様は、おひとりでセラヴィを寮まで運ばれるのですか？」

「『様』も必要ないんですけど……あ、いえ、もう少ししたら寮長も来るはずですし、寮までは学園の荷馬車を貸してもらえるので大丈夫です」

「ま、荷馬車っていっても、学園謹製のゴーレムが引く人力車だけどね」

メイ理事長が、さりげなく補足してくださいました。

とりあえず、エリアス君の待ち人が来るまで軽く雑談でもしていようかしら、と思った矢先――。

「ほーっほほほほほっ！　こんなところで一般生徒と逢引きかしら。巫女姫様ともあろう女が！」

非常に聞き覚えのある高笑いとともに、数人の女子生徒を引き連れた、額《おでこ》の広い小柄な女生徒――制服姿のエステル・リーセ・ベーレンズ嬢がやってきました。

「あら、エステルさん。ごきげんよう。後ろの皆さんはお友達ですか？　よかったですわ、ちゃんとお友達ができたみたいで」

この態度で、なおかつルーク一本槍！　という視野狭窄に陥っているエステルのことですから、もしかすると学園でボッチなのではないかと心配していましたが、どうやら杞憂なようです。

「ええ、お陰さまで――じゃない！　なによ、尻軽女！　こんなところで男を侍らせて。やっぱり、あんたにルゥ君は似合わないわ！」

廊下で立ち話をしていただけで浮気認定されるのですか……。てか、後ろにいるメイ理事長に誰も気付かないのは、どうかと思うのですが。

なお、貴族のマナーとして、本来であればエステルの態度も物言いも、およそ信じられない無礼

——日本でいえば、園遊会でいきなり裸踊りをするレベル——なのですが、学園内では誰もが一生徒であり、すべては自己責任というモットーのもと、運営されていますので、メイ理事長も特に注意する様子はありません。

とはいえ、それはあくまで『学園内』でのことであり、また『無礼講』といっても、平社員が本気で社長にタメ口を利くなど言語道断なことと同様に、わきまえるべき暗黙の常識というものは存在するわけで、そのあたりを理解しているエリアス君や、とばっちりを恐れてこちらを遠巻きに眺めている、普通の常識的な貴族の令息令嬢などは、不快げな表情でエステルを眺めています。

当のエステルは気付いていないのか、気にもしないのか、マイペースを崩さずに続けます。

「とりあえず、あんたに彼女たちを紹介するわ！」

「あ、はい。お願いいたします」

エステルの合図に従って、ひとりひとりが前に出てきて、私に自己紹介を始めました。

「レミントン公国から来ました、リージヤ・ルフィナ・クライネフです」

リージヤさんは、金髪碧眼でポニーテールにした、私よりも頭ひとつ長身（巨人族《ギガース》でしょうか、二メルト近くあります）の、二十歳ほどの女生徒です。

「カーヤ・アンネリーゼ・シュナーベルですわ。以後、お見知りおきを」

赤毛でそばかすの浮いた、理知的な面立ちの十八歳ほどの女生徒カーヤさん。

「オレリア・エグランティーヌ・バイヨ。お目にかかれて光栄です」

栗色の髪に褐色の肌をし、敏捷《びんしょう》そうな十六歳ほどの女子生徒が、快活な笑みを浮かべます。

「エルマ・フレデリック・バルケネンデ。正々堂々と戦いましょう」

黒髪で豊頬黒瞳《ほうきょうこくとう》。どこか堅物じみた十五歳ほどの女生徒が、騎士風の礼を取りました。

「オーサ・エディット・オーグレーン。ま、これも成り行きということで」

緑色の髪をした十四歳ほどの少女が、かったるそうに片手を上げます。

どうやらこの五人、名前がふたつで姓があるところをみると、全員が貴族のようです。そのわりには、貴族クラスで見た覚えがないのですが。と小首を傾げる私へ、はっとなにかに気付いたエリアス君が小声で説明してくれました。

「巫女姫様。彼女たちは全員が一般クラスへ通っている、男爵家や士爵家などの下級貴族の子女です。おまけに全員が、学業やスポーツでいずれも成績優秀な生徒ばかりです」

「その通り！」

エリアス君の解説が聞こえたのか、エステルが我が意を得たりとばかり、前に進み出ます。

「彼女たちは能力があっても、例年貴族クラスを憚って、皇華祭では壁の花にすらなれなかった名も知れぬ花々よ。だけど今年は違うわ！　打倒あんた、というスローガンのもと、あたしの意向に賛同して、協力してくれることになったプリンセス候補チームよ‼」

どやっ、とばかりに胸を張るエステル。

「――そうなのですか？」

エステルの頭越しに彼女たちに尋ねると、全員が苦笑いをしながら顔を見合わせました。

「まあ、参加すれば学費を立て替えてくれるって言うし」と、リージヤさん。

「食費や訓練費、雑費もタダらしいので」と、カーヤさん。

「それに、ドレスも支給してくれるそうですし」と、オレリアさん。

「それに、一度くらいは皇華祭のプリンセスを目指してみるのも一興」と、エルマさん。

「ま、ぶっちゃけ、全員が金に釣られてスカウトされたわけ」と、身も蓋もなくオーサさんが総括しました。

「ということで、昨日の敵は今日の友！　全員が一丸となって、あんたに吠え面をかかせるために集結したのよ！」

　そう、自信満々で言い切るエステルですが、エステルに恋敵《てき》認定されてからかなり経ちますけれど、いまだに恋敵《てき》のままで、『昨日の敵は今日の友』になったためしがありません。きっとその日はこないのでしょうね、永久に。

「そんなわけで、あたしたちはつまらない講義なんて出ずに、来月の皇華祭に向けて特訓をする予定なんだから。せいぜいあんたは現状に胡坐をかいているがいいわ。おほほほほほほほほほほほっ‼　さあ、皆、行くわよ！」

　いつものようにテンションMAXのまま、高笑いをしながら踵を返したエステルに続いて、全員が――きちんと私たちへ一礼しながら――立ち去っていきました。

　その背中へ向けて、メイ理事長が一言、

「いや、サボらずに講義には出なさいよ。退学させるわよ」

　当然のツッコミを入れたのでした。

【第三章】それぞれの朝と悪意の歪曲

巫女姫ジルの朝は早い。

日の出の遥か前に起床し、動きやすい服装に着替えて、裏庭に出て井戸の水を汲み上げ、その場で金盥《かなだらい》へ入れ換えて魔術でぬるま湯に変える。

お湯だけでの洗顔は肌にダメージを与えやすいので、『収納《クローズ》』してある手持ちの固形石鹸を取り出して、ぬるま湯で泡立てる。

前世であればクリームやミルク、泡タイプなど、洗顔料はいろいろとあるのだが、この世界には化学合成した薬品はないので、石鹸が一番手っ取り早いし、また敏感なジルの肌には一番合うといえるだろう。

泡立てすぎてもよくない。そもそも泡そのものに美肌効果はない。手で顔を洗う際に摩擦を少なくするための潤滑剤としての役割しかないので、手早く済ませる。

それ以上のクレンジングは必要なく、洗顔したあとのぬるま湯はさっさと下水に捨てる。

ぬるま湯で顔の皮脂を落としたのち、数種類の植物油《キャリアオイル》と精油《エッセンシャルオイル》、魔術で作った精製水からなる手製の化粧水《ローション》と日焼け止めを塗ったら終了。

そのあと、惰眠をむさぼるフィーアを優しく起こし、近くの山まで飛んでもらって、柔軟運動のあと、走り込みや朝の練習を行う。以前（認識阻害が外れる前）は町中でジョギングをして、公園でトレーニングをしていたが、一年ぶりに央都に戻ってきた翌々日に同じ日課を行ったところ、央都中が大騒ぎになり――Tシャツにホットパンツがまずかったらしい――周囲からも、「淑女が太腿を丸出しにするなど、非常識ですわ‼」「はしたない！」「巫女姫様というお立場をお考えください」「いいぞ、もっと脱げっ！」と、非難囂々（一部で勘違いした応援もあったが）だったことから、こうして人気《ひとけ》のない場所でトレーニングせざるを得なくなったジルであった。

　ちなみに、神獣である使い魔《ファミリア》のフィーアが傍にいるので、山の魔物はジルにはまったく寄り付かない。ついでに最近は、ゼクスも悠々とジルたちの頭上を飛んで様子を窺うようになったので、まず滅多なことはないとは思うが、それでも万が一を考えて、各方面から密かに護衛が配置されていたりする。

　しかしながら、諜報員として手練《てだ》れを自負していた彼らだが、ジルにはバレバレだったようで、「どうもご苦労様です」と、物陰に隠れていた全員のところへ初日に挨拶に回られ、ついでに手作りの菓子も手渡されるという失態を演じたのは、記憶に新しい。

　当然のように、護衛たちは訓練所で再訓練を命じられ、代わりに手練れの諜報員が導入されたのだが、それを嘲笑うかのように、毎日ごく自然に、トレーニングの終わりにジルから違った手作りの菓子を渡されるため、一流を自負していた諜報員たちも、再訓練の列に加わったのだった。

「う～～ん、やっぱり朝は気持ちいいわね。そういえば皇華祭では千メルト持久走もあるみたいですから、もうちょっとペースを上げたほうがいいかしら。あ、それよりも高地トレーニングのほうがいいかも。この辺は四、五千メルト級の山も多いので、尾根沿いを走ってもいいかも知れないわね」

「わんっ！（わかった〜）」

お散歩コースが増えることに尻尾を振って喜ぶフィーアとは対照的に、隠れて聞き耳を立てていた護衛たちは、一斉に『やめてくれ〜〜〜っ!!!』と、心の中で絶叫したとかなんとか。

実際、モチベーションが上がったジルは、善は急げとばかり、まずは近くにあった三千メルト級の山の山頂まで一気に足を延ばし、十日後には周辺の山々を制覇したのだった。

結果、密かに隠れてついていく護衛たちも、血反吐を吐くような猛特訓と実地作業に励まざるを得なくなり、そのあと、近隣諸国でも名高いメンタルとフィジカルを兼ね備えた精鋭部隊が生まれる切っかけとなったのは、また別の話である。


一汗かいたジルが、再度フィーアに乗って屋敷に帰ると、待機していた侍女ズ——モニカとエレンはともかく、ラナとコッペリアはまだ半分寝ぼけている（コッペリア曰く「ワタシは夜間、省エネ低電圧なので朝に弱いんです……電気羊が一匹……二匹……」とのこと）——が、寄ってたかって素早く汗を拭い、着替えをさせる。

「これでよし。ジル様、おはようございます」

「「「おはようございます」」」

「はい、おはようございます。今日も一日よろしくお願いいたしますね」

モニカの合図で朝の挨拶を行い、それにジルが笑顔で返して、彼女の一日が始まるのであった。

シルティアーナ姫の朝は誰よりも遅い。

床に就くのは誰よりも早いはずだが、早起きの鳥が鳴いて、太陽が昇って家人が起き出し、野良犬が徘徊し、職人が通りを行き来する頃合。

テーブルを埋め尽くさんばかりの朝食ができたのを確認したところで、侍女頭のゾエが、いずれもキャスター付きのワゴンを押した六人の侍女を引き連れて、シルティアーナ姫の寝室へと向かう。

『起床の儀式』と密かに家人に陰口を叩かれているそれを行うため、ゾエは央都にあるオーランシュ家の別館の奥に設えられている、シルティアーナ姫の寝室の扉を叩いた。

もともとは通常サイズの扉だったのだが、それだとあのシルティアーナ姫では出入りが不便だということで改築された、観音開きの扉である。

また、廊下には手すりが付けられ、極力段差がないように修繕されており、さらには最新の昇降機まで付けられた、シルティアーナ姫のプライベート空間。

ノックをしてもいつものように返事がないのを確認して、ついでに分厚い扉越しにも聞こえる、ブウブウと野豚が鳴いているような鼾《いびき》の音に嘆息をし、背後に控える侍女たちに目配せをするゾエ。

「――失礼いたします、姫様」

無造作に扉を開けて、ぞろぞろと入り込むゾエを筆頭とした侍女たち。

それなりに大きな部屋だが、中央に鎮座する天蓋付きの巨大な寝台《ベッド》と、なによりその上にこんもりと盛り上がった巨大な肉の塊――似合わないピンクのナイトキャップに同色のベビードールを纏ったシルティアーナ姫の存在感が、この部屋を実際の大きさより遥かに狭く見せていた。

――はあ～……。

無意識のうちにだろう、思わずため息をついた侍女のひとりを、ゾエは振り返って睨みつける。

慌てて口元を押さえて、青い顔で首をすくめる侍女から視線を外し、シルティアーナ姫のもとへと歩みを進めるゾエ。

「姫様、朝でございます。姫様っ」

最初は優しく、それからだんだんと勢いをつけて肩を揺する。

ぶわんぶわんと揺れる脂肪の塊。仕事とはいえ、あれに直接触れられるゾエ侍女頭は勇者だなぁと、毎朝感心する侍女たちであった。

「………」

多分、目が覚めたのだろう。肉に埋もれ、目も瞼も定かでない目元を拭うシルティアーナ姫。

「おはようございます、姫様」

「「「「おはようございます、姫様！」」」」

息もぴったりに挨拶をする侍女たちを、まあ、多分寝ぼけ眼《まなこ》で見ているのだろう。

ぼけ～～～～～～っとした雰囲気が十数秒続いたところで、

「……お……よう」

なにやら返答があった。

それだけでもゾエは満足した様子で一礼をして、「それではお支度をさせていただきます」と断りを入れてから、シルティアーナ姫の背後に回ると、意外な膂力《りょりょく》――あるいはなにかコツがあるのか――を発揮して、シルティアーナ姫の上半身を起こす。

それから濡れタオルで顔を拭い、ベビードールの下に手を入れて寝汗も拭う。

食べ過ぎて内臓が悪いのか、肌がガサガサで吹き出物も多いので、念入りに白粉《おしろい》を塗って、念のために化粧も施す。

ゾエが魔法のようにてきぱきとした手つきで、下着まで含めて着替えを済ませ、絹でできた作業着のような動きやすい服を着させると、準備をしていた侍女たちが一斉に動く。

侍女たちはワゴンに被せていた白いシーツを剥ぎ取り、その下から鈍色に光る鎧のようなもの――『ヴィクター式魔導甲冑《鋼鉄の乙女《フェッルム・ウィルゴ》二十八号》』のパーツを取り出し、慣れた手つきで順番に装着していくのだった。

ほどなく、寝台《ベッド》の上に上半身を起こして座り込む、完全武装の寝ぼけた王女が完成したのだった。

「それでは、食堂へ参りましょう」

《鋼鉄の乙女《フェッルム・ウィルゴ》二十八号》用の操縦機を取り出して、レバーを操作するゾエ。

その操作に従って、意外と滑らかな動きでシルティアーナ姫は寝台《ベッド》から床に降り立った。

「半数はこのまま私とともに、半数は後片付けをお願いします。頼みましたよ」

「「「「「承知しました」」」」」

ゾエの指示に従って三人がその場に残り、三人がそのまま従っていく。

こうして、シルティアーナ姫の朝は始まるのだった。

さて、『起床の儀式』を終え、シルティアーナ姫が食堂のテーブルに着いたのを確認したところで、ゾエはあとのことを給仕に任せて、いったん退室した。

最近はシルティアーナ姫を連れて頻繁に学園にも通うようになったせいで、いろいろと雑務が増えてきているのだ。

しばらく前までシルティアーナ姫といえば、部屋のソファに寝っ転がっているか、モノを食べているかだけだったので、担当の侍女は密かに『飼育係』と呼ばれていたものだが、当主であるオーランシュ王の襲撃に伴う不在と不祥事を糊塗《こと》するため、より目立つアレを表舞台に立たせることで当座を凌ごうという重臣たちの苦渋の選択により、現在は好むと好まざるとにかかわらず、侍女たちは侍女らしい仕事に忙殺されていたのである。

御者や侍従たちと今日の予定を打ち合わせようとゾエが廊下の角を曲がった――ところ、壁に背中を預けて佇む年齢不詳の執事《バトラー》エミール・ボーンと、真正面から視線が合った。

思いがけない……というわけでもないが、明らかにこちらを待ち構えていた様子の彼の佇まいに、ゾエは思わず足を止めて警戒の視線を送るのだった。

一介の執事《バトラー》というのは仮の姿で、この世界に三人しかいない〈魔王《シャイタン》〉のひとり。

その事実を僅か数カ月前に知ったジン――ことゾエとしては、当然内心で警戒していたのだが、さすがは〈魔王《シャイタン》〉と称えるべきか、これほど間近で接していても、ただの人間並みの魔力波動《バイブレーション》しか感じられない。ここまで見事に隠蔽されていては、一流といわれる魔術師でも、到底気が付くものではないだろう。

――それにしても、なぜここに？　まさか、気が付いたのか？

過日の襲撃で火傷を負い、顔の左半分に包帯を巻いた痛々しい姿を押して、待ち構えていたエミールの意図を探り、ゾエの目が怪しく光る。

――どうにも最近、不確定要素《イレギュラー》が多いな。〝神子《アマデウス》の予言〟では、こんな場面は想定されていなかったのだが。そうなると、未知の因子が働いていると見るべきだろう。つまり要件は……。

一瞬で思考を巡らせつつ、表面上はさも驚いたという表情で目を丸くし、

「どうかされましたか、エミール様？　――まさか、旦那様かエウフェーミア姫様に、なにかございましたか?!」

顔色を変えて口元へ手をやるゾエの取り乱しように、「あ、いや、そういうことではない」と、エミールは慌てて手を振る。

「そ、そうですか。あまりびっくりさせないでください、エミール様。エミール様もまだ本調子ではないのですから、無理はなさらないでくださいませ」

「ああ、すまん。だが、我々のために犠牲になった者たちと、なによりエウフェーミア様のことを思えば、これしきの怪我など……」

沈痛な面持ちのエミールに合わせて、せいぜい殊勝な表情で、

「エミール様の落ち度ではありません。近衛の者たちは職務を全うしたのであり、エミール様もそんなになってまで、エウフェーミア姫様をお守りしたではないですか。確かにエウフェーミア姫様の傷は浅くはございませんでしたが、命が助かったのは、ひとえにエミール様のご尽力の賜物です」

そう、慰めの言葉をつらつらと連ねるゾエであった。

――まあ実際、城が吹っ飛ぶほどの爆発をこの程度で抑え、オーランシュ王には怪我ひとつ負わせなかったのだから御の字だろう。エウフェーミアに関しては、あの筋肉バカの牛男《イサーク》の首から下が吹っ飛んで巻き込まれた、二次被害だったわけだからね。

お前はよくやった。敵ながらあっ晴れ……と言いたいところだが、当人は責任を感じて恥じ入っているらしい。上級ポーションや治癒術師を使っての治療を頑として拒んで、戒めのために傷を残しているのだった。

「だが、私は私が許せんのだ。あのお方に託された以上、その結果はゼロかすべてしかない。瑕疵《かし》が生まれた時点で、もはや私の三十年はゼロでしかないのだ」

なんとも律儀なことである。内心せせら笑いながら、

「――三十年？」

怪訝な表情で、一見すると二十代前半にしか見えない〈魔王《シャイタン》〉の横顔を覗き込むゾエ。

そこで失言に気付いたエミールは、「いや、先代から数えてのことだ」と、取って付けたような言い訳をして、「ところで」と話題を変えた。

「シルティアーナ様はこれから学園へ行かれる予定なのか？」

「はい。最近はお加減もいいということで、三日に一度は講義に参加されます」

まあ、もともと無学な村娘、本当に参加するだけだけどね。と、胸の中で付け加えるゾエ。

「そうか……」

そう一言呟いて逡巡してから、エミールは厳重に封がされた手紙を懐から取り出した。

「本来であれば、おめおめとあの方にお縋りするなど恥の上塗りだが、こうなってはやむを得まい」

「――これは？」

半ば宛先を予想しながら、ゾエは困惑した面持ちで尋ねた。

「この手紙を巫女姫様へ。あくまで、私の個人的な願いだと明言して渡してほしい。――ああ、誰からだと尋ねられたら『獅子』と答えてほしい」

ひっくり返してみても、宛名も送り主の名も書いていない。

「……よろしいのですか？」

先日の巫女姫《ジル》からの申し出――シルティアーナ姫の足の治癒――《イレギュラー》に対して、いまのところなんの返答もしていない。彼女《ゾエ》としてはいまの時期に、積極的には不確定要素に関わりたくなかったため、手元でその案件を握り潰している状態である。

そこへきて、エミールの独断専行ともいえる行動に、『当主からの指示？』『なんらかの罠？』『もしや私が疑われている？』『それとも額面通り？』と、複雑に去来する心中を糊塗するための曖昧な問いかけだったのだが、エミールは軽く肩をすくめて、「あくまで私個人のことだ」そう繰り返すだけであった。

「わかりました。それ以上はお聞きしません。この手紙は巫女姫様にお渡ししておきます」

「頼む。――ああ。それと例の皇華祭には、私も執事《バトラー》としてシルティアーナ様に随行させてもらう」

「なるほど……わかりました」

一礼したゾエに頷いて、エミールは踵を返した。

「……つまり、皇華祭のドサクサ紛れに、巫女姫と接触するつもりということか」

その足音が完全に消えたのを確認して、ゾエは小さく呟いた。

それから周囲を見回して、誰もいない手近な部屋に入ると、受け取ったばかりの手紙をしげしげと眺めた。

「〝封印〟〝防御〟〝認証〟と、三重の魔術封《マジック・シール》を施してあるか。並みの術者ではまず封印は破れない。仮に破れば、防御の魔術で攻撃される。さらに特定の相手以外が開けた場合は中身が消去される、と。なかなか手が込んでいる」

そう評価しつつ、ゾエは口角を吊り上げる。

「だが甘い。相手の正体がわかれば、術式もおのずと見当がつく……ふふん、やはりドルミート魔紋式か」

指輪型の神器から取り出した小粒の魔石を指先で磨り潰し（普通は万力でも使わなければ無理な所業である）、細かな砂粒で封筒の表面をなぞるようにしながら、小さく呪文を唱えるゾエ。

ほどなく封筒の封が、不完全な糊付けが取れたように剥がれた。

ゾエは上機嫌になって、ふたつ折りにしてあった手紙を取り出して目を通す。

『親愛なる〈巫女姫〉様へ

マイ・プリンセス。不甲斐ない私めが、貴女様をそうお呼びすることをお許しください。

すでにお聞き及びのことかと存じますが、オーランシュ王とエウフェーミア王女が慮外者《りょがいもの》の襲撃を受けました。

世間では、王は重傷を負ったということになっておりますが、それはあくまで表向きの理由に過ぎません。

私がその場にいながら思わず不覚を取ったことも、また事実でございます。

己の不明を恥じ入るばかりですが、恥を忍んでマイ・プリンセスへ申し上げたき儀がございます。

皇華祭の当日、可能な限り少人数で夜六時に第二図書棟の裏においでいただきたく、伏してお願い申し上げます。

永遠に変わらぬ貴女様の下僕《しもべ》、エミール・レグルス・ボーン』

簡素なその内容を数度読み直したゾエの、その瞳が妖しく光る。

「これはこれは……。案の定、巫女姫が関わっていたわけだねぇ。ほうほう、なかなか愉快な内容じゃないか」

それからふと思い付いた表情で、魔石の粒を再度指先に付けて、手紙の表面をなぞった。

途端、インクの一部が滲んで、僅かばかり内容が変わる。

『親愛なる〈巫女姫〉様へ

マイ・プリンセス。不甲斐ない私めが、貴女様をそうお呼びすることをお許しください。

すでにお聞き及びのことかと存じますが、オーランシュ王とエウフェーミア王女が慮外者の襲撃を受けました。

私がその場にいながら思わず不覚を取ったことも、また事実でございます。

己の不明を恥じ入るばかりですが、恥を忍んでマイ・プリンセスへ申し上げたき儀がございます。

皇華祭の当日、必ずおひとりで十六時に第二図書棟の裏においでいただきたく、伏してお願い申し上げます。

　永遠に変わらぬ貴女様の下僕、エミール・レグルス・ボーン〈魔王《シャイタン》〉』

それから手紙を封筒に詰め直して、再封印ついでに〝認証〟の魔術を〝紛失〟に切り替えておく。

これで読み終わった手紙は、知らない間にどこかへ消えてなくなるはずである。

「――さて、これでどう踊ってくれるか。楽しみだね」

上機嫌で鼻歌を歌いながら、ゾエは手紙をポケットにしまって部屋をあとにするのだった。

《皇華祭十日前》

かつて皇国の侯爵家の本宅であったという宮殿ホテル。

もとの持ち主は贅の限りを尽くし、私利私欲のために民の血税を不当に略奪し、一時の快楽のために領地を担保に商人から金を借りまくり、最後にはこともあろうかその立場を利用して、敵対国に国家機密を売り渡した本物の売国奴。

そのことが明るみに出て、一族郎党が処罰の対象となったそうですが（さすがに上級貴族を死罪にするわけにはいかなかったので、領地と爵位を没収のうえ、国外追放されたとか）、とはいえ件の元侯爵が湯水のようにお金を注ぎ込んだだけあって、場所も一等地であり、なおかつ建物の壮麗さと内装の豪華さは、王族の宮殿といってもいいほどで目を瞠るものがあります。

あまりにも素晴らしすぎて（また、曰く付きとのことで）、借金の形《かた》に差し押さえた商人が転売しようとしても上手くいかず、現在はやむなく、外国人向けの超高級ホテルとして活用しているそうです。

そして現在、この超高級ホテルには、お忍びで旅行中の（ということになっている）とある高貴な身分の方がご滞在中です。

さらに付け加えるならば、いままさにこの瞬間、私とルークはその人物からの呼び出しを受けて、半信半疑のまま馬車を走らせ、貴賓室へ案内されたところで、

「「…………」」

もの凄く気まずい沈黙のなかにいました。

運動系の部活中に、不意に顔を出した元キャプテンのOBに呼び出された、現キャプテンのような顔で直立不動になっているルーク。

そのルークの隣で、ついでに来た横暴なOGの難癖に耐える姿勢で待機する私。

「「…………」」

緊迫した空気が張り詰めるなか、時計の針だけがコチコチと着実に時を刻んでいきます。

「「…………」」

いちおう建前上とはいえ、私は巫女姫。ルークは帝国の帝孫という立場ですので、よほどの相手でもなければ、呼び出しをかけられたり、こうして立たされっぱなしで、なおかつ相手が口を開くまで話ができないなどということは、まずあり得ないのですが、今回に限ってはその数少ない『よほどの相手』ですので、たちが悪いです。

それも不意打ちですから、私もルークも混乱の最中にあり、結果しわぶきひとつ立てられず、その場に佇むほかありませんでした。

「「…………」」

……ああ、胃が痛いですわ。せめて、怒鳴られるなり嫌みを言われるなりしたほうがすっきりするのですけれど、目の前で佇む見慣れた――最近、私とコッペリアとの手遊《てすさ》びで、試供品を作っては送っていたアンチエイジング化粧品《ローション》のせいでしょうか。心なしか十歳は若返った気がする――顔が、苦虫をまとめて噛み潰したような表情になって、無言のまま私たちを睥睨《へいげい》しているだけです。

どれほど時間が経過したでしょうか。長いような短いような沈黙を破って、ようやく彼女――私の養母にして魔女の姉弟子である帝国女子爵《ヴァイカウンテス》クリスティ女史が、ほとほと呆れ果てたとばかりに深い深いため息をつかれました。

「……まったく。一年以上も行方不明になっていて、帰ってきたと思ったら、無事を知らせる手紙ひとつ寄越さないとは。どうやら、私の教育の仕方が間違っていたようですね」

「あ、いえ。手紙よりも、戻って直接説明しようかと思っていたのですが……」

聖都でも帝都でも中原でも、なんかいきなり拉致されるように無茶ぶりを強いられ、あれよあれよという間に時間が過ぎていったのですもの。

で、でも、状況はカーティスさん経由で連絡したはずですので……と、しどろもどろに答えたのですが、クリスティ女史の鋭い眼光を前に、尻すぼみとなってしまいました。

「……申し訳ございません」

悄然と肩を落として素直に謝りますが、クリスティ女史の舌鋒は収まりません。

「挙句〝巫女姫クララ――クレールヒェン〟を襲名するとは、呆れてモノが言えません。自分の立場をなんだと考えているのですか!?　というか、目立たずに自重するという選択肢はないのですか、貴女の人生には?!　どこまで、こちらの思惑の斜め上をいけば気が済むのですか!?!」

「え、ええと……その、それは成り行きというか……」

それに私としては、そのときにできる最善とはいかないまでも、次善の策くらいを取って自重しているつもりなのですけれど――。

と、そんな私の内心の弁明が聞こえたのか、クリスティ女史の目つきがやたら剣呑……というか、ほとんど殺意の波動を放ちます。

「成り行きで巻き込まれたとしても、自分から立ち向かった時点で間違っています！　逃げるとか、ほかに助けを求めるとか、方法はいくらでもあります！」

　そう一刀両断されましたけれど、う〜〜ん……あの状況では無理じゃないかしら？

　感情的にいまいち納得できない私の態度を見て、意を決したルークがクリスティ女史へと向かって、勇敢に――立場はともかくルークにとっても、クリスティ女史は恩師であり、公私ともにいろいろとお世話になって頭が上がらない相手でもあるのですが――擁護してくださいました。

「失礼ですが、クリスティ先生。終わったあとで、ああだこうだと批判されては、ジルも納得できないと思います。報告書は提出してあるはずですが、ジルはあの場でできる最善を尽くしたと……神ならぬ身に完璧を求めるのは理不尽だと愚考しますが？　それを考えるならば、そんな頭ごなしに叱らなくてもよろしいのではありませんか？」

「お言葉ですが、ルーカス殿下。結果が出れば、それでいいというものではありません。実際、結果だけを見て、これまでさんざんチヤホヤされたでしょう――ですが、そのためにご祝儀相場で見逃されたこの子の甘さや、行き当たりばったりの行動のマズさを、この際きっちりはっきり、指摘しておかなければならないのです！」

　取り付く島もないクリスティ女史の頑なな態度に、ルークは肩を落として撃沈しました。

　とはいえ、そう言われてしまえば、私も自分の甘さや思慮の足りなさを、いまさらですが思い出して恥じ入るばかりです。

――そうよね。イゴーロナクを斃せたのも、私ではなくて皆や聖女様の助力があってこそだし、そもそもコッペリアの最終兵器も思いっ切り暴走して、危うく国ごと吹っ飛ばしそうになったわけだし……。

《邪毒蛇》《ヨルムンガンド》だって、ヘル公女の協力とフィーアの覚醒がなければどうしようもなかったし、黒妖精族《ダークエルフ》と洞矮族《ドワーフ》の戦争にしても、私が行ったのは本当にささやかな助力に過ぎません。

いずれのケースもたまたま博打が成功したようなもので、もしも私が第三者として同じことをしろと言われたら、『無理！』と速攻で答える状況だったのですから、クリスティ女史が激怒するのも当然です。

これは今夜一晩、お説教コースだろうなぁと、内心で覚悟を決めるのでした。

意気消沈する私たちの態度を殊勝なものと捉えてくれたのか、憤慨していたクリスティ女史も矛を収め、いくぶんか柔らかな口調で付け加えます。

「まあそんなわけで、注意しようとしても薄情なあなた方は帰ってこないし、待っているのも飽きたので、いい機会ですから物見遊山も兼ねて、ここまで足を延ばしてみました」

「「はあ……」」

「それに帝国領内にいると、宮廷雀やご婦人方がうるさいですからね……」

明らかに辟易とした表情で愚痴をこぼすクリスティ女史。まあ、成り上がりの女子爵《ヴァイカウンテス》ということで、旧来の諸侯貴族や婦人派閥間で、私などには想像もできない軋轢があるのでしょう。

そんな気持ちが表情に出たのか、クリスティ女史は私の顔をジト目で眺めて、深いため息ととももに吐き捨てました。

「主な原因は、貴女が送ってきた化粧品《ローション》類にあるのですけれどね」

「「はあ？・」」

当惑する私とルークの顔を交互に見比べながら、眉間に皺を寄せたクリスティ女史は、深い懊悩を込めた表情で、もどかしげに現在の帝国における社交界の混乱の有様を愚痴ります。

なんとなく風向きが変わったことを感じながらも、クリスティ女史から放たれる「聞け！」という無言の圧力に従って、傾聴させられる私とルーク。

まあ要するに、私から（半分ご機嫌取りで）送られた化粧品《ローション》をつけてみたクリスティ女史が、その効果のほどに感服をして、お茶会やパーティに顔を出した――若返った美貌を自慢したかったのでしょう。そこは女性のサガなので非難はできませんわ――ところ、ご婦人方の間に一石どころか巨大隕石を叩き込んだような騒ぎとなり、さらに出どころが『巫女姫《わたし》クララ』と知った彼女たちは、一段と目の色を変えたとのことでした。

「つまり、その化粧品《ローション》をつければ若返りのほかにも、巫女姫様のような美貌まで……」

そんな憶測や根も葉もないデマが飛び交い、結果、どうしてもと請われたクリスティ女史が、皇太后様や一部の懇意にされているご婦人方に予備の化粧品《ローション》をお裾分けしたところ、それを聞いたご婦人方が口々に、

「侯爵夫人たる私にぜひお願いしますわ、女子爵《ヴァイカウンテス》」

「なにをおっしゃるの。ブラントミュラー子爵家の取り引きのため、身銭を切ったわたくしにこそ」

「ふふん、聖戦後に得られた爵位でなにを偉そうに！　古くから帝国を支える我が国、その国母たる私にこそ必要です」

「はっ。猫の額ほどしかない田舎小国の王妃が、なにを偉そうに！」

「あン⁉　たかが法衣貴族ごときが、なめた態度じゃねーの！」

「そっちこそ、あんまチョーシくれっと、ケリ入れっぞ、ゴラ‼」

「やんのか、ドコ中だ、テメーッ！」

ご婦人方による、洒落にならない仁義なき宮廷闘争が巻き起こっているらしいです。

エイルマー様やご婦人方の旦那様である王侯貴族のご当主に自粛を促すようお願いしても、

「「「「いや、無理っ！」」」」

早々に白旗を上げられたところに、貴族社会における実権や力関係が垣間見えたということです。

そんなわけで、四面楚歌に陥ったクリスティ女史が、ぐったりとソファにもたれかかって曰く、

「……いや、マジであのまま残っていたら、ミンチにされていたかも知れません」

そう真剣な表情で語る背中に、哀愁が漂っていました。

「どんだけですか⁉」

美を求め、老化を回避しようとする女性の欲望は果てしないですわね。

ということで、私とルークへの視察とは名目で、実のところクリスティ女史は、化粧品《ローション》類が量産できる目途が立つまで、帝国から半ば避難しようと、シレントまで遥々と足を延ばしたそうです。

なんだかなぁ……。

❀幕間　エリアスの幼馴染みからの手紙……

『拝啓　エリアス・ヤン・バルテク様

お元気ですか？　エリアス君がシレントの、それもリビティウム皇立学園へ入学してから、もう二年ですね。月日が経つのは、本当にあっという間です。央都での暮らしにはもう慣れましたか？　勉強は進んでいるでしょうか？

皇立学園へ合格できたエリアス君は、郷土の誇りです。末はお役人様か騎士様かってことで、故郷へ帰ると、近隣の皆がエリアス君の自慢話をしています。

そんなエリアス君に感化されたわけではないのですが、これからは女でも学問が必要だと両親を説得して、私もこの春から央都の学校へ入学しました。というか、もう央都に来て四月《よつき》ですけれど。

さすがにエリアス君のように、皇立学園へ入学するなんてことはできませんでしたが、アントワーヌ女子学院へ通っています（ご存じですか？　私学としては、そこそこ有名な学院です）。

うちの学院は全寮制なので、なかなか外出許可が下りず、また手紙の類も親元に送る以外は検閲されるので、この手紙はたまたま里帰りする友人に頼んで出してもらいました。無事にお手元に届いていればいいのですが……。

それで、あの、もしこの手紙を読んでもらったうえで、よろしければお会いできませんか？

来週の天女の日の午後であれば外出許可が出る予定ですので、可能であれば央都三等区にある公園の、狸仙人像の前までお越しください。

あなたの友人　アナベル・アナジャより』

「あの、エリアス君、その……」

夕日が差し込む公園の片隅で、幼馴染みでひとつ年下の少女アナこと、アナベル・アナジャがひたむきな眼差しを、僕——エリアス・ヤン・バルテク——に向けながら、恥ずかしげに続ける言葉を選んでいる。

「……本当は、もっと前からエリアス君に……その、言いたかったんだけど、勇気がなくて……」

ツァレトカ伯爵領の、小さな村の名ばかりの代官であった準男爵家の三男と、領内に三つあった町のひとつを治める町長の娘。

立場上、お互いの親が親密で、歳と家が近かったこともあって、毎日泥だらけになるまで遊んだ、気心の知れた幼馴染みの女の子。

いつの間にかお互いを男女として意識する歳になって、だんだんと会う機会が少なくなったけれど、久しぶりに会った君がこんなに垢抜けて綺麗になっていたことに、不注意にも僕はいま気付いた。

子供の頃はお転婆で、男の子同様にズボンにシャツが定番だったアナだけど、こうしてスカートを穿いた制服姿のアナを見るのは初めてで、ひどく新鮮で眩しかった。

――ああ、この眩しさはきっと、夕日の照り返しのせいだけじゃないだろう。

「たははっ、変だよね。こんなの、あたしらしくないよね……」

いつになく緊張した面持ちで、何度も唾を飲み込んで、さっきから同じ言葉を繰り返すアナ。

頬を真っ赤に染める君。ああ、そんなに照れなくてもいいのに……。

アナ、君がなにを言いたいのか、そんなことは一目瞭然じゃないか。

いや、この日この場所に呼び出しの手紙をもらった瞬間に、僕はこの場面を予想していたんだ。

だって、僕と君はずっと一緒だったんだもの。なにも言わなくても、お互いの気持ちはわかっていた……いや、最初からずっと寄り添っていたと思う。

子供の頃は当たり前すぎて気付かなかったそれに、気付いたのはいつだったろう……。

「そ、そんなことはない……さ」

そして、気付いた以上、いつまでも子供のままの関係ではいられない。

だから、だから僕も勇気を持って言わなければならない――それはわかっているんだ。だけど、もしも違っていたら……いや、この一言で、僕たちの関係が変わってしまうかも知れない。

そのことが怖くて、臆病な僕はもう一歩が踏み出せないでいる。

あああ、僕はなんて情けない男なんだろう!!

勇気を出せ！　踏み出すんだ、エリアス・ヤン・バルテク！　アナがいないところで僕が成長したってことを、いまこそ見せるときなんだ!!

「――アナっ。僕も君のことを」

一生分の勇気を出して僕が口に出しかけたのとほとんど同時に、思い切りのいい君がその言葉を口にしてしまった。

「あの、エリアス君っ。お願い。もしも皇華祭の招待券があまっていたら、もらえないかな‼」

「す……え?!」

「「え?!」」

気のせいか、近くの藪の中から声が聞こえた気がしたけれど、アナは呆然とする僕に気付かずに話を続ける。

「ほら。もうすぐ皇華祭でしょう？　凄い偉い人たちとか、本物のお姫様や王子様とかも、間近で見られるんでしょう？　そのうえ今年は、二代目巫女姫クララ様が参加されるそうじゃない！　もう、うちの学院でも大騒ぎでさ。あたしと彼も凱旋パレードを遠目に見たけれど、もの凄ーく、ホントこの世のものとも思えないほどの美人だもんね。できればもっと身近で見たくて」

恥ずかしげに捲し立てるアナ。って、え？

「彼……？」

「ああ、うん。こっちに来る前に、隣町の代官をやっているアホカイネン男爵家の長男のカイと婚約したのよ。言ってなかったっけ？　卒業したら結婚して、あたしも男爵夫人ってわけよ！」

アホカイネン男爵のところのカイ？　ああ、あのイジメっ子の脳味噌まで筋肉なバカか。

思い出して、蓋をしてあった嫌な思い出が僕の心に甦る。

三つ年上だった奴は、男爵家の嫡男ということで、初めから僕を手下呼ばわりして、顔を合わせれば剣の稽古っていって殴る蹴るは当たり前。水練といって真冬に裸で池に放り込まれたり、兵糧に耐えるためといってバッタを食わされたり、度胸試しっていってグールが出没する夜の墓場に置いてきぼりにされたり……。

　アナは女だし歳も離れていたから知らなかっただろうけれど、よりにもよってあのカイと婚約だなんて……しかも、こんなに嬉しそうに！　くっ。所詮、男は身分と金なのか⁉

　愕然としながらも、なんとか言葉を絞り出す僕。

「え……あ、そう……なの……お、おめ……おめでとう」

「うん。ありがとう！　で、カイが巫女姫様に夢中でさ。公認ファンクラブとかにも入っていて、ちょっと妬けるんだけど巫女姫様じゃ仕方がないもんね。それで、皇華祭では巫女姫様の限定商品とかも売り出されるみたいで、どうにかして招待券を手に入れられないかって手紙を寄越したのよ。あれって、基本的に学園の生徒の関係者しか入れないでしょう？　で、悩んだんだけど、そーいえばエリアス君も皇立学園に通っていたのを思い出してさ。恥を忍んでこうして頼んでいるわけ」

「あ……そうなんだ……てゆーか、それがなければ、思い出しもしなかったわけなんだ……」

　そーか、そーか。それで、あんな奥歯に物が挟まったような態度を取っていたわけね。あと、眩しいのはただ夕日の照り返しのせいだった。

　うん。死のう。

「ん？　なんだって？　よく聞こえなかったけど、んでどーかな？　招待券あるかな？　つーか、もしかしてエリアス君、巫女姫様と顔見知りだったりして⁉　だったらサインもらって――って、そんなことがあるわけないよね、エリアス君だもんね。メンゴメンゴ」

「あー、うん……招待券ね。うん、えーと……」

なんで僕がこのふたりのために、招待券を融通しなきゃならないんだ！

そんな思いから言葉を濁すと、アナは萎れた花のようにしょんぼりと肩をすぼめる。

「駄目……かな？」

「まあ、なんとかふたり分くらいなら……」

「なんとかなるの‼　ありがとーっ！　やっぱり、持つべきものはよい友人だね。エリアス君！」

罪悪感から僕が思わずそう答えると、途端に花が咲いたかのような満面の笑みが返ってきた。

くっ、この尻軽女が……‼

「じゃあ、お願いね！　できれば早いうちに、学院の寮に送ってくれると嬉しいかな。あ、このまま冒険者ギルドまで行って、カイに招待券の都合がつきそうだって返事しないと……！」

すっかり用は済んだとばかりアナは踵を返すと、善は急げとこの場から立ち去りかけて、振り返った。

「じゃあねーっ！　あ、そうそう。あたしは友人としてエリアス君も式に招待したかったんだけど、カイが『あんな奴を呼ぶ必要はない』って言っているから結婚式には呼べないんだ。だけど、お祝いの手紙とかご祝儀なら喜んで受けるからよろしくねーっ‼」

まったく全然これっぽっちも悪意なく、朗らかに笑いながらアナは風のように去っていった。

さようなら、アナ。さようなら、僕の少年の日の憧れ……。

「………」

「――まあ、なんだ。今日は飲め。俺が許す」

「よくあることだ。飲んで忘れろ」

いつの間にここに来たのだろうか。まるで草藪から出てきたみたいに木の葉を体のあちこちにつけたままの、グラウィオール帝国からの留学生であるダニエル侯子――一年前の調査学習のときに、一緒に女湯を覗こうとして失敗して以来、なぜか僕を舎弟認定している。僕は友人を得たのだろうか？　それとも新たなイジメに遭っているのだろうか？　――と、寮で同室、なおかつ巷《ちまた》では伝説になっているセラヴィ君が、呆然と立ち尽くす僕を慰めてくれた。

「……いや、あの、いつから覗いていたんですか？」

「ははははは、気にするな。なんか、お前が女から手紙をもらって浮き浮きだって聞いたから、ちょっと散歩のコースを変えただけだ」

「俺はとめたんだけどな」

快活に笑うダニエル侯子と、他人事のように嘯《うそぶ》くセラヴィ君。悪びれないふたりの態度にも、今日ばかりは突っ込む気にもなれなかった。

「――ダニエル様」

「ん？」

「――セラヴィ君」

「なんだ？」

「今日は吐くまで飲んでもいいですよね……」

「おうっ。支払いは任せておけ！」

「しゃあない、とことん付き合おう」

そんなふたりの友人たちと連れ立って、僕は夕闇迫る町へと繰り出した。

泣いているのは胸の痛みのせいじゃない。夕日が眩しいからだ……。

そう何度も繰り返す僕に、ふたりとも言葉少なにうんうんと頷いて、聞き役に徹してくれた。

二度と、女からの手紙なんか受け取るものか！

そう固く心に誓う、僕、エリアス・ヤン・バルテク、十五歳の夏の初めだった。


皇華祭を翌日に控えた夕方――。

『この手紙を巫女姫様に渡してください』

寮に帰ろうと思っていた僕、エリアス・ヤン・バルテクの鞄の中に、女性の筆跡だと思える走り書きと金貨が一枚、そして差出人も宛先も書いていない見覚えのない封筒が、いつの間にか入っているのに気付いて、僕は困惑と猜疑心に駆られるのだった。

「…………。罠……？」

【第四章】狐の侍女と魔導甲冑の乙女

《皇華祭前日》

「「「ごきげんよう、巫女姫様」」」

「ごきげんよう」

本日、ともに最後の講義を受講していた貴族クラスの女生徒たちが、従順な仔犬のように、なぜか全員、私のところを通って挨拶をしてから帰っていきます。

まあ、聖女教団が国教であるリビティウムで、形だけとはいえ私は巫女姫ですから、このあたりはマナーとして当然のことなのかも知れませんが、そのために講義が終わっても、全員の挨拶が終わるまで席を立てないのが困りモノです。

幸い今日の最後の講義は受講生の少ない『遺跡にみる考古学』でしたので、三十人ほどの挨拶で済んだのは僥倖でしたが。

最後のグループが、「巫女姫様に挨拶しちゃった！」「今日は直接五秒見ても失神しなかったわ」「あ、やっぱり素敵すぎるわ」「皇華祭のプリンセスは決まりねっ」と、笑いさざめき盛り上がりながら講義室を出ていくのを待って、私はようやくノートや筆記用具をしまい込みます。

「――ふう。とりあえず、これで終わり。いよいよ明日からは皇華祭ね」

まあ、正確には明日は前夜祭で、ゲストを招いての親睦会――これがいわゆる第一種目のダンスと衣装、音楽発表の場になるのですが、今回に限り明後日の競技が本番となるとのこと――ですが、心なしか学園全体がウキウキと浮ついた雰囲気に流されているような、そんな気がします。

　私も注文していたドレスがどうにか完成しましたし、いよいよ本番に臨むだけですわ。

　そこへ、付き人用の小部屋に待機していたコッペリアが、

「うっす！　お勤めご苦労様です、クララ様！」

　背後に、黒を基調とした戦闘服を着た厳ついボディガードを従えてやってくるや、私の手元から筆記用具を取り上げて、

「こんな雑事はメイドの仕事です！」

　と、黒服のひとりが口を開けて持っていた鞄へしまい込みました。

合わせて一斉に「「「「お疲れ様っす‼」」」」と頭を下げる黒服軍団。

「……ちょっと大げさではないかしら？」

　というか、貴族の令嬢のお迎えではなくて、その筋の人による挨拶のような気がします。

放課後だったからいいようなものの、ほかの生徒に見られたらなんだと思われそうですわね。

実際、講義室の出入り口から顔を出した男子生徒が、呆気に取られた顔で……って、あら？

「もしかして、エリヤス君ではありませんか？　どうされたのですか、一般生徒がこちらに来るなんて……」

　そこでふと、前回も教職員棟で見かけたのを思い出しました。

「……もしかして、またセラヴィが倒れて回収ですか？」

そう尋ねると、

「いえ、そうではなくて、ちょっと巫女姫様に……あの、あと僕はエリアスです」

あら、そうだったかしら⁈　おかしいですわね。私、人の名前と顔を覚えるのは得意なのですけれど、なぜか彼に関しては毎回微妙に間違えてしまうのですよね。なぜかしら？？？（答え・あまりにもモブ顔のため）

そう訂正しながら、おずおずと講義室へ一、二歩、歩みを進めてきたエリアス君。

「止まれ！　不審な奴め。それ以上、クララ様に近付くんじゃない！」

そこへコッペリアの制止の声がかかり、びくっとして立ち止まったエリアス君の喉、心臓、脾臓、手首、膝裏へ、流れるような手捌きで黒服たちが短剣を押し付けました。

「――ひっ⁉　ひいいいいいいいいいっ⁈⁉」

全身に突き刺さらんばかりに接する刃物と、プロの殺気を前にして、すくみ上がるエリアス君。

「ちょ、ちょっとお待ちなさい！　彼は怪しい人ではありませんわ。セラヴィの寮で同室のエリアス・ヤン・バウテン君ですわ」

「エ、エリアス・ヤン・バルテクです～」

「あら？　そうでしたか。ごめんあそばせ、ほほほほほ」

とりあえず笑って誤魔化す私。

とはいえ、この状況で間違いを訂正できるのは、ある意味大物なのかも知れません。

「あ～、愚民の手下ですか？　正直、このレベルの雑魚はワンオブゼムで区別がつかないんですけれど、まあいいでしょう。その雑魚がなんの用ですか？」

　下手な動きをしようものなら、その場で始末すると言わんばかりに、立てた親指を自分の首元に付けて、いつでも掻っ切る合図を送れる姿勢で尋ねるコッペリア。人形のように（実際そうですが）硬質な表情が、それがハッタリでなく本気であることを明瞭に示しています。

「そ、そ、それは、その、巫女姫様に、その、手紙が……手紙を……」

　脂汗を流しながら、必死に言葉を振り絞るエリアス君。

　ですが、どこか煮え切らない態度に、コッペリアのイライラが増すのでした。

「どうやら、命がいらないということらしいですね。雑魚」

「ち、違います！　ほ、本当は嫌なんですけど。手紙なんて、本当はその場で破りたかったんですけど、なんでか封筒がやたら丈夫で……その、勝手に決められて、ホントにこんなことをお願いできる立場じゃないんですけど、金貨だって返したいんですけど……」

　私に必死になにかを伝えようとする、そのどこか切羽詰まった態度を見て、私の脳裏に不意にひらめくものがありました。

「――あっ、わかりましたわ！」

「「「「「えっ、いまの説明でわかったんですか!?」」」」」

　驚愕するコッペリアと黒服軍団ですが、私は数日前に友達思いのダニエルに頼まれ、すでに準備して『収納《クローズ》』してあったものを、いそいそと亜空間から取り出して、エリアス君の前に並べます。

「はい！　限定品として発売予定のサイン入りの旗、これがサイン入りの帽子、こちらが――」

次々に並べられるグッズを前に、目を白黒させるエリアス君。

「で、最後が直筆のサイン。宛先は『アナベル・アナジャさんへ』でよかったのでしょうか？」

「なっ――！　なんでアナのことを知っているんですか⁉」

思わず刃物のことも忘れて、憤死せんばかりの勢いで身を乗り出すエリアス君。咄嗟に黒服の人たちは、怪我をしないように刃を離します。

「ええと……それはそのォ……」

ダニエルに聞いたとは言えませんわよね。告げ口みたいですから。

「ああ、思い出しました。先日、ダニエルとやらが面白おかしく吹聴していた、幼馴染みに呼び出されて告白しようとしたら、相手はまったく眼中にないどころか、金も地位もある別の幼馴染みと婚約したのを聞かせられた、『決死の覚悟で勝負に臨みながら、土俵にも上れなかった』失恋野郎ですね。んで、その婚約者がクララ様のサインやらなにやら欲しがってせびられたとか。はっはっはっはっはっはっはっはっ……おおかた寝物語にでも、笑い者にして話しているところでしょうね」

思わず言葉を濁した私に代わって、即座にダニエルを売るコッペリア。

「あ、あ、嗚呼アアアアアアアアアアアアアアアアアアアアアアッ!!!」

おそらくは純真な少年の傷口へ、容赦なく塩を擦り付けることになったコッペリアの追い打ちに、エリアス君は頭を抱えて悶絶しました。

そんな思春期の悩める少年の姿に、事情を察したらしい黒服の皆さんが、

「ドンマイ」

「そんな女のことは忘れろ」

「筋肉こそが裏切らない友！」

「男は傷を抱えて生きていくものさ」

「初恋なんてそんなもんだ」

次々に優しい言葉をかけてくれます――が、ときとして優しさは刃となります。

必死になにかに耐えるように、唇を噛んで震えるエリアス君。

「お、ここにいたのか、エリアス？　生徒会が捜していた――って、なんだこの状況は？」

そこへ、エリアス君を捜しにきたらしいセラヴィが、私とその前に山積みになったサイングッズ、震えるエリアス君と、宇宙人を捕獲したかのように取り囲む黒服の集団という、かなりカオスな状況に、面食らった様子で目を瞬かせます。

「なんだ、愚民じゃない。見ての通りよ」

「いや、見てもわからん」

コッペリアの言葉に当然の返事をするセラヴィ。

「えーと、エリアス君から頼まれて、幼馴染みのアナベルさんへ渡す私のサイン入りの商品を並べたところ、失恋の痛みを思い出したみたいですので、皆で慰めているところですわ」

ですわよね？

「なんでお前らが知っているんだ……？　まあいいか。エリアス、お前もいい加減吹っ切れよ。幼馴染みなんて、そうそう付き合いが続くもんじゃないぞ」

優しく諭すセラヴィですが、

「あら？　でも、私とセラヴィは五歳のときに知り合って、運命的に再会できましたけれど？」

ふと思い出して私がそう口に出したところ、

「う、うわああああああああああああああああああああああああああああああああんっ!!!!」

エリアス君は号泣しながら、その場からダッシュで走り去ってしまいました。

「あ、待って！　サイングッズを忘れていますわよ！」

咄嗟に声をかけましたけれど、そのままドップラー効果を響かせながら遠くへ行ってしまいます。

「青春ですね～」

呑気にコッペリアがコメントをして、それに合わせて黒服たちがウンウンと頷きました。

「そういうものかしら……？」

「言っておくけど、トドメを刺したのはお前だからな」

首を傾げる私を、なぜかセラヴィが糾弾するのでした。

「うわああああああああああっ!!　ちくしょう～～～～～～～～～～～～～～～っ!!!」

「こらっ、廊下を走るな！」

通りすがりに騒々しく走り去っていった男子生徒の後ろ姿に、拳を振り上げて注意した――一見すると私服の女生徒としか思えない紫色の髪の（見た目は）少女——メイ理事長だったが、男子生徒はよほどショックなことがあったのか、後ろを振り返りもしないで、そのまま玄関から出ていってしまった。

「……お祭りの用意で、はしゃぎすぎたのかしらねぇ」

例年この時期になると、ああいう学生が増えるのも風物詩である。

やれやれと肩をすくめながら、理事長室へ戻ろうとしたメイ理事長だったが、手紙が入っているらしい封筒とメモ書きが足元に落ちているのに気付いて、ふと足を止めた。

「さっきの男子の落とし物かしらねえ」

失恋でもしたのかしら、と呟きながら両方を拾い、まずはメモを見る。

「……なになに『この手紙を巫女姫様に渡してください』って、変な内容ね。つーか、この字どっかで見たような？」

記憶を探るが、僅かに記憶のどこかをかすめるだけで、肝心な部分に届かない。

考え込んでも無駄だと割り切って、続いて封筒のほうへ視線を送る。

「こっちは差出人も宛名もなし、か。——ん？　んんん？　なーんか、妙な魔力を感じるわね」

とりあえずメモはポケットにしまい、右手で封筒を持つと、ためつすがめつ確認したあと、左手で丸を作って、そこに目を当てて封筒を覗き込む。

指の中に陣を張って、それ越しに再度封筒を確認したメイ理事長の視線が鋭くなった。

「〝封印〟〝防御〟〝紛失〟……巧妙に偽装してあるけど、〝認証〟を破ったうえで上書きしてあるわね。いや、ほかのも僅かだけどズレがある。誰かが一度魔術封《マジック・シール》を破って、張り直したと見るべきか」

独り言ちながら理事長室へ戻り、改めて封筒を自分のマホガニーの机の上に置いて椅子に座る。

引き出しから取り出した岩塩の塊や硫黄、カラスの羽で机の上に魔法陣を描いて、その上に封筒を載せ、

「魔力パターンは……さすがに消してあるか。けれど術式に独特の癖があるわね。随分と古めかしい遺失様式……現代の様式とは違う。まだこれの使い手がいたのか」

難しい顔で分析しながら、手紙の魔術封《マジック・シール》を解くとともに、その構成についても分析をする。

「これほどの術者がまだ残っていたのは驚きね。つーか、全盛期だっていなかったわよ。古代術式と現代術式のチャンポンで、これだけのレベルを成し遂げるとか。あえて近い術者を探せっていわれたら、レジーナかジルちゃんか……いや、もっと上ね。そうなるとあたし級ってことに――」

そこまで口に出したところで、不意に脳裏に弾けるものがあった。

「まさか⁉」

それから慌てて先ほどのメモを取り出して、その筆跡に何度も目を走らせるメイ理事長。

「まさか――そんなはずは⁈　でも、この字は……だとすれば……」

ブツブツと取り憑かれたように呟きながら、メモと開いた手紙の内容を読み比べる。

手紙のほうの不自然な点も看破して、その狙いに頭を悩ませ……結局のところわからない、という結論に落ち着いたのは一時間後だった。

「……どーしたもんかな。できればジルちゃんは巻き込みたくなかったんだけど」

腕組みしながら思案していたメイ理事長だが、決然とした表情で頷いて立ち上がった。

「誰かいない⁉　皇華祭のプログラムを一部変更するわ！　至急、関係者を集めて！　ああ、それと、市内の大聖堂へお忍びでお見えになっているテオドロス法王聖下にご相談したいことがあるので、これから面談できないかって伝令を頼むわ。ついでに地下封印倉庫から『体操着』と書かれた箱を運んでおいてね」

虎穴に入らずんば虎子を得ず。この際、相手の策謀に乗って、なおかつそれを食い破るしかない。

そう決意したメイ理事長の、長い夜が始まった。

《前夜祭を挟んでの皇華祭当日》

数万人規模が観戦できる巨大な闘技場《コロッセオ》を模した、学園にある皇華祭会場。

その中央部に一段と高く設えられた『皇華祭プリンセス・コンクール』参加者紹介の場で、私と十数名のプリンセス候補は、主催者発表で三万人の大観衆のもと、体操着（体操服＋ブルマ）姿で羞恥プレイを強要されていたのでした。

「………」

淑女の祭典が、なぜこうなったわけ⁈　開催直前に突如、主催者側から指定された衣装に身を包んだ私は、状況に流されるまま呆然と立ち尽くすばかりです。

と、そこへ――。

『皆様、お待たせしましたっ。これより、第二十六代目皇華祭プリンセス・コンクール、二日目競技会を開催したいと思います‼』

互いに共鳴する水晶製の魔道具《マジックアイテム》の親機を持った、眼鏡にタキシードの男子生徒が司会者席から絶叫する声が響き、合わせて会場中に配置された子機が、その声を会場中に轟かせるのが全身で感じられました。

『おおおおおおおおおおおおおおおおおおおおおおおおおおおおおおおおおおおおおッ!!!!』

途端、会場中から割れんばかりの大歓声が響き渡ります。

『司会はわたくし、報道魔術研究部部長のバーニー・アーモンドJr《ジュニア》がお送りいたします。なお、今回のプリンセス候補の淑女の皆様には、公平を期するために聖女教団から提供された卑猥――もとい、大変活動的な衣装を身に纏っていただいています！』

――これ、聖女教団の提供だったのォ!?!

愕然とした空気がプリンセス候補の間に流れ、次にままならない怒りの矛先が、巫女姫である私へと向けられます。

わ、私のせいじゃないのにィ‼

『なお、私個人としては、非常に素晴らしい衣装だと思うのですが、この衣装の着用を拒否して、参加希望者の八割がいきなり棄権するという、残念な結果になってしまいました』

まあ、そうでしょうね。

　残った候補も、

「くっ、いっそ殺せ」

「……うう、借金さえなければ」

「おのれ謀ったわね、あんた‼」

「え？　なんで？　露店を見ている間に皆いなくなったの⁇」

　やむにやまれぬ理由や、意地、逃げそびれたなどの理由で、この場に辛うじて残っているだけのようです。

『ここで解説として、聖女教団のテオドロス法王聖下に解説席へ来ていただきました！』

『うむ。テオドロスじゃ。よろしくな』

　なんでいるんですか、あの老人が⁉

『さて、法王聖下。あの衣装について、教団からの突然のテコ入れとのことでしたが、その理由などはございますでしょうか？』

『うむ、大ありじゃ。そもそもあの衣装は、聖女スノウ様が世に伝えたという伝説の聖遺物――その名も「ブル・マー」というのじゃ‼』

『おおおおっ！　聖女様由来だったのですね。てっきり痴女……げふんげふんっ、失礼、マイクの具合が悪いようです。法王聖下の趣味かと思ってしまいましたが！』

『うむ、それもある！』

　あるんかい、と壇上で見世物になっているプリンセス候補から殺意が向けられますが、当人はカエルの面になんとやらで頓着した様子もなく、それどころか神の預言を伝える敬虔な使徒の面持ちで朗々と続けます。

『聞くがよい！　聖女様はおっしゃられた。もともとブル・マーとは『ＢＬＯＯＭ―ＭＡ』を由来とした神代の言葉であり、その起源は巫女服、セーラー服、ナース服、スクール水着と並んで、女性にとって最も重大な勝負服である。であるなら、淑女の祭典である皇華祭プリンセスを競う合うこの場において、まことに相応しい衣装といえるじゃろう！』

『おおおおおおおおおおおおおおおおおおおおおおおおおおおおおおおおおおおおっ!?!?』

法王様が威厳たっぷりに伝えるお言葉を前に、もともと聖女教団が国教である、この国の観客のほとんどが胸を打たれた表情で絶叫を放ち、観客席が雪崩のような歓声に包まれるのでした。一部、女性陣から、「でたらめよーっ!!」という疑惑を含んだ声が上がっていますが。

『なるほど！　素晴らしい由来があったのですね!!　なんか取って付けた感が無きにしも非ずですが、細かいことは問題ありません！　巫女姫様を筆頭にブル・マー姿で恥じらう乙女たち！　これこそがまさに皇華祭！　プリンセス・コンクール！　華の祭典といえるでしょう!!!』

絶対に違います。

『さて、その皇華祭を一層盛り上げるために、法王聖下には別室の貴賓席にて、ほかのゲストとともにつぶさに解説をお願いいたします！』

『待たんかい！　あんな遠い貴賓席は嫌じゃ！　ここでかぶりつきで見るんじゃ!!』

テオドロス法王が駄々をこねるのを無視して、スタッフが素早く椅子ごと運んでいきました。

『続いてお待たせしました。特別ゲストは、な・な・なーんと、この方でーす！　そう、どこの誰かは知らないけれど、通りすがりの美幼女メリーちゃん（五歳）に、おいでいただきました‼』

『お前ら、貴族のボケナス学生が、働かずに親が搾取した金で食う飯は美味いかー⁉　――なの』

バーニー・アーモンドＪｒの紹介に従って、皇華祭会場の上空にタテ×ヨコが百メルト×二百メルトほどもある映像が、巨大な記録結晶によりライブで投影されると、彼と並んで実況席に座る、金髪碧眼でなぜか両手に包丁を持った五歳ほどの幼女が映って、会場にひしめく生徒や観客に向かって即座に毒を吐きました。

『美味しいです！』

『他人が汗水垂らして働いた金で食う飯、最高！』

『幼女こそ至高っ‼』

大部分の生徒や関係者は、とりあえず盛り上がっておけの精神でイケイケです。

『いやぁ、盛り上がってきました！　私も巫女姫様のブル・マー姿を前に、思わずこの世に生まれた幸運を噛み締めております。そう、我々は今日、いま、この瞬間のために生きてきたのです‼』

『おおおおおおおおおおおおおおおおおおおおおおおおおおおおおおおおおおおおおッ‼‼‼』

バーニーＪｒの大げさな鼓舞に従って、会場が割れんばかりの反響に包まれます。と同時に、撮影用の記録結晶を持った大会スタッフが、私のところにやってきました。

「巫女姫様、いまの心境を一言お願いしますっ」

「こうなるとわかっていたら、学園に戻ってきませんでしたわ……」

正直な私の感想に、実況席のバーニーＪｒがおちゃらけた口調でコメントを飛ばします。

『おっと。可憐な巫女姫様にはブル・マー姿は刺激が強すぎたか⁉　だが、恥じらうその姿がイイ』

『女なら誰でも通る通過儀礼なの。たとえるなら、ブラを初めて着けたときの「ああ、もう子供ではいられないの」と少し切なくなる気持ちみたいなものなの……』

ブラどころかおしめも外れていないような幼女の解説に、バーニーＪｒもしたり顔で頷きました。

『わかります。私も初めてブラを着けたときに「もう戻れないんだな」って思ったものです』

それ、意味が違いますわ！　っていうか、誰かあの変態を実況から外してください！


さて、前夜祭では貴族のマナーに完璧に則り、煌びやかに飾り付けられた大演舞場で厳粛に行われたダンスや音楽発表ですが、翌日から始まった皇華祭本番の競技は、いきなり体操服とブルマに着替えさせられるという、波乱の幕開けとなりました。

ちなみに当初の参加者は、二十組百人ほどがいたのですが、最初からクライマックスともいえるこの暴挙を前に、ほぼ八割方の女子生徒が怖気《おぞけ》を震って競技への参加を辞退したため、事実上残り六組二十七名による決勝戦となってしまったとのことです。

具体的には、本来なら何組かに分かれてトーナメントによる予備戦を行い、この闘技場《コロッセオ》での決勝は八組に絞って行われるはずだったのですが、残りが六組ということで全員が自動的に繰り上がります。そして、このあとは競技を行ってその結果によりポイント獲得、さらに前日の前夜祭でのポイントと合わせて、最もポイントが高い者が優勝ということになりました。

なお、前夜祭のポイントは、いま残っている面々のなかでは、女子は私が一位で五十ポイントの満点。二位以下は三十ポイント台以下なので、私はわりと余裕があります。

男子はヴィオラが一位で四十五ポイント。ルークが僅差で四十四ポイントという状況です。

そして、この衣装にも世間の好奇の目にも怯むことなく、残った勇者……もとい、プリンセス候補は、

エステル率いる一般生徒選抜部隊。チーム名『ジルシネ団』（六名）。
生徒会の女子役員選抜。チーム名『銀の紋章《アージェント・レイブル》』（五名）。
中位以上の貴族令嬢による有志グループ。チーム名『百花繚乱《プロフュージョン》』（七名）。
主に魔法科の混成変人集団。チーム名『マジック・ホリック』（七名）。
といった、いずれも個性的な面々です（皆がチームになっているのは、単体だと私ひとりにだけ脚光が当たるため、集団で、なおかつ総合ポイントで戦わないと端《はな》から勝負にならない……という、運営委員会の余計な判断が働いたためです）。

さらにどういう経緯があったのか、これにリビティウム皇国のブタクサ姫でお馴染みのオーランシュ家の魔導甲冑と中の人も参加を表明。こちらは私と同様に単独《ソロ》での参加ですが、特別救済ルールでゾエさんが隣で操縦――ではなくて補助を行うようです。

そのため、私も侍女をひとり補助につけていいということになり、せっかくですので、普段あま

り学園に来ることのないラナを指名して、登録しておきました。

まあ、いまのところ私に補助の必要はないので、ラナにはお小遣いを渡して好きなように露店や学園内の売店でお買い物をするように話し、あと人間族《ヒューム》至上主義のこの国で獣人族《ゾアン》であるラナが嫌な日に遭わないように、念のためにエレンとブルーノにもついていてもらっています。

ということで、ものの見事にイロモノというか、面白集団ばかりが壇上に残ってしまいました。

それと、チームごとに色違いの鉢巻が渡されていて、先ほど紹介した順番で、白（『ジルシネ団』）、ピンク（『銀の紋章《アージェント・レイブル》』）、緑（『百花繚乱《プロフュージョン》』）、茶（『マジック・ホリック』）、黄（魔導甲冑とゾエさん）、紫（私）になります。

混沌としてきた大会の行方についてつらつらと考えている間に、メイ理事長の挨拶が終わり、リーゼロッテ様をはじめとした審査員の皆様の紹介も終わり、あとよくわからないゲストの紹介があったのですが、このあたりは割愛いたします。

で、いよいよ司会のバーニーＪｒによってチームごとにメンバーや特徴が紹介され、そのたびに壇上の女生徒に注目が集まり、ある者は気っ風よく手を振り、ある者は羞恥で全身を朱に染めるのでした。

観客は盛り上がっていますけれど、これ体のいい晒し者ですわね……。

と、思わず遠い目をする私。そんな私のほうを向いて、真っ先に元気いっぱい挨拶をしたエステルが、歯と対抗心を剥き出しにして、憤然と言い放つのでした。

「覚悟しなさい、あんた。昨日のダンスと歌ではチームとして三位に甘んじたけれど、今日の競技でギッタンギッタンにしてやるんだから。いまから首を洗って待っているがいいわ！」

どこで調達したのか、肩にジャージの上着を引っかけて、威風堂々と宣言をするエステル。

小柄な体、フラットな胸、可愛らしい烏賊《イカ》っ腹。あらゆる点で体操服とブルマが似合っています。怖いくらいに。

「……ああ、羨ましいですわ、自然で。それに比べて私のこの格好って、完全にいかがわしいお店のコスプレに堕《だ》していますものね……」

「どーいう意味よ⁉　あんたなにげにあたしを持ち上げるフリして、実は見下してるでしょう⁈」

本能でなにかを察したのか、エステルがさらに唸り声を発して野性に返っていきます。

「そんなことはありませんわ。この体操服にしても一番大きいのを選んだのですが、それでも胸がきつくて苦しくて。エステルさんはわからないかも知れませんが、本当に大変なんですから！」

「やっぱり自慢でしょう⁉　殺すっ‼」

と、和やかな雑談をしている間に、あらゆる意味でインパクトのある魔導甲冑の紹介が終わり、『うわ～～っ……』と会場の温度が一気に下がったところで、いよいよ私の番となりました。

『――そして、いよいよお待たせしました！　昨日行われた前夜祭では、天使を彷彿とする素晴らしい衣装とダンス、そしてハープを演奏しながら聖歌を歌われ、下馬評通り圧倒的な得票数で、二位を大きく引き離した絶対王者――いや、プリンセスッ！　ご存じ二代目巫女姫クララ様こと、ジュリア・フォ』

紹介の途中で声が途切れたのは、魔道具《マジックアイテム》を使って増幅しているアナウンスを圧倒する声援と拍手が沸き起こったからです。

「押さないでっ、前に詰めないでください！」

「闘技場《コロッセオ》へ降りるのは禁止です。プリンセス候補に触らないでください！　ガーディアン・ゴーレムが即座に拘束します！」

「立たないでください。大変危険な状況となっています。席を立たないでください！」

「おひねりを投げないように！　おひねりを投げない……え？　『おひねりはあたしが預かるにゃ』って、誰ですか貴女？」

　血相を変えて殺到する観客に向かって、必死に制止の声を張り上げる実行委員の方々。

　金属製の学園謹製ガーディアン・ゴーレムも二十台ほど出動しましたが、人数が違い過ぎて捌き切れないようです。

　そこですかさず、私の手に渡されるマイク型魔道具《マジックアイテム》。

「皆様！　皆様のたくさんの温かい声は、確かに受け取りました～！　ですから、静粛にお願いいたします。私の声が聞こえますでしょうか？　それでは改めて、この場にお集まりの皆様による、多くのご声援に感謝いたします。この素晴らしい場において、皆様の期待に応えられるよう、精一杯頑張りますので、落ち着いて節度のある応援をお願いいたします！」

　とりあえず無難に返してビジネススマイルを浮かべ、四方八方に右手を上げて――これが本当の八方美人だなぁと思いつつ――応える私。

　途端、観客席の前列側の男女が興奮のあまり失神し、女子は涙を流して感激し、男子は喉も涸れんばかりの絶叫を放つのでした。

　さすがは聖女教団が国教であるリビティウム皇国内。本場であるユニス法国でなくても、敬虔な信者が多いと見えます。

『ジュリア様っ！』『お姉さま～ッ‼』『巫女姫様ーっ‼』『プリンセス！』

　収拾のつかないバラバラの声援がしばし続きましたけれど、

「クララ様万歳ーっ‼　さあ、愚民ども、声を合わせて叫ぶのよ！」

　どこかで聞いた機械仕かけの侍女の音頭に合わせて、

『『『『ク・ラ・ラ♪』』』』

　チャチャチャチャッ☆　ドンドン！

『『『『ク・ラ・ラ♪』』』』

　チャチャチャチャッ☆　ドンドン！

『『『『ク・ラ・ラ♪』』』』

　チャチャチャチャッ☆　ドンドン！

　ほどなく、統一されたかけ声と拍手、足踏みに取って代わられ、会場が一体となってシュプレヒコールを奏でるようになりました。

　先ほどの暴動じみた大騒ぎが鎮まった、その契機になったコッペリアのかけ声はナイスですが、よりにもよってクララ呼びですの……。と、やるせなく思いつつ、

「ありがとうございます！　ありがとうございまーす‼」

早く終われえええ！　とばかり、私は声の限り叫ぶのでした。

ということで、どうにか騒ぎが鎮まり、ついでにかなりの人数が担架で運ばれた会場では、実行委員により舞台が片付けられ、第一の競技の準備が進められます。

ほどなく、剥き出しの地面に魔術によって三メルトほどの高さの石壁が屏風のように立てられ、さらにその石壁の前に、人の胴体ほどの太さのある丸太が等間隔で六本立てられました。

怪訝に思う間もなく、司会者席から飛び出したバーニーＪｒが会場の真ん中へと移動し、さらにアシスタントらしい女子生徒数人が、複数の弓矢が載った台座を押して、そのあとに続きます。

『それでは、第一の競技〝ドキドキ愛のキューピッド三連射〟の解説をしたいと思います』

その台詞に、なんだべ、それ？　という空気が会場に流れます。

『第一の競技に使用されるのは、ご覧の通り、弓。こちらに用意されたのは、なんの変哲もない弓と矢です』

そう言って、弓のひとつを取って会場中へ示す司会者。

見たところ、弓は短弓とか合成弓《コンポジットボウ》とか呼ばれる、比較的取り回しのしやすいもののようです。

あれって、女子供でも射ることができるわりに威力が高くて、なおかつ連射性に優れているのですよね。

『プリンセス候補の皆様には白線の位置まで下がっていただき、五十メルト先の丸太に取り付ける的《まと》を射ていただきます』

まあ、妥当なところでしょうね。飛距離的にもぜんぜん余裕ですし――と、会場にいた全員が思ったであろうその瞬間、頭にリンゴを載せたルーク、セラヴィ、ダニエル、ヴィオラ、バリー生徒会長、エリアム君（？）が、なぜかぞろぞろと会場に現れました。

おい、まさか……。という惨劇の予感を前に、司会のバーニーＪｒが陽気に解説を付け加えます。

『はいっ。こちらに並んでいただいたのは、今回のプリンス候補及び有志の方々で～す！　今回の皇華祭はプリンセスが主役とはいえ、パートナーであるプリンス候補がなにもしないのは著しく不公平！　パートナーあってのダンスということで、でき得る限りプリンス候補にも協力していただいています！』

「いやだ～～っ！　なんで生徒会長の僕がこんな目にっ⁉」

「おい、ちょっと待て！　なんだこれ⁈　おい、エリアス！　なんで俺まで巻き込んだ⁉」

「ふふふふふっ。仕方がないじゃないですか、ほかの候補がみーんな逃げたんですから。僕と一緒に死んでくださいよ、ダニエル様、ついでにセラヴィ君」

「俺はついでか……」

有志というわりには喚き散らすバリー会長とダニエルを、ガーディアン・ゴーレムがしっかりと掴んで離しません。

一方、普段は気弱なエリアス君ですが、今日ばかりはなにかを吹っ切ったような――人間として大事ななにかを悪魔に売り渡したような――笑みを浮かべて、頭にリンゴを載せたまま、率先して丸太の前に並びます。

『えー、ご覧の通り、今回の競技の的はプリンス候補の頭の上にあるリンゴです』

会場中にどっと驚嘆の声が巻き起こりました。

半分は期待を込めた歓声で、もう半分は惨劇を予想しての悲鳴です。というか、超大国の帝孫殿下や高位貴族、王族相手に万が一があれば、いきなり世界大戦が起きてしまうのでは⁉　という危惧も、当然含まれています。

『使える矢は三本で、一発で的に当てれば二十点。二発目なら十点。三発目で五点となります。一発も当たらなかったり、プリンス候補に当てた場合は零点です。チームで参加するプリンセス候補は、代表者一名が射手となります。なお、矢を射るのに魔術を使用するのは禁止です』

　リンゴ《マト》を生きた人間の頭へ載せる以外は、私たちプリンセス候補も事前に聞かされていたルールですが。

『なお、安全のためにプリンス候補にはあらかじめ防御の魔術を施しておく……予定でしたが』

　ここで突然、風向きが変わりました。

『それでは面白くない――もとい、真剣味に欠けるという審査員からのクレームにより、ある程度ダメージが通る減衰魔術に変更して、体を張った競技となりましたーっ‼』

「「「ちょっと待てーーーっ!!!」」」

「ふっふっふっ、僕たちは全員親友じゃないですか。生まれたときは違えども死ぬときは一緒って、この間のヤケ酒の席で言っていたのは嘘ですか？　それともアナと同様に、僕を玩《もてあそ》んで喜んでいたんですか〜？」

　バリー会長、ダニエル、セラヴィの悲鳴と、エリアス君の捨て鉢な笑いが木霊します。

『ちなみに的……もとい、プリンス候補の皆さんは、最後まで逃げずに立っていた段階で、各自三十点ずつ加算されます』

この予想外の事態を前に、射手であるプリンセス候補も尻込みを――。

「うちのチームの的になるのって、あの地味な準男爵家の三男よね。なら、万一があっても見舞金を弾めば問題ないから、遠慮しないでジャンジャン射なさい、オレリア」

「心得ました」

「ふっふっふっ。あのセクハラ生徒会長を合法的に始末できる。ふっふっふっふっふっ……」

「そうね、一発や二発は誤射っていうしね」

「くくくくくっ」

――せずに、一部はノリノリで殺人教唆をしています。

さすがに『百花繚乱《プロフュージョン》』は、「ヴィオラ様に万が一があれば……」と意気消沈していますし、『マジック・ホリック』も、「魔法なしだとキツイっすね」と渋い顔です。

あと、私だけが知っている偽ブタクサ姫というか魔導甲冑は、弓を使った際の微調整が難しいのか、ゾエさんがぶつぶつと、

「こんな予言はなかったのに、どうなっているわけ⁉　なぜ、こんなことが起きている⁉」

なにやら不満げに呟きながら、操縦機を操作して、適当な弓と矢をつがえて引く動作を繰り返していますが、出力が高すぎるのか一撃で弓を破壊してしまっています。

それを見て逃げようとする的役のダニエルを、死なばもろともとばかり、エリアス君とセラヴィ

が掴んで離しません。

　私はお相手になるルークの背の高さと、的までの距離を測りながら、適当な弓と矢を手に取って司会のバーニーＪｒに尋ねました。

「あの、本番前に練習をするのは問題ありませんか？」

『勿論です！　競技開始はこれより三十分後となりますので、開始まで存分に、練習するなり弓を選定するなりなさってください！』

　そういうことなら、と得心したほかのプリンセス候補たちも、練習を始めます。

　弓の張力を確認する私のところへ、司会の方が引き続きとどまってマイクを向けてきます。

『どうですか？　巫女姫様は武術の実技でも抜きん出た成績を残しているそうですが、いけそうですか？』

「友人に妖精族《エルフ》がいますので、たまに弓を教えていただいているのですが……」

『ほほう。妖精族《エルフ》仕込みですか。妖精族《エルフ》は弓の名手として有名ですからね』

「その彼らに言わせれば、私の技量は『並み』だそうです」

『……えーと、それは『妖精族《エルフ》並み』という意味でしょうか？』

「いえ、人間として並みだそうです」

『ふむ。それはつまり、どの程度でしょうか？』

「獲物を狙うなら急所狙いなんてことはしないで、胴体を狙うように。可能であれば精霊魔術の『百発百中』で命中率を上げるように言われています」

『つまり、あの、それは……？』

気を遣って次の問いかけがなかなか出てこない司会者に代わって、私は実際に矢をつがえ、目標の丸太に集中します。

「目標は地上一・八メルト」

魔術は使えないので、気休めで前世にあった矢が命中する呪文――確か、南無八幡大菩薩だったかしら？　――を、思い出しながら、

「南無三っ！」

「なんか、かけ声が不穏だ～～～っ！！」

ダニエルの絶叫を無視して、よっぴいてひやうどはなち、次の瞬間、矢はものの見事に丸太のど真ん中、人間であれば心臓の位置を射貫いたのでした。

やっぱり弓は苦手です。

ともあれ、そのあとも試射した結果、十本射て二本命中するか……という確率でした。

「同じ確率二割でも、味方が敵に射た場合はまず外れるんですけど、どーいうわけか敵が射てくると味方に命中するんですよね～」

甲斐甲斐しく私の手伝いや雑用をこなしながら、この結果を眺めていたコッペリアが、不穏な感想を口に出しました。

「風はほとんどないはずなんですけど、不思議ですわね……？」

小首を傾げる私の前で、頭の上にリンゴを載せてにこやかに微笑むルーク。

その頭上のリンゴを狙って、的を絞って……絞ってぇ……発射っ！

ズドン！　といい音を立てて放たれた矢は、モノの見事にルークの眉間を射貫きました。

「――あっれ～？」

今度こそ確実だと思っていたのですが、若干下方にズレていたみたいです。

「『あっれ～？』じゃないわよ！　あんたさっきから、心臓やら喉元やら眉間やら、狙い澄ませたかのように必中させてるけど、ルゥ君を殺す気!?」

すっ飛んできたエステルが私の首を締め上げるのを、運営委員の方々が慌てて引き離しにかかります。

一方、見事なヘッドショットを決められたルークは、笑顔のまま不意に厚みがなくなり、さらに縮んで人形《ひとがた》に切り抜かれたヒラヒラの紙となり、地面に舞い落ちました。

「けほっ、けほ……仕方がないではありませんか。何度も言っているように、私は弓が苦手なのですから」

正確に言えば、苦手というには語弊があります。体型的に著しく不利ということです。

なぜなら、もともと弓というものは男性が狩りをするために開発した道具であり、女性が取り扱うことを前提としていないからです。

前世、日本の弓道でも女性が胸当てを着けて競技をしていたのは、弓の弦で胸を引っかけないため――つまり、弓を引くのに胸が邪魔なのです。

そのため、アマゾネスは邪魔な乳房を切って弓を射ていたという俗説があるくらいで、とにかく女性――特にバストサイズの大きな女性ほど不利な競技になります。

弓道でも、胸当ては当てているだけで、押さえているわけではないので、胸が大きければ大きいほど、射るのに工夫が必要になります。

まさかアマゾネスの真似はできませんので、ある程度射型を崩して修正するしかありませんが、その場合は、やはりどうしても安定性に欠けてしまいます。

そんなわけで、先ほどから不本意な屍《しかばね》の山を築いているのでした。

「……いい加減に面倒なんだけどな。護符でダミーを作るのも」

地面に転がる人形に切り抜かれた護符――術で簡単な命令を聞く式神というものです――のなれの果てを眺めて、セラヴィが嘆息しました。

「実際に等身大の目標があったほうが練習になりますわ」

という私の一言から始まった、式神による実演練習なのは確かですけれど、かといって全部私の仕業のように言われるのは不本意ですわね。

確かに四分の一以上は私が練習で射貫いたダミーのルークですが、大部分は生徒会長のバリー・カーターを模した式神を、生徒会『銀の紋章《アージェント・レイブル》』の女子役員五名が、入れ代わり立ち代わり嬉々としてハリネズミにした結果です。

ちなみにオリジナルのバリー会長は、この光景を前に血相を変えてこの場からの逃走を図ったので、やむなく教導官《メンター》によって『麻痺《パラライズ》』の魔術がかけられたうえで縛られ、死刑執行――もとい、本番まで会場の隅に転がされる結果になりました。

「あんた、もしも万が一ルゥ君に大怪我をさせたり、死なせたりしたら、あんたのことを殺すわよ！　なにがあっても殺す！　死ななくても殺すわ！」

　同様に、ジタバタ暴れる野生のエステルが、実行委員らによって運ばれていきます。

「大丈夫です。僕はジルを信じています！　必ず成功させることを」

　エステルの捨て台詞に対し、私に向かって微笑んで、なんの気負いもなくそう言ってくださる本物のルーク。

　全幅の信頼を寄せていただけるのは大変にありがたいのですが――。

「お気持ちはありがたいのですが、残念ながらこれに限っては、私が私を一番信用していません。そもそも絶好調のときでも、この距離で命中するのはせいぜい三本に一本くらいですので、本番でも一発で成功する可能性は三十パーセントくらいだと思います。……まあ、万が一外しても、脳味噌以外なら治癒はできると思いますけれど、的が的だけに脳味噌が一番危ないのですよねぇ」

　そう懸念を口に出しても、ルークの信頼は揺るがないようで、

「た、たとえ死んでも、ジルに殺されるなら本望です！」

　そう笑顔で言い切るのですが、心なしか全身が震えている気がします。……武者震いでしょうか？

『さて、ここで審査員の皆様方がご覧になった、プリンセス候補のパドック……ではなく、練習の様子を見ての所感をお願いいたします』

　と、司会のバーニーＪｒが審査員席まで行って、並んだ審査員の皆様方にマイクを差し出します。

『テオドロスじゃ。個人的に白組はよく鍛えられていて、いい塩梅じゃの。特に尻から太腿にかけ

ての線が絶品じゃ。じゃがリーダーが色気ゼロなのが玉に瑕じゃの。ピンク組は姿勢はいいのじゃが、尻や胸が垂れ気味なのが好みの分かれるところじゃのォ。貴族によくある贅沢体型じゃ。もうちょい絞ったほうがよいぞ。それと——』

『はい、ありがとうございます！　なんの審査を行っているのか、聞いているほうがおかしくなりそうな法王聖下のインタビューでした！　えー、では続きまして』

『待て待てっ！　もう一言だけじゃ。ジルよ。お前いくらなんでも、そのワガママボディでブル・マーからはみパンしとるのは犯罪じゃぞ』

「きゃああああああああああああああっ⁉!」

大音響での思いがけない指摘に、つがえていた弓矢から両手を外し、お尻のあたりへと手を当てる私。

にゃああああああああっ⁉　本当にはみ出てるぅ！　あうううううう……。

と、途中で手を放してしまったために、矢が山なりに明後日《あさって》のほうへ飛んでいき、ふらふらと風に吹かれて観客席に落ちてしまいました。

「ああああっ⁉!　外れた矢がカイに！」

観客席から聞こえてきた絹を裂くような少女の悲鳴に、私の血の気が引いた……のですが。

「大丈夫さ、アナ。この先祖伝来の魔道具《マジックアイテム》のお陰で、僕には傷ひとつ付いていないさ」

「本当⁉　よかったわ、カイ！」

「ああ、これも日頃の行いがいいからかな——って、ああああああっ‼」

「ど、どうしたの、カイ?」

「魔道具《マジックアイテム》が割れている！　せっかく巫女姫様のお宝映像を、拡大して保存しておいたのに！」

「え……?」

――え?　と思う間もなく、コッペリアの怒号が響きます。

「むむむっ。これは密かに映像を記録する魔道具《マジックアイテム》『出歯亀《ピーピング・トム》ＳＫＢ６９』！　この会場では勝手な映像の記録は禁止のはず。ましてクララ様を盗撮するなど言語道断――って、お前はクララ様のストーカー行為でファンクラブを永久追放になって、ついでに実家を勘当された元会員ナンバー一万四千飛んで六号のカイ・アホカイネン‼」

「げえええっ、ナンバーワン?!」

「えっ、ストーカー……?　勘当……?　カイ、あんたって……」

「い、いや、違うんだ。ま、待ってくれ、アナ。アナっ！」

なにやら場外で修羅場が生じたみたいですので、この間に私はいそいそとはみパンを直しました。

ともかくも、外野の放言と騒ぎは無視して、私は反復練習を繰り返し、練習時間もたちまち消化してしまい、いよいよ本番となりました。

結果は――。

私は練習の成果もあり、幸いにして一射目で命中して、これでプラス二十点、総合得点七十点で首位をキープ。

二位は同じく、

「麗しいお嬢さんのためなら、身命を賭すのも造作ないことですよ」

と言い切ったヴィオラのために奮起して、二十点を獲得した緑組『百花繚乱《プロフュージョン》』の合計五十八点。

三位は一射目を僅かにリンゴから外し、二射目で当てたエステル率いる白組の四十六点。

そして四位が、確実に急所狙いで当てにいった三本の矢を、神業ともいえるヨガのポーズでバリー会長にぎりぎり躱されて零点に終わったため、手持ちの三十八点で終了し、

「――ちっ、まだ生きてやがる……」

と、悔しげに吐き捨てた生徒会『銀の紋章《アージェント・レイブル》』の女子。

五位は、三射目でどうにか当てた茶組『マジック・ホリック』で二十九点。

で、最後の六位は大方の予想通り、準備していた弓と矢をすべて破壊して失格となった黄組、魔導甲冑とゾエさんのコンビ。

「た、助かった……」

ちなみに途中でへたり込んだため、ダニエルの点数は十点で終わりました。

ということで、第一の競技は終了です。

実行委員が二番目の競技の準備をしている間、五十分の休憩をすることになりました。

控え室でコッペリアに汗を拭ってもらい、あらかじめ用意していた冷たい水一リットルに対して、蜂蜜とメープルシロップを大さじ三杯、お塩を小さじ半分、柑橘類の搾り汁大さじ一杯を容器に入れて攪拌。

これでお手製スポーツドリンクのでき上がりです。

よく冷えたドリンクを飲んでいる間に、実行委員は魔術で作った衝立を消して、足元の整地を行い、さらには芝まで生やしてしまいました。

そんなこんなで休憩時間も終わって、第二の競技の準備も整ったようです。

実行委員が呼びにきたので、改めて会場へと足を運びます。

日の下に出てみれば、青々とした芝が一面に生えた会場は、一見するとまるで競馬場のようになっています……ということは。

『お待たせしましたぁ！　第一競技は奇跡的に犠牲者が出ずに終わり、スタッフ一同も安堵のため息をもらしていますが、気分を一新して第二競技に突入だーっ！』

ノリのいい観衆が一斉に雄叫びを返します。

『第二競技は馬場と化した闘技場《コロッセオ》で行われる乗馬！　ですが、勿論ただの乗馬ではない。その名も〝戦う乙女は美しい！　バトルロイヤル騎馬戦〟だあああっ‼』

そうきたか。

第二競技も一筋縄でいかないのは予想していましたけれど、騎馬は騎馬でも人間が組む馬に騎乗するとは予想外でした。

というか、このための鉢巻だったわけですわね。合点がいきましたわ。

『なお、参加できるのは各チーム一名のみで、残りは公平を期するために、我ら実行委員が選び抜いた体育会系男子生徒十名。これに第一競技を戦い抜いたプリンス候補を加えて騎馬を組んでもらいます』

アナウンスに合わせて、ぞろぞろと会場に顔を出す、体操服に半ズボン姿の男子たち。

ちなみにですが、貴族はもともと半ズボンがデフォルトで、長ズボンは労働者の穿くものとして、長年軽視されてきた伝統があります。

最近はそうでもありませんが、皇立学園の男子の制服指定にキュロットがあるのもそのためです。ですので、女子のブルマと違って、男子側の心理的なハードルは遥かに低く、特に貴族組は実家で過ごしているような安堵感に包まれているようでした。

ただ、異彩を放っているのが新顔です。ルークたちは先ほどと変わりませんが、残りは巌《いわお》のような顔と体格をした筋肉隆々の『漢』と書いてオトコと呼ぶのが相応しい面々なのです。

これ絶対に、ルークたちのお友達ではないですわよね⁉　どこから集めてきたんですの?!

と、ルールの解説と現れた男子を見て呆気に取られる私たちに代わり、審査委員長のメイ理事長が憤然と席を立って異議を唱えました。

『ちょっと待った！　妙齢の女子が乗る騎馬を組むんだから、その辺を配慮して、なるべく体格のいい女子を選ぶように言っておいたはずだけど⁉』

『はい。確かに承りました。ですが、女生徒に危険な騎馬を組ませるのも問題であるとの運営委員会の判断により、この人選となりました』

『だからって、女子と密着したり、お尻を乗せられたり顔の脇に太腿がきたりするのよ！　盛りがきたらどーすんのよ⁉』

そんなメイ理事長の懸念を、どうみても歴戦の傭兵か山賊の親玉にしか見えない、絶対に学生ではないでしょう、あなた⁉　と叫びたくなる、私とは別なベクトルで体操服が似合わない学生のひとりが、吼えるような笑いで一笑に付します。

「ふははははははっ。笑止！　我ら皇立学園に在籍すること二十八年。栄光の二十八年組は、十代、二十代の女の色香に迷うような軟弱者とはわけが違う！」

「「「「「うむ」」」」」

「「「その通り！」」」

「たとえ巫女姫であろうと、我らの鋼鉄の意思は揺るがぬ！」

「「「「うむ」」」」

「「「その通り！」」」

頼もしいその言葉に、一部の男子は感銘を受け、メイ理事長も「う～～む」と、微妙な表情で矛を収めようとしています。

さらに鼻息も荒く豪語する二十八年組。

「この場で宣言しよう。女はヒトケタまでであると！　フタケタの女は女ではない、ババアだ‼」

「「「「「「「幼女ハスハス」」」」」」」

『おまわりさん、こいつらなの……！』

鼻息荒い二十八年組の宣言を聞いて、実況席の幼女が絶叫しました。

結局、残りの審査員が「あれなら間違いは起こさないだろう」と判断したために、二十八年組はそのまま騎馬戦に参加となりました。

『さあ、盛り上がって参りました。皇華祭プリンセス選定第二競技！　〝戦う乙女は美しい！　バトルロイヤル騎馬戦〟の開始だ〜〜っ‼』

司会者のテンションに引っ張られて、沸き上がる大歓声。

『現在までのところ下馬評通り、紫組・巫女姫クララ様ことジュリア様がダントツの一位。追い上げるのはさすがの血統のよさで緑組・百花繚乱《プロフュージョン》。これから半馬身遅れるのは、雑草根性見せたれや！　ダークホースの寄せ集め集団、白組・エステルと金の切れ目が縁の切れ目の仲間たちだ！』

「『ジルシネ団』よーっ‼」

『さらに後続は団子状態でピンク組・銀の紋章《アージェント・レイブル》。茶組・マジック・ホリック。そして、これまた大方の予想通り、圧倒的零点で黄組・ブタクサ姫が最後尾を独走しています！』

好き勝手な司会者の解説に、観客のある者はガッツポーズをして、またある者は頭を抱えています。ときたま紙の券のようなものが宙を舞っているのはなんでしょうか？

『このままジュリア様がぶっちぎるのか、はたまたここから巻き返しがあるのか――皆様、最後までお手元の券は捨てないようにしてくださいっ！』

「――って、いつから競馬中継になったのでしょうか？」

「さあ？」

私の問いかけにルークが怪訝な表情をして、対照的にセラヴィとコッペリアがギクリと背筋を強張らせました。

「……なにか知っているのですか？」

「さ、さあな。ただ、トトカルチョがどーのこーのって話は、ちょっと小耳に挟んだかも……」

「ワタシは知りませんねー。白猫《シャトン》の発案でファンクラブが胴元になっていたりはしませんよー」

追及すると、セラヴィはあからさまに視線を逸らし、コッペリアは見事な棒読みで白《しら》を切ります。

「……不正行為をしているわけではないから運営委員会に通報するつもりはないけど、ルール的にどうなんだろう、それ？　あと、生徒会や学園の風紀的にも、問題があるんじゃないのかい？」

渋面で苦言を呈するルークですが、その肝心の運営委員や生徒会役員はといえば、

『オッズはいまだに巫女姫様が一・一倍！　圧倒的っ……だが、大穴狙いのギャンブラーも、我ら運営委員は応援しているぞ！』

「けけけけけけっ。天罰覿面《てんばつてきめん》だ。ざまーみろ、カイ。ざまーみろ、玉の輿！」

「……オンナ怖いオンナ怖いオンナ怖いオンナ怖い……」

ハイテンションな実況のバーニーＪｒは別にして、セラヴィの友人であるアリエム君（？）は完全に瞳孔を開いて怪しい踊りを踊っていますし、生徒会長は心に重傷を負ったのか、机の下で膝を抱えて譫言《うわごと》を繰り返すばかりで、モノの見事にどちらも作動不能に陥っていました。

ちなみにですが、人が弱ったときや悩んでいるときなど、その雰囲気をハイエナのように嗅ぎつけてはそれに群がり、甘言を弄して付け込もうとする輩《やから》が必ず出てくるものです。

そんなふたりのもとへも、

「なんか不幸そうですにゃ。そういうときはこの〝幸福のアミュレット〟を着ければ、厄除・恋愛成就・学徳成就・商売繁盛・身体健康・家内安全・安産・交通安全・夫婦和合・芸事向上・金運アップ・子孫繁栄なんでもありですにゃ」

「やあやあ、君。悩みがあるなら聖女教団で聞くよ。綺麗なお姉さん巫女が手取り足取り、悩みに乗ってくれるよ」

「ずばり、君の悩みは女だろう？　そうだろう⁉　うむ、わかる、わかるぞ。二次性徴を迎えた女など女ではない。無垢なる幼女こそ神聖な存在！　君も我ら二十八年組の仲間にならないか？」

「それは犯罪ですぅ！　真の女性の魅力は二次元にこそあるのです！　さあ、あなたも二次元の世界へようこそ！」

「ふっ。これだから、本当の女性の素晴らしさを知らないチェリーどもは……てめーらの目は節穴か⁉　クララ様という至高の存在の前では、どのような存在も色褪せるのは自明の理！　いま公認ファンクラブでは、初回入会金無料キャンペーンを行っています。今日までです！」

　さまざまな勧誘の魔の手が伸びているようですが、誘惑に負けずに真っ当な道に踏みとどまっていただきたいものです。

　気のせいか、半分以上が私の関係者のような気もしますが、多分、幻覚と幻聴でしょう。

　これを認めると、私が諸悪の元凶ということになりそうですので、とりあえず見ないフリをして、通りがかった運営委員の腕章を着けた女子生徒を捕まえて尋ねます。

「すみませーん」

「は――はいっ、な、な、な、なんでしょうか、巫女姫様！」

「次の騎馬戦なのですけれど、騎馬役の男子はヴィオラを交ぜて十六名ですわよね？」

「あ、はい……あ、いえ、さすがに騎馬役にヴィオラ様を交ぜるのは、風紀上問題があるという意見が多数を占めたために、今回はヴィオラ様は抜きです」

　プログラムかレジメらしい冊子を捲りながら、それでも明瞭に答えてくれる彼女。なかなか有能です。

「つまり騎馬は十五名ですか。ひとつの騎馬を組むのに、中心と左右を支えるふたりが必要ですから、最低で三人だとすると五組しか騎馬が作れず、一組あまる計算ですが……？」

「えーとですね。本来なら、ブタ――シルティアーナ姫には騎馬は必要ない。というか、侍女頭のゾエ様から『そもそも、自重が中身と合わせて三百キルグーラを優に超える姫様を支えるのは無理でしょう。なら単独で十分です』というご意見がありまして、シルティアーナ姫は単騎で、なおかつその背中にゾエ様が乗って操縦……ではなくて、指示を与えるという形を想定していたのですが」

「えっ⁉　なんですか、それは！　木偶《でく》人形とはいえ、侍女が主人の背中に乗って、安全な場所から主人を戦わせるなど言語道断！　立場が逆じゃないですか！　同じ侍女として、そんな身勝手は許せませんね‼　つーか、あの侍女は前から目つきがおかしいと思っていたんですよ。あれは悪人の目で――ふがっ⁉」

　勧誘を終えて戻ってきたコッペリアが、この話を聞いて憤慨し、聞こえよがしに悪口雑言を言い放ちましたので、私は慌ててコッペリアの口に手を当てて黙らせます。

と、運営委員の女生徒も無言で頷いて、

「ええ。そういう異論も当然あったのですけれど、確かにアレを持ち上げるのも困難だろうと判断をして、やむなく許可したのですが……」

そこで歯切れが悪くなった彼女は、ちょっと離れた場所で頑丈そうな鋼鉄製の椅子に座った魔導甲冑（中身入り）と、その関節に油を差しているゾエさん。さらにその隣で屈伸に余念のない、三人のむくつけき――たとえるなら筋肉はゴリラ！　牙はゴリラ！　燃える瞳は原始のゴリラ‼　という風貌の――男たちに辟易とした視線を送ります。

「ふはははははっ！　我ら二十八年組。たかだか三百キルグーラや四百キルグーラ程度、なにするものぞ！」

「むしろ、ブヨブヨした女の体を触らずに済むんで、好都合じゃわい！」

「応とも！　幼女の未発達な肢体ならともかく、成長した女など気持ち悪いだけじゃからのぉ！」

「「「ぐははははははははははははははははっ！！！」」」

……まあ、確かにある意味安全牌なのでしょうけれど、なんか腹が立つわね。

「……ということで強行されてしまい、人数の帳尻が合わなくなってしまいましたので、特例措置として、巫女姫様の騎馬にあてる人員に、事前登録されていた侍女の方をお願いしようかと。それでも足りませんので運営委員から一名と――」

「やあ、聞いたよ。そういうことなら一肌脱がせてもらうよ。お姫様扱いされての見学なんて、もともと柄じゃなかったしね」

　にこやかにやってきたのは男装の麗人ヴィオラ――ですが、今日は運動服に半ズボンというラフな格好なので、やはり男性とは違う、女性らしい丸みを帯びた体型が露《あらわ》になっています。

　つまり、私の騎馬はルークとヴィオラ、ラナで組むわけですか。

　これは、ちょっと判断を誤ったかも知れませんわね……。

「――どうせ補助なんて形だけだと思ってラナちゃんにしていましたけれど、これは失敗したかも知れませんわ。まさか騎馬戦の騎馬をやってもらうことになるなんて。文字通り荷が重すぎますわね。せめてエレンで登録しておけば……」

　後悔先に立たずとはこのことですわね。

　と、落胆する私の傍に立っていたコッペリアが勢いよく手を挙げて、

「はいはーいっ。いまからでもワタシに代えられませんか？」

　そう、率先して補助を買って出ました。

　そのコッペリアの提言に、運営委員の彼女は困ったように小冊子を捲っていましたけれど、ややあって、きっぱりと首を横に振りました。

「駄目です。事前登録のない者が代理で参加することは認められていません。それにそのぉ……」

「なんですか？」

「貴女は確か人造人間《オートマトン》ですよね？　そうなるとレギュレーション的にも違反する疑いが」

「ワタシが駄目で、なんであの機動兵器が大丈夫なんですか⁉」

巨大な金属の塊のような魔導甲冑を指さして食い下がるコッペリア。私もその指摘は真っ当だと思いますけれど、

「あれは、あくまで歩行をアシストするための器具ですから、盲導犬みたいなものですね」

と、運営委員の彼女も譲りません。

しばらくふたりの間で水かけ論が交わされていましたけれど、いつまでも終わらないので、ここはすっぱり諦めてラナに頑張ってもらうことで、ルークやヴィオラにも確認を取りました。

「勿論、異論はありません。僕が先頭に立ちますので、ジルは思う存分指示を出してください」

「そういうことなら、右手側は任せてもらおうか。お嬢さん方はしっかりと守ってみせるからね」

快く応じてくださったお二方に改めてお礼を言って、コッペリアの口喧嘩を止めたところで、「あれ？」と、気付きました。

「そういえば、肝心のラナちゃんが戻っていませんわね」

朝、お小遣いを渡して学園内に放流したっきりで、まだ戻っていないようです。

まあ、エレンとブルーノも一緒にいるので大丈夫……大丈夫ですわよね？　と思うのですけれど。

「第二競技の開始はあと三十分後です。それまでにメンバーが揃わないと、場合によっては失格ということに……」

運営委員の彼女が言いにくそうに、そう口に出されました。

「大変っ！　もしかすると迷子になったかも!?　ラナちゃーん、いたら返事をしてーっ！」

「おーい、ラナっ！　すみません、このあたりで狐の獣人族《ソアン》の少女を見ませんでしたか?!」

「ラナって、確かあの可愛らしい子だね？　ボクも知り合いに当たってくるよ」

　慌てて周囲に声をかけたり、聞き込みを始める私たち。

　けれども、この広い広い会場と、ちょっとした都市国家並みの敷地を持つ学園内のこと。そうそう簡単に人捜しなどできるわけもありません。

　気のせいでしょうか。私たちが『ラナ』と連呼するたびに、椅子に座っている魔導甲冑の肩が震えて、そわそわと落ち着かない感じで挙動不審になっているような気がしますが、なにか機構上のトラブルでもあったのでしょうか？

　とりあえず、気にせずにラナを捜し回る私たち。

「まだるっこしいですね。捜して無駄なら、あっちから来させればいいんですよ」

　その様子を眺めていたコッペリアが、運営委員の彼女を無理やり引っ張って、解説席のほうへと小走りに走っていきました。

　なんだと思う間もなく、会場中の音声増幅用魔道具《マジックアイテム》から、先ほどの女性の声が響き渡ります。

『アー、テステス。大丈夫？　大丈夫ですね⁇　はい。えー、迷子のお知らせをいたします。身長百四十セルメルト。見た目は十歳児程度の、キツネ色の髪と狐の耳、尻尾を持ったラナちゃんという女の子と、栗色の髪で一見して十二～十三歳の発達不全、特に胸は絶望的に真っ平らな、村一番の美人といわれる程度の器量をした、イモ娘のエレンちゃん。それとナントカに刃物の典型で勘違いしたまま成長した残念な頭のブルーノ君。コッペリア様がお待ちです。至急解説席までお越しください。――え？　五分以内に来ないと、エレンちゃんの恥ずかしい過去の秘密を公衆の面前で、ブルーノ君の秘密を巫女姫様にバラす……とのことです』

きっかり五分後――。

「『(あんた)(てめー)が(あたし)(俺)のことをどう見ているのか、よーくわかった(わよ)(ぞ)!!!』」

ラナを両側から抱えて二人三脚――いえ、三人四脚のような姿勢で全力疾走してきたエレンとブルーノが、露店で買ったらしい串に刺した焼肉を頰張りながら、待ち構えていたコッペリアに、息も絶え絶えに食ってかかりました。

その間に、私とルークが代わる代わる騎馬戦についてラナに説明をして、その傍らでヴィオラは自分の侍女に命じてお菓子や果物を持ってこさせ、せっせとラナを餌付けすることに余念がありません。

「――ということなんですけれど、お願いできますか、ラナちゃん?」

すると、思いがけずにラナは瞳を輝かせて、ヘッドバンギングするかのように、力強く何度も何度も頷きました。

「うんやる！　ジル様のお役に立てるならなんでもする！　頑張るーっ！」

いじらしすぎるその姿に、私は思わず「ありがとう！　でも、無理はしないでね」と、ラナを抱き締めたくなる衝動を抑えることができません。

と、不意に金属が軋む音とともに、「……ラ……ナ。い……生き……てい……」全身から蒸気を吹き出しながら、魔導甲冑の人が立ち上がりました。

「――なっ⁉　勝手に動くなんて⁈」

ゾエさんが珍しく顔色を変えて操縦機を操作していますが、魔導甲冑は見えない鎖の束縛を振り払うような重い足取りで、私たちのほうへゆっくりと歩みを進めます。

見るからに怪しい全身鎧が、蒸気を発しながら迫ってくる悪夢のようなその光景に、怯えた表情で咄嗟に私の腰にしがみついたラナ。

その途端、魔導甲冑もまた、たじろいだように動きを止め、自分の無骨な手を持ち上げ、その手からさらに見える範囲の自分の姿を確認したあと、私の背中に隠れるラナへ、フルフェイスの冑《かぶと》のせいで判然としませんけれど、どこか項垂《うなだ》れた様子で視線を寄越した……ような気がしました。

「……ラ――」

「「「「「「「「「「幼女ペロペロ～～ッ!!!」」」」」」」」」」

もう一度魔導甲冑が手を伸ばそうとしたのを押しのけ、そこへ十人の暑苦しい筋肉男が襲来しました。

「いかん！　いかんぞ！　幼女とは愛でるものである‼」

雷のような二十八年組の怒号が木霊します。

「「「「「「「「「幼女ドントタッチ！！」」」」」」」」」

「幼女とは正義である‼」

「「「「「「「「「幼女イズジャスティス！！」」」」」」」」」

「幼女とは真理である‼」

「「「「「「「「「幼女モエモエ！！」」」」」」」」」

「――ということで、お嬢ちゃん。怖い鎧はいなくなったよ。さあ、安心してお兄さんたちの前に出ておいで。ルールルルー」

多分、精一杯優しい表情と声を出しているつもりなのでしょうが。

「……やーん……」

全身から噴き出る全開の怪しさと汗臭さを前にして、魔導甲冑を前にしたとき以上に涙目のラナが、私の背中に完全に隠れてしまいました。

一方、突き飛ばされた魔導甲冑は、自重で起き上がれずに、ひっくり返った亀のようにもがいていましたが、聞こえてきたラナの悲鳴に、

「――もがっ⁉　ふんがーっ‼　ふぬ、ふぬっ……！」

じたばたと両手を振って憤慨しています。

そんな魔導甲冑の挙動にゾエさんは興味深げな視線を向けていたのですが、私の顔を一瞥して意味ありげに微笑んでから、屈み込んで魔導甲冑の途切れ途切れの叫びに耳を傾け、フンフンと頷いているのが、なぜか印象的でした。

『おおおおっ！　まるで宗教画の世界だっ！　紫組クララ様の騎馬が向かう先では、大河が割れるかのように、ほかの騎馬が我先と道を開けるぞ。これは、これはどうしたことか⁉』

　その実況の通り、私たちへと向かってくる騎馬はなく、それどころか、確実に一定の距離を保つように離れて、様子を窺うチームが続出でした。

「ちょっとちょっと～、なんで離れるんですか？　相手は、年端もいかない幼女が乗って、ルーカス殿下以外は女子ふたりが支えているだけの、最弱の騎馬っすよ。チャンスじゃないですか～」

　担ぎ上げられている茶組『マジック・ホリック』の選手が、足元のふたりのマッチョ、プラス貧弱な坊や代表のエリアス君に唇を尖らせて文句を言いますが、

「クララ様に立ち向かうなど、神をも恐れぬ蛮行！　クララ様こそ現代の奇跡！　クララ様こそ真のアイドル！　クララ様こそ新時代の寵児！　僕はさっきクララ様ファンクラブに入会して、人生の真理を知ったのです！　クララ様こそ世界の真理なのですよ！　ほかの女なんて所詮は動物。その証拠に、真の美少女であるクララ様はトイレに行きません‼」

「駄目じゃ！　幼女こそが正義であり、アンタッチャブルの存在じゃ！　我ら二十八年組は、幼女に振るう拳は持たぬ。この身をもってして盾となることなら厭わぬ。だが、みすみす幼女が危険に晒されようとしているその行為を、見過ごすわけにはいかん‼」

　休憩時間の間に変な宗教みたいなものに入信してしまったらしい、異様に迷いのない澄んだ瞳になったエリアス君と、幼女に対してはとことんジェントルマンである二十八年組の一貫した姿勢により、茶組の騎馬は騎手のコントロールをまったく離れて迷走しています。

　そしてそれは茶組だけではないようで、二十八年組が絡んでいる大部分の騎馬が、騎手の命令を無視し、蜘蛛の子を散らすように私たちの前から逃げていくのでした。

「卑怯よ‼」

ここで選手席から非難の声を張り上げるのは、安定のエステルです。肺活量が凄いですわね。

「事前に男子を籠絡したり、わざわざ子供に鉢巻を締めさせて騎手に祭り上げて、自分が騎馬になるとかズルいわよ！　汚いわ。どこまで汚いの、あんたって‼」

そう言われましても、別に私が率先してファンクラブに加入させたわけではありませんけど。

あと、ラナちゃんを上に乗せて私が左手側の騎馬をしているのは、実際に騎馬を組んでみたところ、やはり左がラナちゃんだとバランスが悪いということで、苦渋の決断として、身長が近い私たち三人が騎馬を組むということになっただけですわ。

念のために運営委員にも確認しましたけれど、ルール上問題はないということなので、不正扱いされるのははなはだ不本意です。

それにラナちゃんを上に乗せなくても、別な要因で避けられているところもあります。

たとえば、

「だ、駄目よ……。ルーカス殿下とヴィオラ様に怪我なんてさせられないわ。ファンクラブの報復も怖いけれど、それ以上に夏のイベントでヴィオラ様（タチ）×ルーカス殿下（ネコ）でお馴染みの『王子様は薔薇色の愛をささやく』シリーズの愛読者として許せないわ！」

という緑組『百花繚乱《プロフュージョン》』のお姉さま方とか、

「オンナコワイオンナコワイオンナコワイオンナコワイ、あそこ三人もオンナいる。コワイコワイコワイよ～っ」

もはやトラウマとなっているピンク組『銀の紋章《アージェント・レイブル》』のバリー会長の騎馬とか、頑なに私たちのほうへ足を向けるのを嫌がっていますもの。

あと、なぜか黄組の魔導甲冑の人は、私たちのほうへちょっとでも近付いてくる騎馬があると、

「ふがーっ‼　ふぬっ！　ラ……守……！」

「おおおおっ！　幼女を守る守護神に見えるぞい、我らが騎手は！」

「うむっ。これぞ二十八年組のあるべき姿じゃわい！」

「おうさ。守ってみせるぞ、穢れなき幼女を‼」

容赦なく文字通りの鉄拳制裁を加え、体当たりを敢行しています。……あの、でもこれ騎馬戦ですから、相手の鉢巻を奪わないとポイントにならないのではないでしょうか……？

『さて、プリンセスを選ぶための騎馬戦が、十人のマッチョの追加という事態により、いきなり血と暑苦しさで不快指数が跳ね上がってしまいました。そのためでしょうか、観客の皆さんも明らかにダラけた雰囲気で、席を立って露店を覗いたり、雑談に興じたりしています』

なにかイマイチ盛り上がりに欠ける観客席の様子に、司会のバーニーJrもどこか投げやりで実況をしています。

『明らかに運営委員会の采配ミスですね。騎馬戦という競技自体も淑女に相応しくありませんし。せめて水泳競技の際に〝ドキッ水着で騎馬戦！　鉢巻以外にポロリもあるよ〟を企画してほしかったものです。もっともそうなったら、別な意味で危険すぎて競技が中止になりそうですけれど。特に巫女姫様とかは、えらいことになりそうです。ま、エステル選手などは、腹肉を気にした水着を

着るでしょうから、大丈夫でしょうが』

「なんで、ここであたしが引き合いに出されなきゃならないわけ⁉　よーし、決めたわ。水泳では絶対に悩殺ビキニを着て、目にモノ見せてやるわよ！」

　絶叫して暴れようとするエステルを、そのお仲間が羽交い絞めにして押さえていました。

『……では、気を取り直して、現在の状況です。独孤求敗《どっこきゅうはい》と化した巫女姫様――紫組は鉢巻を保持したままですので十点をキープしていますが、相手の鉢巻を取ることもできないので、このまま終わりそうだ。ルールでは一本鉢巻を奪えば十点となり、奪った鉢巻も現在の鉢巻の上に巻き付けておかねばなりません。制限時間内なら、鉢巻を奪われたチームも奪い返すことは可能。現在のところ複数の鉢巻を保持しているのは……おお、意外。どうやら白組が二本目の鉢巻を奪って圧勝か！　逆にピンク組と茶組はあとがないぞ。――っと、ここで黄組『ブタクサ姫』にレッドカード！　退場です』

　ということで、二十分の制限時間はあっという間に過ぎて、結果は白組が三十点。紫組《わたし》と緑組が十点。残りが零点という結果に終わりました。

　これにより、総合成績も変動して、
一位はまだ紫組《わたし》で、点数は八十点。

二位は僅差で白組『エステルと金の切れ目が縁の切れ目の仲間たち』が追い上げてきて、七十六点。

三位は安定の緑組『百花繚乱《プロフュージョン》』の六十八点。

四位はピンク組『銀の紋章《アージェント・レイブル》』三十八点。

五位が茶組『マジック・ホリック』で二十九点。

最下位は黄組でいまだ零点。

となったのでした。

「……ごめんなさい。ジル様」

悄然と肩を落とすラナ。

一本も鉢巻を取れなかったことを悔しがる？　悲しむ？　恥じる？　複雑な感情を内包した表情をして、泣きそうな顔で詫びるその肩を、私はそっと抱き締めました。

こんな小さな体で精一杯頑張ったラナを、誰が責めることができるでしょうか。それどころか、きちんと最後までほかの騎馬に立ち向かおうとした彼女は、私などよりもよほど勇者といえるでしょう。

「ラナちゃんは悪くないわ。それどころか、ちゃんと十点をキープしてくれたのですもの。ありがとう！　楽しかったわ。帰ったら美味しいケーキを作って、ご馳走しなくちゃいけないわね」

「そうそう。僕もこんなに楽しいお祭りは初めてだよ。これもラナちゃんのお陰だ」

「まったくだね。よし、殊勲賞を獲得したラナちゃんを、皆で胴上げしよう！」

「「賛成」」

ヴィオラの提案に、諸手を挙げて賛成する私とルーク。

「では、ワタシも参加して」

「おお。それならわしら二十八年組も、参加せずばなるまい！」

「「「「「「「「「「「「「「そーれ、わっしょいわっしょい！」」」」」」」」」」」」」」

「——きゃーーっ⁉」

「「「「「「「「「「「「「「そーれ、わっしょいわっしょい！」」」」」」」」」」」」」」

そこへ、コッペリアと二十八年組も調子に乗ってドサクサ紛れに交じり、ラナの小さな体を、その場にいた皆で宙高く胴上げするのでした。

そんな私たちの様子を、魔導甲冑の人が離れたところから眺めていました。

「……この結果になったのは、逃げ回っていたバリー会長の失態だと思うんですよねぇ」

「ひひひぃ！　ご、ごめん。許してくれ‼」

「いまさら会長が頭を下げても結果は変わらないし、そもそも価値がないというか」

「そーね。万一、次の競技でも足を引っ張るようなら、きちんと土下座してもらいましょうか。焼けた鉄板の上で」

「「「賛成っ！」」」

そこへ、巨大なテーブルのような鉄板を、大八車に乗せて運んでくるシャトン。後ろを押しているのは、お懐かしいメイド服を着た豚鬼姫《オークプリンセス》のミルフィーユです。

「どーも、よろず商会ですにゃ。ご注文の土下座用二メルト四方、厚さ五セルメルトの鉄板に、火を入れておいたほうがいいですかにゃ？」

「そうね。次の競技が終わる頃には、いい塩梅になっていそうだし。お願いするわ」

「ぎゃああああああああああっ!!!　殺される〜〜〜ッ!!　焼肉にされるううううッ!!!!」

「焼き加減はミディアムレア？　ミディアムウェルダンですかにゃ？」

「ぶふーっ」

どうやら生徒会のほうも、お隣で胴上げ……ならぬ吊るし上げをしているみたいです。

『さーて、では、三十分の休憩を挟んで、引き続きこの場で第三競技に入りたいと思いま〜す！』

三十分後。荒れた会場を簡単に整地したところで、バーニーＪｒの軽快な語り口が、また始まりました。

今回は、次の競技の開始が早いですわね。

『第三競技は千メルト持久走。魔術による強化《ブースト》や、ライバルへの妨害もありだ！』

『ええええええええええええええええええええええええっ!??!』

そのフリーダム過ぎるルールに、参加者と観客の皆さんが同時に驚愕の声を発しました。

それは私も同様で、強化《ブースト》が使えるのなら千メルトを一分程度で走破することも可能ですが、同時に攻撃魔術まで使えるとなれば大変です。

「……どうしましょう。走りながらだと、手加減できずに骨まで残さず滅殺したり、狙いが外れた一撃で観客席の三分の一くらいは凍結させてしまうかも……」

『ちょっと待った、ちょっと待った！　それはマズイですよ、巫女姫様っ』

私が思わず不安を口に出すと、バーニーＪｒをはじめ運営委員が慌てて集まり、なにやら話し合いを始めました。で、数分後――。

『……えー、一部ルールの変更をお知らせします。自分に対する強化や補助の魔術の使用は可能。直接的に相手に害を与える意図での魔術の使用は禁止とします』

その言葉にほっと安堵の息を吐く、私とほかの参加者。

とはいえ間接的には大丈夫ということですので、コース上に設置される形での妨害型の魔術には十分に注意しないと。そのため、魔力波動《バイブレーション》の動きには細心の注意を払わないとならないでしょうね。

『また、コース上には三カ所のチェックポイントが、三百メルト、三百メルト、四百メルトの間隔で設置され、その手前にランダムなお題の入った紙袋が置かれていますので、各自これはと思った袋を取って中身をチェックしてください。ただし、一度手に取った袋は、置き直したり選び直したりはできません』

そう言いながら実際に封筒大の紙袋を取り出して、中からふたつ折りにされた紙を出してみせるバーニーＪｒ。紙には『制服を着た女学生』と書かれていました。

それを見たバーニーＪｒは、通りがかった運営委員の女学生に手招きをします。

『へい、カモーン！　――と、お題に合った人を連れてきてチェックポイントを通らなければ、失格となります。また、書かれている内容と齟齬があれば、チェックポイントで弾かれてスタートからやり直し。第二、第三チェックポイントにも、同じようなお題が置かれています』

同じく二枚目、三枚目の紙を開いてみせるバーニーＪｒ。

『二枚目、「カバンを持った人」なのでカバンを準備して、彼女に持ってもらって……えーと、三枚目が「男の娘《こ》」――って、いるかこんなもん!?　と、まあこんな風に最終ポイントでは、これまで集めた三枚のお題をすべてクリアしないとゴールできない。また、三枚のお題を選んで最終チェックポイントを通過したあとは、もう引き返すことはできません。名付けて〝チキチキ三題話千メルト尋ね人レース〟だっ‼』

　おおおおっと再びの大歓声が沸き起こりましたけれど……。

「半分は運ゲームですわね。しかもほかの人と走りながらですから、強化も――あ、一緒に走る方に強化や補助魔術を施術するのは可能でしょうか？」

『それは禁止といたしまーす！』

　私の質問に両手で大きくバツ印を示す司会者。

「「「「むううううう」」」」

　私と同じようなことを考えていたのでしょう、ほかの参加者も難しい表情で考え込みます。

「あー。じゃあ、一度に複数の人を連れてくるのはいいのかしら？」

　緑組らしい十代後半か、ひょっとすると二十歳くらいになっている女生徒が手を挙げました。

『それは大丈夫です。ただし、走者である選手と必ず手を握っていないと失格です』

　そうなると、最大でもふたりまでと人数も限定されますし、人が増えればその分、走る速度も遅くなるので、バランスの見極めが重要ですわね。

『ほかに質問はありませんか？　なければ準備が整いましたので、参加者の皆さんはスタート地点へ集合してください』

　ということで、ぞろぞろとスタート地点へ並ぶ私たち。

両隣の緑組『百花繚乱《プロフュージョン》』と茶組『マジック・ホリック』がなにやらブツブツうわ言のように呟いているのは、スタートと同時になにかの強化か補助魔術を施術するためでしょう。

白組とピンク組は実力で勝負するつもりか、それとも後半に勝負をかけるつもりで魔力を温存しているのか、軽く柔軟体操をしているだけで動きはありません。

そして、一番外側にいるのは――。

「あのー。もしかしてゾエさんも一緒に走るつもりですか？」

彫像のように立っている魔導甲冑の人と、いつもの侍女の格好をしたゾエさんに、私は思わず聞いてしまいました。

「ええ、当然でございます。単純作業なら遠隔操作も可能ですが、どうやらいろいろと細かい作業や交渉も必要のようですから、侍女頭として責任を持って、姫様の傍らで走らせていただきます」

超然と答えるゾエさん。

「そうですか。大変ですわね。無理はなさらないでくださいね」

他意のない一言のつもりだったのですが……。

「……それはつまり、私のようなものが十代の若者に交じってみっともない、無理をするなという意味でしょうか？」

「ち、違いますわ！」

ゾエさんの静かな声音に、本気になった理事長並みの殺気を感じて、慌てて首を振る私。

「そんな大荷物（操縦機）を抱えて、まして足に古傷という爆弾を抱えたシル……オーランシュの姫様を心配しながら走るのでは大変だと思っただけですわ。あの、よろしければこの場で古傷を治してしまいますけれど？」

一瞬、虚を突かれたような表情を浮かべたゾエさんですが、

「そのことについては、私からお願いすることはできません。それに、この場で姫様に治癒術を使った場合、他者に対する直接的な干渉となり、失格になるのではありませんか？」

返す刀でそう正論を吐かれては、それ以上無理強いもできません。

やがて時間となり、合図とともに私たちは一斉にスタートを切りました。

『スタートッ！　おおおおおっ、なんだ、巫女姫様のあの地を這うようなスタートは⁉　速いっ、一気に独走《ぶっちぎり》だァ‼』

魔術による身体強化にプラスして、『氷結《フリーズ》』の呪文をアレンジして作った即席のスタート台を蹴って、私がクラウチングスタートでまずは先頭に躍り出すと、

「――我が身は疾風。魔力よ迸れ！　サイクロン流奥義、疾風《つむじ》駆け！」

おそらくは風系統の魔術なのでしょう。爆発するような勢いで緑組の選手が猛烈に追い上げてきて、さらには茶組の選手も魔術を完成させて、

「秘技、長身術‼」

まるでダリの絵のように、彼女の足だけが普通の人の五倍ほどに伸び、僅か数歩で私との差をないものとしてしまいました。

ほとんどこの三人で団子になる形で第一チェックポイントに到達し、とりあえず手近な封筒を

取って中身を確認します。

「………」

第一の封筒を取った私は、お題を見た瞬間に瞠目し、もう一度読み直してその意味を理解し、即座に自分の関係者席へ取って返すと、彼女の手を取って走り出しました。

「……いや、まあ、クララ様のお役に立てるなら、謂われなき汚名を甘受するのもメイドの役目ですけど、葛藤なしに選ばれると、ワタシの硝子の心臓《ハート》がちょっとだけ傷付きますね～」

やたら不平たらたらのコッペリア。

ちなみに私のお題は『変わり者』でしたので、ほとんど脊髄反射で選んだのですけれど、どうやらコッペリア当人には自覚がないようです。

「自覚がないって怖いですわね。直しようがないんですから……」

「なんですか？」

「いえ、なんでもありませんわ。さあ、急いでチェックポイントへ向かいますわよ！」

「了解です。つーか、思ったんですけど、お題を持ったままクララ様ひとりで第一ポイントを通過しても、条件は満たせたと思うんですよね」

「どういう意味ですの⁉　それでは私が変人みたいではありませんか‼」

「えっ⁉　自覚がなかったんですか！　うわ～……自覚がないって怖いですねえ」

なにか失礼な、謂われなき誹謗中傷をする侍女を連れて、私は第一チェックポイントへと向かうのでした。

私が第一の封筒を取ったのと前後して、ほかのチームも各々中身が不明な封筒を取っては、そのお題を確認して悲喜こもごもの反応を示していました。

「『他国人』ですか。では、留学生組……うちのチビデコ大将《エステル》かな」（エステルの組）

「『天才』って、あちしのことっぴね！」（マジック・ホリック）

「身長二メルト以上の女学生⁉　あっ！　そういえば裁縫クラブに巨人族《ギガース》の女の子がいたわね」（百花繚乱《プロフュージョン》）

「えーと……『スケベ』、なんだ会長か」（銀の紋章《アージェント・レイブル》）

「『変態』——誰ですか、こんなお題を考えたのは？　つくづく馬鹿の巣窟ですね、この学園は」（ゾエさん）

嘆く者、頭を抱える者、即座に行動に移る者などさまざまですが、とにかくもある者は知り合いに声をかけ、またある者は客席に呼びかけたりして、必要な条件の相手を見つけようと躍起になっていきます。

幸い私は早めに心当たり（変人＝コッペリア）があったので、即座にコースに取って返し、

「じゃあ、足のギアを巡航速度に入れ直しますね」

と言うコッペリアとふたりで手を繋いで、第一チェックポイント目指して走るのでした。

「——って。案の定、コースを外れている間に障害物を設置されていましたわね」

ですが、僅か三百メルトのコースが、初っ端と違ってモノの見事に障害物競走のコースと化していました。

おそらくは、ほかのプリンセス候補が魔術で生み出したのでしょう。目立ったところでは、モノリスのような高さ三メルトを超える無数の石板がタケノコのように地面から生え、さらに身長一・三メルトほどの、寸胴で頭だけ大きな土偶に似た簡易型のサンド・ゴーレムが、五十体ほどウヨウヨとその間を徘徊しています。

石板のほうはセラヴィが得意とする『石塞《ストーン・カスバ》』で、サンド・ゴーレムのほうも護符による式神の一種でしょう。つまり、いずれもセラヴィが関与しているということで……。

思わず関係者席にいるセラヴィを振り返ってみれば、速攻で目を逸らされました。

さては護符をほかのプリンセス候補へ高値で売ったわね。

生活のためでしょうからセラヴィを責める気にはなりませんけれど、敵になると厄介ですわね、護符を使った符術というのは。

単体ではどうということはありませんが、とにかく数が多いので、妨害には最適といえます。

「雑魚が数だけは揃えましたね。さっさと突破しましょう。ちなみにクララ様は、砂木偶人《キノコ》形と石板《タケノコ》どっちが好きですか？」

「その二者択一は、戦争の原因になるのでノーコメントですわ」

「？？？」

頭の上に大量の疑問符を浮かべるコッペリアを無視して、まずはこちらに向かってきたサンド・ゴーレムをどうしようかとちょっと考えてから、直径四メルトほどある水の球を生み出して、中に押し込んでみました。

砂でできたゴーレムだけあって効果は覿面《てきめん》で、構成物質の砂がバラバラになって、核になっている護符も剥き出しとなり、水にふやけて千々に砕け散ります。

「ふん、五メルト以内の動くものに自動的に向かってくるみたいですね。これだから判断力のないゴーレムはキライなんですよ。まだ、死霊を憑依させたスケルトンのほうが、応用力があってマシですね。さっさと粉砕するに限ります。——ならば特別サービスで、食らえ、必殺ドリルスピンスクリューナックルパンチ‼」

隣では、拳に凶悪そうな鉄の爪を着けたコッペリアのパンチが、腕も高速回転させながらサンド・ゴーレムと石板をまとめて粉砕します。

これで完全に私たちを敵と認識したのか、残ったサンド・ゴーレムが、わらわらと私たちのところへ集まってきました。

「面倒ですので、まとめて一掃しますわよ！」

「了解です。タイミングを合わせて攻撃します！」

阿吽《あうん》の呼吸で背中合わせになる私たち。

「念のために警告しておきます。いまから範囲攻撃魔術を放ちます。十分に手加減はするつもりですけれど、流れ弾に当たらないように防御をしておいてください！」

私の警告に従って、ほかの選手が各々魔術による防壁を張ったり、運営委員が作った壁の向こうに手っ取り早く避難したりします。

『おらおらーっ！　防御魔術を使える教導官《メンター》は、全員で客席を覆う防壁を張ること！　万が一、破られるようなことがあれば、担当者は夏のボーナスがないと思いなさいよ！』

すかさずメイ理事長の檄が飛び、観客席に配置されている教導官《メンター》が、即座に全員で呼吸を合わせて、複数属性の魔術的防壁を張り巡らせます。

もともとこの会場を設営した際に、この手の対応も念頭に置かれていたのでしょう。

会場のあちこちに設置されていた魔法陣がそれに呼応して、数十人規模の魔術師が協力して施術する儀式魔術が、即席ながら完成しました。

これなら、ちょっとやそっとの攻撃では、ほかに被害を及ぼさないでしょう。

それを確認したことで、私とコッペリアは安心して攻撃に専念することができました。

「〝天空の涙よ。舞い落ちれ、流星となり大地を白に染め上げよ〟」

「龍珠《カーバンクル》リミットオフ！」

互いに死角を補う形で緩やかに回転しながら、私は〈氷〉系統の範囲攻撃魔術を、コッペリアは当人曰く「か弱いワタシの緊急時の自衛用」の武装を解除します。

「対軍用魔術　〝天銀弓《スターライトボウ》〟　！」

「殲滅破壊光線《アニヒレーター・ビーム》発射‼」

その途端、私を中心に親指大の氷の塊が弾丸の勢いで四方八方へと放たれ、さらに腰だめの姿勢から両手を組み合わせ、「波っ!!!」という気合とともに前に突き出したコッペリアの掌から、謎の破壊光線が放たれました。

マシンガンのような氷の粒の連射と謎ビームによって、火に炙られた蝋人形のように形をなくすキノコとタケノコ。

「――っと。ちょっと客席の前にある物理防御壁の強度が足りないみたいね」

子細に観察してみれば、物理防御壁と魔術防壁のどちらにも、流れ弾で綻びが生じた箇所があったので、ついでに同時詠唱《マルチタスク》で防壁全体を、余裕を持たせて三倍ほど強化しておきます。

『七時の方向と十一時の方向の防御を担当している者。あっさり破れたわよ。情けない、ボーナスと査定は覚えておきなさい。あと、あたしの特訓部屋でしばらく居残りね』

「「げえええええっ!?!」」

メイ理事長の冷然とした宣言に、若手の教導官《メンター》ふたりが絶望の悲鳴を上げました。

ビームによる砂煙と氷結魔術による局地的なブリザードが収まったそこは、もとの整地された――というには、ちょっとした爆撃があったような惨状を呈していますが――遮蔽物のない会場へと戻っていました。

『うおおおおおおおっ‼　凄まじいっ！　凄まじいとしかいえない攻撃力！　これぞ巫女姫！　これぞ我らがアイドル‼　邪魔する奴らは一撃必殺！　鎧袖一触！　東西無敵！　天衣無縫！　まさに瞬殺。恐るべし、最強――いや、最凶のふたりだ～～～っ‼』

司会者の絶叫に合わせて観客席が総立ちになり、コッペリアが調子に乗って、両手を振って胸を張っていますけれど、なんだか私がコッペリアと抱き合わせになっているみたいで釈然としません。

さらに『最凶』とか、淑女の祭典で絶叫されるのは微妙に気持ちがモニョるなぁ。私って、教団の謳い文句《キャッチフレーズ》は清楚可憐な巫女姫じゃなかったのかしら……？

その勢いのまま第一チェックポイントへ行って、微妙に顔を引きつらせている審判の方に、

「『変わり者』――はい、おふたりともオッケーです」

と許可をもらって、第二チェックポイントへと向かいました。

なお隣では、単身の気楽さで私たちより先にチェックポイントに入っていた茶組『マジック・ホリック』の女子が、

「なんであちしが無効なんだきゃ⁉　あちしは『天才』き！」

なにやら審判と揉めている間に抜き去り、私たちがトップに立つことができたみたいです。

で、誰もいない、妨害もないコースをすいすいと走って、第二チェックポイント前にある二問目のお題が入った紙袋のところへ到着しました。

「えーと……これかしら？」

どれも同じ封筒に入った第二のお題のひとつに目星を付けて、拾って中身を確かめます。

「なんて書いてあるんですか、クララ様？　『優秀なメイド』ですか？」

「……『親しい男子生徒』」

「『……………』」

ということで、最初からリセットということになりました。

で、三分後――。

「それで俺たちか」

「ええ、申し訳ございません」

「いいえ。こうしてジルと手を繋いで走るなんて初めてですから、楽しいですよ」

タルそうな顔のセラヴィと快活な笑顔を見せるルークを左右の手で繋いで、私はコース上を走っていました（三問目でどんなお題が出されるのか不明なので、基本的に正反対のふたりを連れてきたわけです）。

「ふーん。まあ、俺は子供の頃、一緒に手を繋いで丘の上まで歩いたことがあるけどな」

なぜか思い出話を持ち出すセラヴィの言葉に、一瞬だけルークの笑顔に亀裂が走りました。

「へ、へえ。でも、それは子供の頃の一度だけだろう？　僕はジルとは十二歳の頃からわりと一緒に行動することが多かったんだけどね。一緒に買い物にいったり、最近はいつも一緒だし」

「ふん。ただ一緒にいるのが偉いんだったら、俺はお前のいなかった一年間、邪魔者がいないところでジルと一緒で、お前の知らないジルを知っているんだけどな」

「くっ――！　い、いや、だいたいのことは聞いているよ。ジルはほとんど教会で生活していたそうじゃないか」

「ところが結構、これが一緒にダンジョンに潜ったりしているんだよなぁ」

なぜか私を挟んで舌鋒を交えながら、それとなく双方が私の手を引っ張って自分のほうへ寄せようとしています。

なにこの大岡裁きは？　先に手を放したほうが勝ちなんでしょうか？

「僕はジルと口づけを交わした関係だけど⁉」

「俺は布切れ一枚越しに胸を触って揉んだぞ！」

「きゃああああああっ、もうやめてくださいっ!!」

エキサイトしたふたりが、公衆の面前で壮大な暴露合戦を始めたため、私は思わず絶叫をして、羞恥のあまりその場で地団太を踏んでしまいました。

『おおっ、なにやらコース上では恋の鞘当てか!? そして、興味深い話が飛び交っている！ この三角関係は果たしてどうなるのか、目が離せないところ。そして、私個人としては、先ほどまでと違って普通に走って、その場で足踏みをしている巫女姫様の、たわわな胸が弾む様子に目が離せません!!』

ともかくも、無事に第一、第二チェックポイントを通過できた私たち（ルークも『変人』枠なのを赤裸々に見せましたし）。いよいよ最後のゴールを兼ねた第三チェックポイントへと向かいます。

これで最後のお題が、このふたりに該当するものであれば問題ないのですけれど……。

そう思いながら魔力探知《サーチ》を全開にして、第三チェックポイント手前、これだと思える目当ての封筒を取って中身を確認し――。

「！？！？！？」

屈み込んだ姿勢のまま思わず絶句、硬直してしまいました。

「どーした？」

「なにが書いてあったんですか、ジル？」

何度も何度も中身を読み直す私の背中に、セラヴィとルークの懸念と心配を含んだ声と視線が降り注ぎます。

「なにやってんの、あんた？」

そこへ後続グループの白組エステルと、正式な選手であるおっとりしたタイプの女生徒――確かカーヤさん――が追いついてきました。

選手のほうの手にある二枚のお題は『他国人』『金持ち』です。なるほど、第一のお題で二番目も通過できたわけですわね。

「それでは、わたくしは最後のお題を選びますね」

「ええ、任せたわよ、カーヤ。ここで逆転だからね！　――つーか、あんたよっぽど変なお題を引いたわけ？」

封筒を選ぶ仲間の女生徒に声をかけたエステルが、私が手にしている三枚目のお題を無遠慮に覗き込んで、聞こえよがしに音読しました。

「えーと……『恋人　※片思いの相手でも可。相手は男子一名であること。あくまで友情としての親しみというのは不可。最終チェックポイントでは魔術により虚偽を判定します』……」

「「「…………」」」

刹那、その場に沈黙が舞い降りました。

「あんた、このドサクサ紛れに、ルゥ君と相思相愛を宣言するつもりじゃないでしょうね!?」

いきり立つエステル。

私はといえば、思いっ切り逃げ道を塞がれた選択肢を前に、「そういえば、この競技が終わったらお昼休みねー。お弁当に、サンドイッチとおにぎりとお稲荷さんを用意したのよね～」と、思わず現実逃避を図るのでした。

「――で。どっちを選ぶわけだ？」

面白くもなさそうな口調で、掴んだ私の左手を持ち上げるセラヴィと、無言のままそっと私の右手を両手で包み込むルーク。

知らず、だらだらと嫌な汗が流れます。

葛藤する私を前に、エステルが痛快そうな表情で高笑いをしつつ、カーヤさんへ話しかけます。

「ほーっほほほほほほっ！　なんだか困ってるみたいね、いい気味よ！　この間にあたしはゴールさせてもらうわ！　さあ、カーヤ。三番目のお題はなにを引いたの⁉」

促されて、カーヤさんはおずおずと肩をすぼめて、一枚の紙を差し出しました。

そこには一言。

『巨乳』

『おーーーーーーっと！　どうしたことか⁉　ゴール手前で先頭の紫組巫女姫様と白組エステル選手が、凍りついたかのように動きを止めたぞ‼　なにがあった？　ほかの組も追い上げてきました！　第三競技は、ここでさらに波乱があるのか⁈』

司会のバーニーJrの能天気な声が、フリーズした私とエステルの頭の上を響き渡ります。

【第五章】仁者無敵の姫君と校舎裏の邂逅

「はい、お二方とも失格です」

審判の無情な声が、一位でゴール兼第三チェックポイントへ同時に飛び込んだ私とエステルを、一刀両断しました。

「なんでよ!?」

業を煮やしたエステルがプライドと勝負を天秤にかけて、「『他国人』『金持ち』『巨乳』……くう、もう！　ちょっと来なさいな！」と、私の手を強引に引っ張ってゴールした結果がこれです。

目を吊り上げるエステルに対して、二十歳ちょっと過ぎと思われる審判の男子生徒（もしかすると若い教員かも）が冷静に根拠を示しました。

「まず巫女姫様ですが、これはいまゴールしている現状、ご自身のお題である『変わり者』『親しい男子生徒』『恋人』のうち、エステル嬢では第一のお題しか該当しておりません。ですから失格です」

「誰が変わり者よ!?」

いきなり立つエステルですけれど、歯を剥き出しにして半ば野生化しているその形相は、変わり者以外のなにものでもないでしょう。

私の周囲には、自覚のない変わり者が多いですわね……。

「続いてエステル嬢ですが」

「なにが問題あるのよ！　いちおう仮にもこの女は帝国からの留学生で、それなりの資産家。そ、そして、認めるのはやぶさかだけど、まあまあそれなりに胸はあるじゃないの⁉」

「痛たたたっ……あの、エステルさん。私の胸を掴んで振り回さないでください」

我を忘れて興奮したエステルが、私の胸を片手で鷲掴みして振り回すので凄く痛いです。

「ええ、条件は十分に満たしています。ですが――」

「なによ？」

「エステル嬢は白組の一員ではありますが、この競技の参加者ではありませんよね？」

「――あっ……‼」

その指摘で我に返ったエステルが、勢いで一緒にゴールに入ったものの、所在なげにひとりでうろうろしている、カーヤと呼ばれた白い鉢巻を締めた選手を振り返ります。

「ということで、紫組、白組ともに失格です」

審判の冷徹な宣言に、エステルはがっくりとその場に膝を突いて項垂れるのでした。

一方、私はといえば、ドサクサ紛れにいろいろと誤魔化せたことに、ほっと安堵していたのは内緒です。

午前中の競技が終わってお昼休み。ランチを挟んで午後の競技は二時から再開とのことです。

冒険者や旅行者が『携帯食を持つ』ことはあっても、基本的に『お弁当を作る』という習慣のないこの世界。

当然、学園生や関係者、この日を楽しみに外部から来た訪問者の皆さんも、学園に複数ある学生用食堂やカフェテリア、この日だけ出ている露店などに一斉に大挙して押しかけ、冗談ではなく立錐の余地もないほど混み合っています。

私やルークなど一部の貴族は、この日だけは教職員用の特別食堂を使えるのですが、そういう場所だと今度は落ち着いて食事もできない――ほかの貴族や有力者との外交の場と化すのが目に見えている――ため、今回私は事前にメイ理事長にお断りして、学園の中庭にある四阿《あずまや》を借り切り、持ってきたお弁当を広げて、知人や身内限定のランチをすることを計画していました（当然、周囲五百メルトは、安全のために完全に立ち入り禁止になっています）。

予定では、私とルーク、セラヴィ、侍女ズとブルーノくらいを想定していたのですが、

「楽しみであるの～。こういう雰囲気で食事をするなど初めてじゃ。ピクニックとは、こんな感じかのぉ」

「そうだね。子供の頃に別荘に行って寛いでいた頃を思い出しますよ。それにここは、周囲は見事な花畑で、なおかつ綺麗どころも揃っていますしね」

なぜかリーゼロッテ様とヴィオラも席に座って、和気藹々としています。

さらに、

「こうして貴女の手料理を口にするなど何年ぶりでしょう。楽しみですね。うちの料理長やルタンドゥテ本店の料理人も工夫を凝らしてはいるのですけど、最近マンネリ気味ですからね」

なぜかクリスティ女史まで、当然のような顔でお席に座っていらっしゃいます。

「クララや、飯はまだかいのォ？」

そして、一番上座のお誕生日席に座っているボケ老人……もとい、テオドロス法王の催促を合図にお弁当が広げられました。

「さあさあ、いかがですか。数日前から、ジル様御自ら腕を振るって作られた、手作りのお弁当ですよ！」

エレンの自慢げな声に合わせて、テーブルに広げられるランチの数々。

事前に用意してあったバスケットを次々に亜空間ポケットから出すコッペリアと、それをてきぱきとお皿に移すモニカとエレン。そして食器を並べるラナ。

並べられたのは定番の唐揚げ、焼き鳥、アメリカンドッグ、エビフライ、ハンバーグ、伊達巻、ハート型卵焼き各種（プレーン、チーズ、ホウレン草）、キュウリ入りチクワ（っぽい魚のすり身）、カマボコ、ポテトベーコン巻き、野菜の豚肉巻き、枝豆、ウインナー、お煮しめ（っぽいの）、焼き春巻き、きんぴらごぼう、スイートポテト、マカロニサラダ、ポテトサラダ、ナポリタン風パスタ、鮭のムニエル、ローストビーフ、牛肉のしぐれ煮、ゆで卵、ゆで玉蜀黍《とうもろこし》、サンドイッチ（ハムチーズ・卵・マーマレード）、クロワッサンサンド、お稲荷さん、俵おにぎり、肉巻きおにぎり、ハート型太巻き、フルーツ、デザート、葡萄酒《ワイン》やジュースなどなど……。

念のため多めに用意しておいたお陰で、人数が増えた分も十分にまかなえて、ちょっとした宴席ができそうな大テーブルが、たちまち埋め尽くされるのでした。

ただ、私としてはあくまで身内でのお祭り気分を意識したお弁当を用意したため、内容がかなり庶民的で、王侯貴族や法王様という方々に勧めるには、いささか躊躇われる献立と思えたのですが、幸い地球の日本的お弁当はどうやら異世界でも物珍しいみたいで、見慣れない食べ物が並べられるたびに、「おおっ」「なんと」「これは凄い」と、感嘆の声が上がるのがどうにも面映ゆいところです。

「……ほんの手遊びですので、皆様方のお口に合うかどうか自信がありませんが、よろしければお召し上がりください」

豪華絢爛な宮廷料理に慣れた方々の舌に合うかどうか、はなはだ不安な家庭料理ですが、お祭り＝お弁当＝重箱という発想で、ついつい調子に乗って作ってしまったのですよね。

「それでは召し上がれ。ああ、お手伝いありがとうございました。モニカたちも座って召し上がってください」

「――いえ、私たちはここで給仕を行うのが仕事ですから」

私は侍女ズに提案しましたけれど、案の定、首を横に振るモニカ。コッペリアは「では、遠慮なく」と座ろうとしたところを、エレンに首根っこを掴まれて止められ、ラナは周囲の反応を窺ってきょろきょろしています。

「お弁当ですから、広げた段階で給仕の役目は終わりですわ。あとは片付けを手伝ってもらえば十分ですので、手持ち無沙汰で立っていられるよりも、一緒に食べたほうがいいと思いますわ」

「……そういうわけには参りません。立場というものがございます」

あくまで固辞するモニカですが、ヴィオラが軽い口調で私に同意して、彼女たちに座るように促しました。

「いいのではないですか？　フロイライン・ジルがそう言っている以上、主人の意を汲むのも侍女の役目ではないですか？　それに、二番目の競技では小さな侍女《レディ》殿も大活躍でしたし、その慰労を兼ねてと思えばいいのでは」

「なんでもいいから、さっさと食おうではないか。ほれ、おぬしらも座るがよい。なんなら儂《わし》の膝の上でもいいぞ」

テオドロス法王聖下も、そう言ってモニカのお尻のあたりを眺めながら、自分の膝を叩きます。

これ以上拒否するのも逆に失礼という状況に、モニカも観念したのか、軽く腰を曲げて頷きました。

「わかりました。それではご相伴に与《あずか》らせていただきます」

途端、やったとばかりハイタッチをするエレンとコッペリア。

エレンはともかく、コッペリアは別にお弁当を食べる必要はないと思うのですけれど、多分気分の問題なのでしょう。

四人ともテーブルの一番下座に座って、「至高なる天上の女神様」「聖女様」「混沌と破壊兵器の外なる神々よ」「山の姫神様」と、各自の信じる神様に食事の祈りを捧げるのでした。

「この面子ならメイ理事長もお呼びすればよかったですね」

全員がテーブルに着いたのを眺めて、ルークがふと教員棟のある方向を見て口に出しました。

「……理事長は、その、多分、いろいろとお忙しいと思いますので」

私の上の空の答えに、セラヴィが怪訝な表情を浮かべたので、私は慌てて、

「一般論ですわ。創立祭ですもの、理事長がお忙しいのは当然ですから」

そう付け加えておきます。

「まあ、そうであろうな。それより待ちくたびれたぞ。さっさとこの『弁当』とやらを食べさせるのじゃ！」

「そうじゃそうじゃ！」

「では、乾杯の音頭は現在プリンセス候補暫定一位のジルにお願いするということで」

リーゼロッテ様とテオドロス法王に急かされて、ついでに現在プリンセス暫定一位のヴィオラに促されて、私はワイングラスを手に取りました。

午後から砲丸投げとか水泳があるため、さすがに酔っ払うわけにはいきませんから、中身はただの炭酸水です。

「わかりました。――では、皇華祭での健闘と、皆様とこうして食卓を囲める幸運に感謝して」

全員がグラスを持ちました。

「乾杯《チェリオ》」

「「「「「「「「――乾杯《チェリオ》ーっ!!」」」」」」」」

そうして始まったランチ。お弁当はおおむね好評を博し、私もほっと安堵しました。

「…………」

とはいえ和やかな会話の中でも、ふと、心ここにあらずになってしまうのは、私のポケットに入っている三枚の手紙に想いを馳せてしまうからでしょう。

先ほどの〝チキチキ三題話千メルト尋ね人レース〟で、最初に取ったお題に一瞬だけ浮かんだ文字。

『このあとの封筒にあたしの魔力波動《バイブレーション》を帯びたものがあるので、それを取ること。メイ・イロウーハ』

おそらくは私の魔力波動《バイブレーション》によって、僅かな間だけ浮かび上がるようになっていたのでしょう。思わず目を瞠って見直している間に文字は消え去り、代わって第一の『変わり者』というお題が浮かび上がったそれ。

二番目からは『魔力探知《サーチ》』を全開にして、ごくごく微量のメイ理事長の魔力波動《バイブレーション》を頼りに目当ての封筒を取り、

『オッケー。次の手紙が非常に重要なのでこの通りにする。下手な動きをすると敵にバレる危険があるので、以後はあたしと接触しないこと』

という指示に従って最後の手紙を受け取ったのですが、これがかなり手の込んだ目くらましがかけられていて、私以外の誰かが見ると、まったく別の文面が見えるように細工されていたみたいです。

そして私の目に映ったのは、懐かしいレグルスからの手紙と、メイ理事長からの指示でした。

お陰でエステルに音読されるまで、私も対外的になんと書かれていたのかわからなかったのですけれど、二番目といい三番目といい、理事長の悪ふざけが過ぎる内容でしたわね。

とはいえ、そんなことも三番目の手紙に書かれていた内容に比べれば、ものの数ではありません。

というか、ここまで手の込んだ真似をして――もしかすると今回の皇華祭でプリンセスを選定する茶番のような競技自体も、この手紙を私に密かに渡すための伏線だったのかも、とまで思えます――レグルスからの手紙を見せた理事長の真意はどこにあるのか。

考えられる最悪の可能性としては、理事長でさえ看破できない存在が、いまこの瞬間にも私たちの背中や喉元に忍び寄っているのかも知れないということ。

そんな得体の知れない不気味さに、私は物思いに耽るのでした。


「――ですから。『変態』といえば、あなた方のことでしょう⁉」

「誰が変態じゃ！　わしら二十八年組を馬鹿にしておるのか、このアマ！」

「幼女を性欲の対象にする段階で変質者です！　さっさと協力しなさい」

「性欲じゃない。あくまで穢れなき存在として、真摯に愛情を注いでおるんじゃ！　おぬしのような、はすっぱな女にはわからん、崇高な思想じゃ‼」

「わかるわけないでしょう！　そもそもロリコンは病気です！　その昔、ロリコンをこじらせて世界を滅ぼしかけた馬鹿がいましたけれど、それくらい業の深い病気です‼」

変態という名の二十八年組の紳士たちを相手に、最初のお題を握ったままの魔導甲冑とその付き人であるゾエが、会場の片隅で、いまだ声高に言い争いをしていた。

『あのー、もう競技は終わったのですが。もう昼休みになっているのですが。あの、黄組は時間切れで失格ですよー』

司会のバーニーＪｒが呼びかけているが、すっかり激昂して我を忘れている双方とも、聞いちゃいなかった。

ちなみに、第三競技は参加者六組のうち三組（紫、白、黄）が失格するという、非常に不本意な結果になったため、残り三組で点数を分けて、コンクールはさらに混迷の度合を増していたのだった。


午後の競技は水泳からということで、舞台を室内用遊泳施設へ移しての再開となりました。

この室内用遊泳施設は、闘技場《コロッセオ》の地下に作られた特殊な亜空間——つまりはダンジョンの一種——で、地下なのに燦々《さんさん》と南国の太陽が輝き、見渡せばどこまでも続く白い砂、打ち寄せるエメラルドグリーンの海という、絶好のリゾート地となっています。

これだけ見れば、どこぞの南国ビーチへ転移されたのかと錯覚するかも知れませんが、注意力のある人間なら、普通にあるであろう自然の音——鳥の声も虫の音も一切聞こえないということに、すぐに気付いて違和感を覚えるでしょう。

閉鎖空間での自然環境を維持するために、そうした無用の生き物を極力排除した結果ですが、椰子の木や南国の植物が植えられ、見た目には色鮮やかな光景だけに、人間以外の生き物がいない人工の世界は、私にはいささか物寂しく感じられます。

「……まあ、虫刺されの心配がいらないのは安心ですけれど」

あと、本物の太陽と比べて日差しが柔らかなので、紫外線で日焼けする割合がかなり低いのもポイントが高いところです。

「えーと、全員転移しましたね？　それでは参加するプリンセス候補の皆さんは、こちらで水着に着替えてください」

一般用の入り口とは別にある特製の『転移魔法陣《シフトポーター》』から、この場所に移動させられた私たちプリンセス候補とその随員たち。ちなみに全員女性です。

さすがに人数が多いので一度には魔法陣に入れず、何度かに分けて全員が移動し終わったところで、午前中にお世話になった、運営委員の腕章を着けた女生徒が、椰子の木が生い茂るビーチの奥にあるペンションかロッジのような木造の建物へ、私たちを案内してくれました。

そこにあったのは、ちょっとした貴族の別荘ほどの大きさの、二階建ての建物です。

全員が入っても余裕のある玄関ホールへ案内されてみれば、ホールの片隅に衣装ダンスらしい、色分けされた四角い箱が六個置いてあるのに気が付きました。というか、それ以外はなにもありません。

「ホールの奥にある衣装箱に水着や付属品一式が入っていますので、各自、二階にある個室で着替えてください。個室の前には運営委員の女子が待機していますので、部屋の場所や水着の着方がわからない場合には、お気軽に声をかけてくだされればお手伝いいたします」

そうテキパキと仕事をこなす彼女。

たかだか水着に着替えるくらい自分でやれば？　と思うかも知れませんが、基本的に生粋の貴族のお姫様というのは、自分で着替えをするという習慣を持っていません。

突っ立っていれば勝手に周りが着せ替えしてくれるのですから、正真正銘、純粋培養されたお姫様というのは、人前で裸になることに羞恥心を持っていない……ともいわれています。そのあたり、私って、見た目は〝純粋無垢のお姫様〟に見えるらしいですが、思いっ切りバッタもんなので、よくわかりませんけれど。

なんにしても、貴族の令息令嬢であれば、机から消しゴムが落ちても自分で拾うという発想がないのが普通で、ましてやひとりで着替えるなどという行為は、貴族としての沽券に関わると考えるらしいですから、補助のための人員を準備していて当然なのでしょう。

それに実際問題として、山国であるリビティウム皇国では水着自体がかなり珍しいので、慣れた人間がきちんと手伝わなければ、てこずる可能性があります。

「うおおッ。さすがはクララ様。これ、メロンどころかスイカが丸ごと二個入るんじゃないですか?!」

早速、私に割り当てられた紫色の衣装箱を開けたコッペリアが、中から紫のビキニのトップを取り出して、はしゃいでいました。

周囲の注目を浴びるので、できれば自制していただきたいのですが、当然ながら空気を読む機能は内蔵されていないうえに、外付けもできないコッペリアのこと。表、裏、紐などを念入りに確認したあと、

「ラナぽん、ちょっと来てみ」

「？」

チョイチョイとラナを手招きして、

「ほーら！　やっぱり子供なら、頭がすっぽり入りますよ！」

頭に被せて、ラナを変態頭巾ちゃんにして遊んでいます。

ラナも、おーっという感じで被ったまま感心しないでください。ついでに、「うおおおっ。さすがは巫女姫様、パネェぜっ」という、令嬢たちの賛嘆と畏怖の視線がいたたまれません。

「……そういうことはしないでください。それにしても、これも紫色ですか」

「ジル様は肌が白いのでお似合いだと思いますけれど……まあ、少々布の面積が小さくて、破廉恥なデザインですが」

モニカがフォローしつつも、そう苦言を呈しました。

「ちょっと待ちなさいよっ。つまり自前の水着ではなく、そっちで準備した水着を着ろってことなの⁉」

「ええ。皆様に公平を期するため、こちらで準備しております。ああ、午後からはまた別の体操服とブル・マーを準備しますので、一度脱いだブル・マーをもう一度穿く必要はありません」

実行委員の女生徒に食ってかかるエステルに対して、噛んで含めるように説明をする彼女。

それを聞いたコッペリアがすかさず、

「――クララ様。きっと回収して売る気ですよ。実行委員はクララ様の汗の染みた体操服やブル・マーを高値で売る気に違いありません。ワタシならそうします」

「モニカ、着替えはコッペリアに渡さないようにしてくださいね」

「承知いたしました。命に代えましても死守いたします」

「売りませんし、きちんと管理して洗濯します！」

耳打ちというには声高な忠告の声に、実行委員の女生徒が即座に反論しました。

対照的に、一部の実行委員が目から鱗のような表情を浮かべていましたけれど、いまの藪蛇になっていませんわよね？

「じゃあなんで、あたしの水着のデザインがこれなのよ！」

白組の箱から、自分に割り当てられたフリル付きのワンピース水着を取り出して、運営委員の女生徒にさらに噛み付くエステル。相変わらずメンタルが強いですわね。

「可愛らしい水着だと思いますけれど？」

私も含めて、周囲も彼女の率直な感想にうんうんと頷いて同意します。

「こんな子供じみた水着を渡されて、唯々諾々《いいだくだく》と着たら、『おおっ、エステル選手。やっぱり油断した腹肉を気にした水着でしたか～！』とかあの司会者に言われて、満座で笑われるに決まっているじゃない！　交換を希望するわ！　あたしがあっちのビキニを着るわよ。つーか、そのほうが格好いいもん！」

　ラナが被っている私のビキニを指さすエステルに対して、運営委員の女生徒は困惑した面持ちで、

「それはルール違反です。こちらで水着を用意したのも、持ち込みだとあらかじめ布地に魔術などを仕込まれて不正される可能性があったため、公平を期する目的ですから、皆様にもご了承いただきたいのですが」

　布地に魔術などを仕込む――のくだりで、茶組『マジック・ホリック』とピンク組『銀の紋章《アージェント・レイブル》』の面々が、ギクリと顔を強張らせました。

　さては、そのつもりだったのですわね。

　委員の女生徒は顔色が変わった彼女たちを一瞥して、無言で牽制したのち、エステルに視線を戻して、断固たる口調で言い切りました。

「条件は皆さん同じです。それに不満があるようでしたら、どうぞお引き取りください。それに第一、エステル様が巫女姫様の水着を着けてもバストサイズが足りずに、べろーんとズル剥けになるだけです。それでもよければ、同じサイズの水着を用意させますが？」

　この女生徒、淡々とした口調でなにげに辛辣です。

　さすがに気の毒になった私は、エステルに慰めの言葉をかけることにしました。

「あの、大丈夫ですわよ。大きければいいというものではありませんから。ほら、私なんてこの胸

のせいで下着のデザインは限られますし、ましてノーブラなんてできませんから、肩凝りが大変なんですよ。あと、うつ伏せに寝るのも足の爪を切るのも一苦労ですし、油断するとブラウスのボタンが弾け飛ぶ、食べ物をこぼすと胸のところが汚れる。あと、胸の周囲に汗疹《あせも》ができやすいですし……正直、そういう苦労がないエステルさんが羨ましいですわ」

「どヤカマシイ!!!　あんた、あたしにトドメを刺しにきた刺客じゃないの!?　慰めるふりして、あたしを嘲笑っているだけでしょう！」

　気持ちを和ませるつもりが、なぜか余計にギスギスさせてしまったようで、自分の分の水着一式を引っ掴んだエステルは、仲間たちとともに足音も荒く階段を上って、白組用の控え室へ入っていきました。

「？？？」

　なぜ逆切れされたのかわかりませんけれど、とりあえずエステルが折れたことで、ほかのプリンセス候補も不承不承納得したみたいで、自分の分の水着を持って、各自の控え室へと着替えにいきます。

「競技開始は一時間後です。着替えが終わった方は、係員の誘導に従って、ムーンビーチの特設競泳コースへ移動してくださーい！」

　運営委員の彼女が最後にそう呼びかけます。

　準備に時間がかかると考えて、かなりの余裕をみているのでしょう。

「それでは、私たちも準備をいたしましょう」

「「「はい、ジル（クララ）様」」」

侍女ズに呼びかけると、私も競技の用意をすべく、控え室のある二階へと階段を上るのでした。


三十分後――。

ムーンビーチと呼ばれる三日月形に湾曲した砂浜に、急遽作られた審査員用の天幕《テント》の下。次の準備に余念のないメイ理事長だったが、不意に周囲に鳴り響いた注意を促すチャイムの音に、「うん？」としかめた顔を上げた。

『運営委員よりお知らせです。第四競技の開始時間を、三十分遅らせていただきます』

聞こえてきた司会の声に、「ちっ！」と珍しく不快感を露にする。

「――なにやってんだか。こっちも段取りってものがあるんだからね」

小さく毒づいて、ビーチの脇に特別に許可を出して出店させている露店のひとつに視線を送る。

『ヤキソバ』と銘打たれた、驚くほどよく焼けたソースの香りを漂わせている露店で、縦横二メルトほどもある移動式の巨大な鉄板相手に格闘していた黒髪細目の年齢不詳の商人は、その視線を感じて、手にしたヘラを軽く持ち上げてみせた。

「さっさと準備しなさいよ！」

と視線で促された商人は、面倒臭そうな顔をすると、あとのことを従業員である白猫の獣人族《ソアン》とメイド服を着た豚鬼姫《オークプリンセス》に任せて、そそくさとこの場をあとにするのだった。

ふう……と、ため息を漏らしたメイ理事長の耳に、続く運営委員の放送が飛び込んでくる。

『なお、遅延の理由は、水着に着替えた巫女姫様がこちらに向かってくる際、そのあふれんばかりの艶めかしい姿態を直視した観客数百人が、衝撃のあまり卒倒――特に、年配の男女十数人が心臓発作でショック死しかけ、現在その場で巫女姫様が蘇生しているとのことです』

なんだそれは⁉　という困惑と、見た者を文字通り悩殺するというその艶姿を想像して、どんだけエッチな格好なんだ⁉　という期待が、観客の間にいやがうえにも高まるのだった。

が――。

『以上により、巫女姫様にはラッシュガードの着用を……』

『ふざけるなああああああああああああああああああああああああああああああッ！！！！』

運営の無慈悲な宣言により、怒りの観衆が放つ怒号が響き渡り、この閉鎖空間をぶち破らんばかりの勢いと化すのだった。


さて、魔術による特殊環境の影響でしょうか、途中で体調を崩す人たちが続出するという思わぬアクシデントもありましたけれど、競技はサクサクと進みます。

［第四競技・百メルト自由型］

魔術で波の影響を消去するようにした、湾内に作られた四角いレーン。

五十メルトを折り返すプールとは違って、百メルトがまるっと直線で作られたそのコースで、棄権した魔導甲冑の人以外、水着に着替えた私たち五人は一斉にスタートを切りました。

今回は特にイロモノ競技ではなく、ごく平凡に百メルトのタイムを競うもの——ということで、

『第三コース、白組エステル選手。百メルト、五十四秒三八！』

全力で泳ぎ切ったエステルに、私は笑顔と拍手とともに右手を差し出します。

「素晴らしいですわ。いつの間にかクロールをマスターしたのですわね！」

二年ほど前に一緒に泳いだときは平泳ぎしかできなかったエステルですが、どうやらあのときに私が一度だけ披露したクロールを、独力で習得していたみたいです。

それにしても……一概に比較はできませんけれど、百メルト五十四秒台とか、女子の日本記録に近いタイムではないでしょうか？　素晴らしい。本当に素晴らしいエステルの努力と才能に、私は惜しみない称賛と拍手を送らずにはいられませんでした。

「見事な成績ですわ。誰もがこの快挙に瞠目したに違いありません。さすがは海運王ベーレンズ商会のご令嬢だけのことはありますわね！」

観客の皆さんも絶賛の嵐で、「頑張ったなー」「凄かったぞー」と怒涛の拍手を送っています。

そのエステルは胸から下を水に浸けたまま、なぜか下を向いてプルプルと震えていました。感動のあまり震えているのでしょうか？　まさか水の中で……しちゃってるのでは？

　と、戦慄の予感を覚えたところで、

「……ドやかましいっ‼　あんた、あたしを褒め殺して馬鹿にしてるでしょう⁉」

　涙目のエステルが怒りのあまり、私が差し出した右手にしがみ付いて、そのまま私を水中へ引きずり込むのと、司会のバーニーＪｒがいまの競技の成績を放送するのとが、ほぼ重なりました。

『では、最終泳者のエステル選手がゴールしたことで、第四競技の終了となりまーす。第四競技の成績は、第二コースの紫組ジュリア様が一位で、タイムは九秒七六。いや～、まさか水上を走るとは思いませんでしたね。ちなみにこの記録は、現在の世界記録を大幅に更新しています。二位が第一コース茶組「マジック・ホリック」で、タイムは十三秒〇九。下半身を魚に変えたマーメイドモードは鮮烈でしたけれど、半端に魚に変わるのではなく全身を変化させれば、あるいは一位になっていたかも知れません。しかし、さすがに淑女としてそこは譲れないところがあったのか？』

「卑怯じゃないの‼　水の上を走るとか、競泳じゃないじゃないの！」

　しがみ付いて、さらには齧り付いてくるエステル。

「――そうおっしゃられても、そもそもの競技が自由型ですから。基本、体のどこかが水についていれば問題がないと、ルールにも記載されていたではないですか？」

　だから競歩に近い形になって、意外とタイムが伸びなかったのですよね、私の場合。

「それが卑怯だっていうのよ！　ほかの連中も魔術で得体の知れない泳ぎ方をして、二十秒以内にゴールしてさ。インチキしたあんたらが余裕の表情で寛いでいる脇で、普通に水を掻いて泳いだあたしなんて、完全にミソッカス扱いじゃないの‼　慰めの拍手や『ドンマイ』コールを受けたあたしの惨めさが、あんたにわかる⁉」

絶叫しながら、私を水中の深いところへ誘おうとするエステル。なにかこう、死なばもろともというような、鬼気迫るものを感じます。

「本当だったら、本当だっだらあたしが一番でゴールじで、ルゥぐんのハートをがっちりちゃっちするばずだっだのに～～っ‼　こうなったら衆人の目の前であんたを剥いて、あたしが味わった屈辱を味わわせてやるわ！」

泣きながら全力で私の水着にしがみ付いてくるエステルは、愛しの彼のハートをキャッチしようとする乙女というよりも、獲物を水に引き込んで尻子玉を抜こうとする河童を髣髴とさせます。

「――がぼがぼ。ちょ、ちょっと、エステルさん。これ、洒落になっていませ……ごぼっ……わよ」

身悶えしながら、とりあえず水中呼吸用の精霊魔術を使おうとするのですが、私の挙動を野生の勘で察するのか、そのたびにエステルが的確なタイミングで邪魔をします。こ、これはさすがに限界かも――。

『おおおっ。第二コースのジュリア様とエステル選手が水中でじゃれ合っているぞ！　お互いに健闘を称えての悪ふざけか？　気のせいかジュリア様の顔色が悪いような気もしますが――』

そんな気楽な司会者の声を聞きながら、だんだんと私の意識が暗闇へと呑み込まれて……。

［第五競技・学園全域スプーン宝探し］

エステルも私とほぼ相打ちの形で息が切れ、揃ってぷっかりと水死体のように浮かび上がったところで競技も終わり、私たちが着替え終えると、ほぼ予定時間通りに次の競技の開始となりました。

といっても、私本人はこの競技に参加しないのですが。

『〝学園全域スプーン宝探し〟参加選手が一斉にスタートしました！』

合図とともに、ほかの選手たちと一緒にスタートするラナ。

今回は参加選手が多いので、とりわけ小さなラナはスタートラインに並んだ段階で周囲に埋もれてしまいましたけれど、ほかの選手たちが体操服にブルマなのに対して、こちらはいつものメイド服なので、わりと見分けはしやすかったです。

それに、今回はもうひとりゾエさんもメイド服で参加しているので、その分インパクトは軽減された形になっています。

もっとも、体操着とメイド服の女子が、片手にスプーン一本を持って駆けていく様子は、どちらにしてもシュール以外のなにものでもありません。

『さあ、この競技は学園の敷地内のどこかに埋めてある［宝箱］を探して、その中から虹色に輝く特製の宝玉を見つけた者に百点が与えられるボーナス競技です。ちなみに、チーム内であれば参加人数に上限はありませんが、使えるのはどのチームもスプーンが一本だけ！　制限時間は閉会式までで、途中でスプーンが折れた場合は失格となります！』

司会者の言葉に、この広大な敷地からスプーン一本で目当てのものを探すとか、普通に考えたらまず見つからないと思うので、確かにボーナス競技ですわね、と思いつつ、

「無理はしないでねーっ！」

「頑張ってね、ラナーっ！」

「頑張れ、ラナぽん！」

と、私たちはラナの背中に声援を送ることしかできませんでした。

それに対して尻尾とスプーンを振り振り、勇躍して学園の裏庭——といっても、天然自然の山が五つ六つすっぽり敷地内に入っている、ちょっとした秘境ですが——へと向かうラナ。

この競技、埋まっているのは学園の敷地内のどこか、というのですから、ひょっとすると玄関先とか、意表を突いてスタート地点の足元という可能性もあると思うのですけれど、なぜラナは迷いなく、わざわざ最も過酷な場所に向かおうとするのでしょうか？　野生の呼び声でしょうか？？？

多分、なにも考えていないんだろうなぁと思いつつ、

「……ちゃんと帰ってこられるのかしら？」

ハラハラしながら、その背中を見送るしかない私でした。

ふと、気配を感じて見てみれば、いつの間にか魔導甲冑の人もその場に立って、ラナのことをじっと見詰めています。

ご自分の侍女頭のゾエさんは、糸の先に水晶を付けたダウジングに従って、まるっきり逆の中庭方面へ向かったので、見ている対象はラナで間違いはないでしょう。午前中からずっと、ラナを視線で追いかけている気配がしていますし、意外と子供好きなのかしら？　と思いながら、私はこっそりと踵を返しました。

さて、ここからが本番ですわね。

そう自分に喝を入れながら、学園にある大時計台の時計の針を確認します。

時刻は十五時四十五分。手紙にあった時間には、ちょうどいい頃合でしょう。

この時間にフリーになれたのは僥倖ですけれど、勿論これは偶然ではなく、メイ理事長の差し金なのでしょうね。

そもそも第五競技は、昨日まで私たち参加者に知らされていなかったところを、急遽ねじ込まれたものです。

その理由については、運営委員会からの説明によれば、私と魔導甲冑の人がともにソロで競技にフル出場するのに対して、ほかはチームで参加するのでは、あまりに私と魔導甲冑の人の負担が大きすぎて、公平さに欠ける……ということで、競技の間のインターバルのような形で組み込まれたとのことです。

で、この競技の肝は『参加上限も下限もない』というところにあります。

つまり私の場合、補助者のラナが参加していれば、私本人は参加しなくてもいいという理屈です。

実際、制限時間はやたら長く取られてはいますが、次の競技（砲丸投げ）の開始が約一時間後の十七時なので、これに参加することを考えれば、私と魔導甲冑の人はこの第五競技には自動的に参加しないという形になり、その間は休むことができる……と、配慮された運営の温情のように思わせる。それがおそらくはメイ理事長の思惑なのでしょう。

実際には、その浮いた時間を有効に使えという、理事長の真の思惑があるのでしょうね。

私は上空に投影されている映像——分割した画面で、学園のあちこちに散った乙女たちの動向が映されているそれ——から、残ったプリンセス候補たちが次の競技に備えて、思い思いに闘技場《コロッセオ》の隅で柔軟体操をしたり、気炎を上げたり、大きな石をウエイト代わりに投げたり持ち上げたりしている姿へと視線を移しました。

　前の競技……というか、現在進行形で行われている人数制限なしの『学園全域スプーン宝探し』に、各組とも出せるだけの人数を裂いているためか、この場に残っているプリンセス候補たちは必要最低限のようですが、

「——気のせいかしら？　いまいるほかのプリンセス候補の皆さんが、えーと……非常に、その圧倒される体躯をした、強靭——健全な肉体美の皆さんのような気がするのですけれど……？」

　私も女子としてはわりと長身の部類ですが、その私でさえ見上げなければ目を合わせられない巨漢女子（「漢」は男なので矛盾していますけれど）がゴロゴロいます。

　軽く眺めただけでも、二メルトクラスの骨太で鍛えられた肉体——体操服とブルマという薄着のために、ワイヤーがよじれたような太くて分厚い全身の筋肉や、六パックに分かれた腹筋を剥き出しにした、顎の割れた厳つい風貌の女子（？）たちが、

「こほおおおおおぉぉぉぉぉっ!!!」

「ふんっ！　ふんっ!!」

「はあああああああああああーーっ!!!!」

　炎のような息を吐き、全身に陽炎のような気迫を纏わせ、ぶんぶんと空気が焦げるような凄まじい迫力で手足を振り回す、そんな光景が目に飛び込んできます。

女子って筋肉が付きにくいのに凄いわね～……と、一瞬だけ現実逃避をしつつ、我に返ったところで、これって学園最高の淑女であるプリンセスを決める祭典ですわよね⁉　場所が闘技場《コロッセオ》だからといって、いまから殺し合いをするわけではないですよね?!　もしかして運営委員会は『女子力』を誤解しているのではありませんの!?!

と、慌てて手元のプログラムを捲って、首っ引きで確認をします。

というか、侍女頭のゾエさんがスプーン宝探しで旅に出ているため、ぽつんと立っている鋼鉄の魔導甲冑の人でさえ、周囲に林立している肉の宮に埋没して目立たない状況とか、ちょっと想像の埒外でした。

「――次は十七時から砲丸投げで、しかも魔術などによる強化は禁止らしいですから、どこも体力に全フリしている選手を投入してきたみたいですね」

私の隣で同じようにプログラムを確認していたエレンが、やれやれと言わんばかりの辟易した口調で補足してくれます。

「……えっ、魔術での強化は駄目なのですか？」

聞いていませんわよ?!

そもそも私って、魔術とか強化なしでの素の体力は、いいとこ女子のインターハイレベルですわよ。まして純粋なパワーという点では、あるいは普通の女子以下かも知れません。

実際、腕相撲ではラナとどっこいどっこいくらいですから（ラナは獣人族《ゾアン》なので見た目よりは筋力があり、子供の頃から農作業や雑用で鍛えられたエレンとほぼ同じ程度です）。

「そう書いてありますね。『僅かでも魔術波動《バイブレーション》に変動があった時点で失格とする』とのことですね」

「……これ、本当にプリンセスを決める競技なのでしょうか？」

私は思いっ切り疑問の眼差しを、流麗な字体で書かれたプログラムに向けます。


「真っ当にやったらジルちゃんの圧勝が決まっているから、ここら辺でテコ入れをして一度首位から陥落させる。そして、奇跡の逆転劇を見せてこそドラマってものよ！」

ほかから見えない場所にある貴賓席に座って、部下に露店で買ってこさせた食べ物の山からヤキソバを取り出して頬張りながら、メイ理事長が楽しげに語っていた。


純粋な腕力勝負。これはもう、次の競技は捨ててかかるしかないですわね。いまのところ僅差で一位ですが、おそらくは次でどこかの組に逆転されるでしょう。

そう私は覚悟を決めました。

「まあ、これで逆転されても誰も文句は言わんじゃろう」

「かえって運営が非難されそうですね」

「「わははははははははははっ！」」

お隣で優雅にアフタヌーンティーを楽しみながら、人の悪い笑顔で笑みを浮かべるリーゼロッテ様とヴィオラ。

ルークも同じように苦笑しています。

と、そこへ——。

「ただいま戻りました、クララ様！　いや〜っ、ワタシが贋作……もとい、リスペクトして書いた『クララ様サイン入り特製ヤキソバ』『クララ様サイン入り特製タコヤキ』はバカ売れでしたね。通常の三倍の値付けでもバカな大衆どもは先を争って買っていくんですから、白猫と豚メイドともども笑いが止まりませんでしたよ。あとついでに、サイン色紙にリップマークのワンポイントを入れた景品でカモ……もとい、クララ様に忠誠を誓うという信奉者を募集したところ、こちらもどっと増えました！　ちなみにリップマークはアルバイトの冒険者（アル中・五十六歳）が捺したものですが、ワタシは一言もクララ様当人のものとは言っていませんから。いや〜、ホント馬鹿ばっかですね。この学園の男は」

コッペリアが、山ほどの荷物を両手で抱えたまま、軽い足取りで戻ってきました。

ぺらぺら喋っている内容が微妙にアウトのような気がしますけれど、きっと冗談に違いありません。ええ、冗談ですわ。冗談でしょう。冗談ね。冗談に違いない。冗談よ。と五段活用で自分を納得させて、労働から戻ってきたコッペリアを労います。

「ご苦労様です。本当なら私がお手伝いにいきたかったのですけれど、ごめんなさい」

「いえいえ。あのような下賤な者たち相手にクララ様のお手を煩わせるなど言語道断です。なーに、この程度の炭水化物を調理するなど、〝調理の鉄人〟と呼ばれたワタシにとっては、お茶の子さいさい夕飯前です」

そう言って胸を張るコッペリア。そうして身動ぎするたびに漂ってくる香ばしいソースの香りは、シャトンの露店でヤキソバを焼いてきた名残と、なぜか両手で抱えているボウリングの玉（？）の上に、二十個ばかり積み重ねられた折り詰めが発生源なのでしょう。

「あ、そうそう。帰ってくる途中で運営委員から、参考までにということで渡されました。これが次の競技に使う砲丸だそうです。あとこっちは、白猫が皆で食べるようにと手土産に寄越した、特製ヤキソバとタコヤキです」

その言葉に気を利かせたモニカとエレンが、手分けをしてコッペリアが抱える折り詰めの山を分配し、その場にいた関係者に「よろしければどうぞ」と渡すのでした。

第五競技が始まってすぐに、露店を出しているシャトンから「人手が足りないので、猫の手でもなんでも借りたいにゃ」という懇願があり、急遽コッペリアに助っ人にいってもらったのですが――うちの面子でお客様に出せるレベルの料理を作れるのは私とモニカ、コッペリアの三人で、手が空いていたのはコッペリアだけでした――どうやら無事に（？）お務めを果たしたようで一安心です。

「あ、ルーカス殿下と王女様方もおひとつどーぞ。使い捨てのフォークは付属していますので」

さすがにルークやヴィオラ、リーゼロッテ様には遠慮して、モニカとエレンはヤキソバを渡さなかったのですが、コッペリアはまったく頓着することなく、三人にもお裾分けをします。

「――はあ、どうも……？　って、なんですか、これ。蠕虫《ワーム》の幼虫の煮付けでしょうか？」

「いやいや、それはないです。〝ヤキソバ〟という炭水化物の塊です、殿下」

さらっと昆虫食が出てくるあたり、私の知らない一年間でのルークの食生活が垣間見えるようで、なにげに怖いですわね。

さすがのコッペリアも引き気味で、ナイナイと必死に否定しています。

「ああ、ありがとうマドモアゼル。それにしても、市井にはこんな食べ物があるとは、なかなか新鮮だね」

「初めて見るのぉ。これはパスタであるか？　おかしな色じゃが、なかなか食欲をそそる匂いじゃの」

普段であれば買い食いなど絶対にできない立場にあるヴィオラとリーゼロッテ様も、ルークが躊躇いなく蓋を開けて中身に手を出したのを見て、好奇心旺盛な表情で、周囲が止めるのも聞かずに早速とばかり蓋を開けて、付いていた木製のフォークで器用にヤキソバを丸めては口に運びます。

毒見もせずにいきなり怪しげな食べ物を口にする、ある意味破天荒なお姫様方の行動に、お付きの侍従や護衛が青い顔をするので、

「大丈夫ですわ。いざとなれば、私がこの場で治癒いたしますので」

そう請け負って、どうにか納得していただきました。

「おおっ、なかなか美味じゃのぉ！」

「う〜〜ん、ボクはちょっと苦手かな。味が濃すぎる。けど、このソースはほかにも使えそうだね」

「味が濃いのは労働者向けだからですね。僕もこの一年ジルを捜して各地を巡って、各地の名物や庶民の味を堪能して感じたのですが、総じて一食で満腹になるよう、味が濃くなる傾向にあるようですね」

ルークも交えて、ワイワイとジャンクフードを賞味する天上人たち。

ああ、やっぱりルークの味覚がおかしくなったのは私のせいだったのね。今後はしっかりと食生活を管理して、真っ当な舌に戻さなければ！

そう使命感に燃える私の前に、

「ささ、クララ様もどうぞ。ワタシの愛と野心とカロリーがたっぷり詰まった『ヤキソバ』と『タコ（っぽい触手）ヤキ』です。あと、ついでに今回のカモ……もとい、入会した特別会員名簿ですのでご照覧ください。とりあえず金と身分とコネがある奴らをピックアップしておきました。いやー、それにしても今回はなかなかの盛況でしたね。やはりブル・マーという飛び道具の成果でしょうかね」

そう言いながらコッペリアはずずずいーっと、どちらもありがた迷惑の代物――黒い表紙のグスノートと、ヤキソバ及びタコヤキの折り詰めをひとつずつ差し出してきました。

それから最後に、ボウリングの玉のような砲丸が一個、「どすこい！」と、すぐ隣の芝生の上へ置かれます。

「乾燥重量はざっと二十五キルグーラってところですね。学園内の公式記録だと、女子の場合はこれを約五十メルト飛ばしたのが、最長不倒記録だそうです」

「そんなことができる人間とか、それもう攻城兵器も同然ですわよね⁉」

記録を出した女子は、巨人族《ギガース》かなにかでしょうか？

ため息をつきながら、私はとりあえず青色の触手が蓋の隙間から見えるタコヤキを避けて、ヤキソバの折り詰めを持って立ち上がりました。

「どちらかへお出かけですか、ジル様？」

「捨てるのでしたら、あたしがやっておきますけど？」

小首を傾げるモニカとエレン。それは確かにいらない炭水化物の塊ですが、さりとて食べ物を粗末にするなどバチがあたります。

「いえ、いい頃合ですので、ちょっと席を外します。あと、これはお土産にさせていただきますわね」

「どこに行かれるのですか、ジル様？」

エレンに尋ねられた私は、一瞬すっとぼけようかと思ったのですが、ここは正直に話しておくことにしました。

畳まれた例の手紙をポケットから取り出して、悪戯っぽく笑って答えます。

「ちょっと、ラブレターをいただいたので、待ち合わせの場所に行ってきます」

「――え……？」

一瞬、エレンがなにかの聞き違いかな、という表情になり。続いて――。

「「「「ええええええええええええええええええええええええッ!?!」」」」

エレン、コッペリア、ルーク、セラヴィ、ブルーノも、揃って仰天するのでした。

兵は神速を尊《たっと》ぶ。謀《はかりごと》は密なるを以《も》って旨《よし》とす。

人肥えたるが故に貴からず。富貴《ふうき》天に在《あ》り。

常々周囲に言い聞かせ、また自戒の意味を込めて座右の銘としているそれを呟きながら、エミール・ボーンはひとり皇華祭の会場を外れて、人気《ひとけ》のない図書棟の間をゆったりと歩いていた。

さて、この謀は吉と出るか凶と出るか。

「……ふむ。さすがに今日はこちらに足を運ぶ人間は少ないが、皆無というわけではないか。まあ、予想通りではあるな」

遠くからさざ波のように聞こえてくる皇華祭の歓声と、今日だけ特別に許された露店と物売りの声、ついでに聞こえるさまざまな楽器による演奏、そしてなにやら実況しているアナウンスの叫びを聞き流しながら、エミールはそう独り言ちる。

いまのところ競技のほうは、当初の予想通りジルが首位を走っているが、二位とは予想外に僅差であり、おそらくは次の競技で逆転されるだろう。

「世の中は〝仁者無敵〟とはいかないものだな」

苦笑しながら歩くエミール。ちらほらいる学生や教員たちが、どこか場違いな支度をした彼の姿に、怪訝な瞳を向けながら通り過ぎていく。

お祭り騒ぎの真っ最中とはいえ、そこは痩せても枯れても、大陸最高峰の学びの場であるリビティウム皇立学園である。

閑散としてはいるものの、こんなときであっても――いや、こんなときだからこそ、貴重な蔵書をのびのびと独占できるとばかり、一部の酔狂な学究の徒たちは、こぞってこちらに足を運んでいるのだった。

「――ふむ」

おそらくは、奇異の視線を集める最大の理由であろう顔の半分を覆う包帯へ手をやり、懐から取り出した手鏡で粗相がないか確認をする。

折り目正しいタキシードに、糊の利いた真っ白のコットンシャツ、蝶ネクタイという、どこに出しても恥ずかしくない執事《バトラー》姿に似合わない痛々しい包帯。そこに汚れや解《ほつ》れがないことを再三目視で確認したオーランシュ家筆頭執事《バトラー》のエミールは、小さくため息をついた。

エミール・レグルス・ボーン。推定四十三歳（生まれた年がわからないため）。種族、魔人族《イビル》。

もっとも表向きは人間族《ヒューム》ということになっており、先代のエミール・ファルス・ボーン（もともと男爵であったが、子爵に叙任された際に姓も変わった）子爵の養子となってその名を継いだため、正式にはエミール・レグルス・ボーン子爵というのが、国の貴族名鑑に記載されている肩書きであった。

付け加えるのなら、魔人国ドルミートにも国籍があり、こちらでは〈魔王《シャイタン》〉という物騒な肩書きを持っていたりする。もっとも彼は『王』として民を率いる役目はないし、そのつもりもない。単に『王に値する強さを持っている』という意味合いでしかない。

そのため表向きは、諸侯王筆頭にしてリビティウム皇国の三大貴族のひとり、オーランシュ辺境伯家に仕える忠実な家臣として過ごすこと三十年あまり。

立場は陪臣の地方貴族でしかないが、それであっても大陸四大強国のひとつ、リビティウム皇国屈指の名門にして、オーランシュ国という、大陸中で知らぬ者がいない伝統と国力を持った国の筆頭執事《バトラー》である。

その発言力と肩書きは絶大であり、ちょっとした中級貴族程度ではエミールに直接目通りもかなわないほどのものであった。

『もとは出自も定かでない平民風情が』

『いや、それどころか奴隷上がりだという噂もあるぞ』

『さもありなん』

柔らかな物腰と甘い顔立ちから与《くみ》しやすしと侮った貴族や商人たちは、そうした陰口を叩きながらも、甘い汁を吸おうと羽虫のように群がってくる。

そうした有象無象を、笑って握手をしながら文字通り羽虫のように完膚なきまでに叩き潰す、地味ながらいぶし銀のやり手執事《バトラー》。

目立たないよう、さりとて舐められないよう。そつなくこなしてきた三十年であったが、それもただ一点の瑕疵によって覆された。

包帯の下にある火傷の痕《あと》を思いながら、意識はほんの四カ月前の追憶に浸る。

この包帯の下にあるのは、主人たちを守るために凶漢どもの襲撃を撃退した際に負った名誉の——いや、不名誉の負傷である。

その負い目を自戒するために、あえて治癒術に頼らず自然治癒に任せたため、一生消えない火傷の痕が、この顔に刻まれた。

早めに治療を受ければ、今頃は傷ひとつない状態に戻っていただろう。

だが、それではエミールの気が済まなかった。

『樽一杯のワインに糞が一滴垂れたら、それはもう樽一杯の糞に過ぎない』

エミールにとっては、成功と失敗はゼロかすべてかでしかない。

そして一度失敗した以上、エミールの三十年は単なる徒労と化したのだった。

と、そのとき、遠くから鐘の音が聞こえてきた。

いくつもの屋根の棟越しに見える学園の象徴——聖都の大聖堂《ミンスター》にも匹敵するという大時計台を見上げてエミールは小さく呟き、目当ての第二図書棟の背後へと回った。

「……さすがにここは静かだな」

比較的外れにある第二図書棟。

三階建ての分厚い石壁に遮られた建物の陰までは周囲の喧騒も届かず、静寂と虫の声だけが周辺を満たしていた。

「あとは、マイ・プリンセスを待つのみ――」

と、その一言に応えるように、背後から砂利を踏む音が近付いてくる。

足音はひとり分。そのことを確認したエミールがほっと安堵の吐息を漏らしたところへ、風に乗ってなにやら芳醇な香りが漂ってきた。

「――？」

エミールが怪訝に思いながら視線を転じてみれば、忘れもしない可憐かつ至高の美貌をした少女が、こればかりはどーにかならないのかと思う体操服とブル・マーに鉢巻という格好、ついでに手にタコヤキを持って、ひとりその場に佇んでいた。

「お待たせしました～っ。久しぶりね、レグルス！」

ついこの間別れたくらいの気楽な口調でそう挨拶するジルを相手に、どんな表情を浮かべたらいいのか、あるいは格好や手にしているものにツッコミを入れたほうがいいのか、さまざまな意味で困惑するエミール（＝レグルス）であった。

「久しぶり……というほどではないかしら？　私にとっては半年も経たない感覚ですし、長命種であるレグルス《あなた》にとっても、三十年程度は五～六年といったところでしょうからね。あら？　〈魔王《シャイタン》〉

であるなら、もっと短いのでしょうか？」

再会の喜びを笑顔で語るジルに対して、エミール――いや、レグルスは感無量という面持ちで、その場に片膝を突く。

「――はっ。確かにその通り……ですが、マイ・プリンセスとの再会を一日千秋の思いで待ち望んでいたこの三十年は、私にとってまるで永遠に続く迷宮《ラビリンス》を彷徨《さまよ》うような、長い苦難の時間でした」

「そうですか……ごめんなさい。たったひとり、貴方にばかりそんな苦難を強いてしまった。私の不甲斐なさをどうか許してください」

瞼を伏せ、悄然と項垂れるジルを前に、弾かれたように顔を上げるレグルス。

「マイ・プリンセス！　どうか顔を上げてください！　そんなつもりはなかったのです。私のためを思っての行動だとわかっているのです！　いまのは私の我儘なんです！」

狼狽するレグルスが何度も何度も繰り返し、ようやくジルは姿勢をもとに戻した。

ああ、そうだった。こういう気質の人物だったな……と苦笑いしながら、レグルスは改めて、それでもまだ居心地悪そうに肩を落としたままのジルと向かい合う。

「マイ・プリンセス。なにはともあれ、こうしてまた貴女様に出会えたことを、私は私の神に心より感謝しているのですよ」

「そう……ですか？　ええ、はい。私も貴方と再会できた運命の采配と、聖女様の慈悲に無窮の感謝を捧げますわ」

そう言って、胸の前で聖印を切るジル。

流れるような所作はさすがに巫女姫だが、現在の格好は体操服にブル・マー、紫の鉢巻という扮装であるため、非常に残念な姿にしか見えなかった。

案の定、彼女のそんな滑稽な姿に一瞬だけ——みようによっては嘲笑のような——微妙な愛想笑いを浮かべるレグルス。

それに気が付いたジルも、ばつが悪そうに軽く咳払いをして居住まいを正した。

「そ、それはともかく、その怪我はどうしたのですか？　よろしければ、この場で治癒いたしますけれど……」

怪我人を前に気持ちを切り替えたのか、ジルは痛ましげな表情でレグルスの包帯姿を見据える。

「……いえ。この怪我は私の贖罪であり、戒めであるので、このままで結構でございます」

「ですが……」

「申し訳ございません。こればかりはどうぞこのままで。それに私めが本日、マイ・プリンセスの貴重なお時間を割いていただいた理由でもあります」

断固として拒否の姿勢を貫くレグルスの様子に、ジルも不承不承、治癒術を施すために上げていた手を下ろした。

「それはどういうことでしょう？」

どうやら本題に入るらしいと察したジルは、真剣な眼差しで声を潜める。

「早急に、マイ・プリンセスにお知らせしなければならないことが三点ございます」

「三つも問題があるのですか？」

「はい。いずれも、オーランシュ家の危急存亡の秋《とき》といっても過言ではございません」

重々しいレグルスの言葉に、緊張のあまり、はしたなくもゴクリと唾を飲み込むジル。

「……教えてください。どういうことでしょうか?」

「はい、まず一点。私めのこの怪我は、春先に起きた亜人解放戦線による襲撃の際のものですが――」

ちょうどユース大公国でドタバタしていた頃合ね、とジルは内心で時列系に思いを馳せる。

「公式には治療中になっておりますが、実はその際にエウフェーミア姫様が儚《はかな》くも……」

「――うそっ!? そんな……エウフェーミアが!?!」

蒼を通り越して顔色を蒼白に変えるジルに向かって、レグルスは沈痛な表情のまま、

「申し訳ございません。私の不徳の致すところでございます……!」

血を吐くような声を振り絞った。

「そんな……嘘よ……嘘だと言って、お願い!」

「………」

悲痛な表情で詰め寄るジルに対して、レグルスはぐっと俯いたまま無言で細かく肩を震わせる。

その沈黙が、なによりの答えであった。

「……ああっ。エウフェーミア。可哀想な子。オーランシュに生まれたばかりに……」

それが嘘や冗談でないと理解したジルの翡翠色の瞳から、ハラハラと大粒の涙がこぼれる。

「マイ・プリンセス。それだけではございません――」

　悲愴な表情のまま、レグルスは続ける。

「先ほど申し上げました二点目。それは旦那様――オーランシュ国王にして、皇国辺境伯の御身に関わることでございます」

「辺境伯に⁉　まさか、辺境伯もまた襲撃で……？」

「いえ、幸いにもお怪我はございませんでした」

　その言葉に一瞬だけ安堵の表情を浮かべたジルだったが、まるでそのタイミングを見計らっていたかのように、レグルスはジルを一度上げてから奈落の底へと落とした。

「ですが、この襲撃を契機として、国許《くにもと》でお妃様とお子様方による継承権争い――いえ、もはや反乱といってもいいでしょう――が勃発し、その知らせが届いたのとときを同じくして、旦那様の消息が途絶えました」

「……えっ……？」

「幸い、現場となった執務室に血痕などはありませんでしたので、状況から、使者を装ったお身内のどなたかによる拉致と考えられます」

「〈魔王《シャイタン》〉である貴方がいて、なおかつ出し抜かれたのですか？」

　責任の所在を追及するというより、純粋に疑問に思ったので尋ねたジルであったが、レグルスにとっては糾弾の言葉であった。

　額《ぬか》突《ず》かんばかりに、その場で頭を下げるレグルス。

「はい……。言い訳になりますが、ちょうどエウフェーミア姫様の葬儀のために、エロイーズ様がシレントにお戻りになられましたので、お亡くなりになられた状況を説明するため、エロイーズ様のご実家を訪問中のことでございました」

「……なるほど。そうであれば仕方がないでしょうね。ならばオーランシュ辺境伯は、ひとまず命には別状がないと考えるべきでしょう」

「私もそう愚考いたします。おそらくは、いまだに後継者を決めぬ旦那様に業を煮やした王子様方、もしくは王女様方……そして、その背後に控える有象無象どもが短慮に出たものと考えられます」

「問題は、どなたが犯人かということよね……」

悲しみはそのままに涙だけは引っ込め、次の難題に取りかかるべく、必死に思案するジル。

頭の中でオーランシュ家の家系図を呼び起こして、怪しい人物を洗い出そうとしたが、あまりにも容疑者が多すぎて絞り切れない。はっきりいって夭折《ようせつ》したエウフェーミア姫以外、誰が犯人でもおかしくない状況であった。

「……あまりにも手がかりがなさ過ぎね。なんらかの形で連絡があったりは？」

「ございません」

「そうよね……さすがに虫のいい話よね」

「ですが――」

ここであえて含みのある前置きをしながら、レグルスは懐から一本の短剣を取り出した。

「ご覧ください。この短剣の刀身の部分に、オーランシュ王家の家紋が刻まれていることを」

「ええ、そうね。これが？」

鞘から抜かれた短剣――どんな材質でできているのか、半ば透き通った硝子のような刀身――の握り近く、左右両面にオーランシュ家の家紋が透かし彫りのように入っているのを確認して、ジルは小首を傾げる。

家紋が入っているところは随分と薄く、ほとんど透明になっていて、これはこれで見事な細工ではあるが、この造形ではちょっと衝撃を受けたら根元からへし折れるんじゃないかなぁ、と思うジルであった。

「オーランシュ家の最大の危機、その三点目にあたるのがこれです。このオーランシュ家でも親族か、よほど信頼の置ける家臣でなければ持つことができないものですが、この短剣が犯行現場に落ちていたのです」

改めて周囲を見回して声を潜めるレグルスに合わせ、ジルもほとんど密着する間合になって、その短剣をつくづくと眺める。

「それが？　つまり、オーランシュ王の誘拐現場にそれが落ちていたということですの？」

短剣を注視しながら尋ねるジルに対して、レグルスはゆるゆると首を横に振って否定した。

「いいえ、違います。落ちていたのは巫女姫の殺害現場――」

「……は？」

その意味を掴めずジルが怪訝な表情で顔を上げたのと同時に、まったく淀みのない動きで、抜き身の短剣が吸い込まれるように彼女の豊満な左胸を貫通して、一撃でその心臓を切り裂くのだった！

レグルスが軽く握りを動かすと、ガシャンッという軽い破砕音とともに、短剣が根元から簡単にへし折れる。刀身の大部分を相手の肉体の中に残したまま、壊れた短剣の握りがその場に捨てられる。同時にジルが手に持っていたタコヤキが、バラバラと地面に落ちた。

「――な……っ……?!?」

唖然としたジルの美貌が驚愕に染まり、「――ぐふっ‼」と喀血してその場に頽《くずお》れるのを眺めながら、レグルスは肩を震わせ口角を吊り上げて嗤笑《ししょう》を放つ。

「お人好しの巫女姫サマ。本当にどこまでもおめでたくて、何度吹き出しそうになったことか。でもって、これで決定的。邪魔者は消えて、犯人はオーランシュの身内ってことになる。当然、ユニスは激怒するだろうし、面子を潰されたシレントと、婚約者を殺されたルーカス公子とグラウィオール帝国も黙っちゃいないだろう。だが、相手はリビティウム皇国でも最強のオーランシュ国。どう転ぶか楽しみだねぇ」

まさに〈魔王《シャイタン》〉。悪魔そのものの嗤いを浮かべるレグルス。

「……っ⁉」

心臓を破壊されても即死するわけではない。いわゆる〝冥土の土産〟を聞きながら、必死に治癒術を自らに施そうとするジルであったが、その手応えのなさに焦りの表情を浮かべるのだった。

「無駄ですよ。この短剣の材質は特別でしてね、あらゆる魔術を消去《イレイズ》します。この効果があるからこそ複製もできないというわけでして……おっと、しぶとい」

最期の悪あがきか、と僅かに目を丸くしながらも、必死に自分の足に両手でしがみ付くジルを嘲笑いながら、悠然と見下ろすレグルス。

「やめてほしいですね。返り血が付いてズボンが汚れてしまう……ああ、もう死んでしまいましたか。おっと、四散する前に、魂と魔力は回収しないともったいない」

しがみ付いた姿勢のまま、人形のように生気のない瞳で、力なくその場に蹲るジルを見下ろしたレグルスは、鼻を鳴らしてそう独り言ちる。

それから、靴にへばり付いたゴミを落とすような目つきで、自由になる片足を振り上げて、俯いたままのジルの頭を足蹴にしようとした。

刹那――。

「――捕まえたでぇ！」

死体のはずのジルが瞬時にその場から飛び退りながら、両手を綾取りのように動かす――それに合わせて、銀色の蜘蛛の糸のようなものがレグルスの全身に絡み付き、駄目押し……とばかり、地面に落ちたタコヤキの中から謎の触手が伸び、二重に緊縛することでその動きを完璧に抑える。

「なっ――き、貴様は……っ⁉」

ジルの口から放たれた、成人男性と思われる野太い声。それを耳にしたレグルスの表情が、驚愕と憎悪に染まった。

合わせて、ジルの姿をした誰かが、まるで絵の具が水に滲むように崩れ、そのあとからこれといって特徴のない、商人風の姿をした黒髪で細目の男が現れる。

「――ふむ。見た者の姿を写す『マネマネカード』の制限時間いっぱいでしたな。ギリギリでしたわ」

軽く肩をすくめるその男を、緊縛されたままのレグルスが、親の敵を見るような目で睨んでいた。

学園の本館前にある車寄せに馬車が停まると同時に、御者が踏み台を準備するのも待ちきれないとばかりの勢いで、外出用のドレスにミニハットを被った、十歳ほどの少女が飛び出してきました。

「お姉様、お久しぶりでございます‼　本日は皇華祭へのご招待ありがとうございました！」

「久しぶりです、エウフェーミア。ご壮健そうでなによりですわ」

ほぼ一年ぶりに会う異母妹のエウフェーミアは、それはもう元気いっぱい、満面の笑みを浮かべています。

「はいっ！　っていっても、一時は骨を折ったり、三日三晩昏睡したりして大変だったのですけれど、幸い央都の屋敷に常備されている治癒薬のお陰で、いまではすっかり元通りです！」

あっはっはっ、と笑うエウフェーミア。う～ん……いまのって、笑い事じゃないと思うのですけれど、この子って案外タフなのかも知れないなあ……。

「本当ならもっと早くお姉様にお会いしたかったのですが、学園に戻ること自体を母に止められていまして……でもでも、さすがに巫女姫様であるお姉様と、母の本家筋であるリーゼロッテ王女様のご招待ともなれば、母も折れないわけにはいかなかったみたいで、本当に助かりました！」

どうやら、私とリーゼロッテ様とで別に出した招待状が、それなりの効果を発揮したみたいですわね。メイ理事長の指示で、かなり切羽詰まった時期に招待状を送付――なので、保険のために血縁関係があるリーゼロッテ様にもお骨折りいただきました――したのですけれど、どうにか第一のハードルは越えられたみたいで、安堵しました。

時間指定までメイ理事長から指示されていたのですが、こちらもほぼ予定通りですわ。

校舎があるところであれば、どこからでも見える大時計台を見上げ、長針と短針が十六時をほんの少し過ぎたあたりなのを確認して、私は胸を撫で下ろしました。

確か、レグルスに指定された時刻は夜の六時――十八時ですから、次の競技を終えても余裕でしょう。

「どういたしまして。お礼ならリーゼロッテ様にもお願いしますね」

「はい！　わかっています。ところで、お姉様がお持ちになっているそれはなんでしょう？　嗅いだことのない香りですが？」

「ああ、これですか？　これは〝ヤキソバ〟といって、お祭りのときに食べる庶民の味ですわ。せっかくですので、はんぶんこしようと思って持って参りました」

私は先ほどコッペリアが持ってきた――いわゆるメイドの土産――持ち帰り用の折り詰めに入ったヤキソバを掲げ持って、エウフェーミアへと差し出しました。

ひとりで食べるとカロリーと塩分が半端なさそうなので、エネルギー効率の悪そうなエウフェーミアを道連れにしようと目論んだわけではありません。ええ、毛頭ございません。

「さすがはお姉様ですわ！　ご一緒しましょう！　ええ、もういっそあと五、六皿はんぶんこして、あーんしてもいいくらいです！」

「それはちょっと……」

　鼻息荒く言い募るエウフェーミアを前に、私は思わずタジタジとなるのでした。


『──おおおっと、ここで時間切れ！　ブタ……舞台の上のシルティアーナ嬢、一投目は明後日《あさって》の方角に飛び、危うく審判に当たるところを、巫女姫様が『念動』で止めるというファインプレイに助けられ、満を持しての二投目でしたが、ピクリとも動かず。時間切れにより失格。これにより残す二種目を待たずして最下位。脂肪確定……もとい、死亡確定だ！』

　司会者バーニーＪｒのけたたましいアナウンスが会場中に流れます。どーでもいいですが、一瞬だけ『ブタクサ姫』と言いかけて修正しましたわよね？　即座に糊塗して、なかったことにしたのは見事な機転ですけれど。

　そのブタクサ姫こと魔導甲冑の人は、むくつけき筋肉の男性陣──二十八年組の皆さんによって胴上げみたいに抱えられて、競技場の上から控え室へと戻っていきました。

『では、現在の〝乙女砲丸投げ〟の採点結果をお知らせいたします』

実行委員から渡された紙に目を通しながら、いまの競技結果を続けるバーニーJr。

魔術強化が使えない素の腕力勝負ということで、これは結果を聞かなくても、私が下から二番目《ブービー》なのは間違いないでしょう。

なにしろ、私が気功法を使って全力を出しても十メルトも飛ばせなかったところ、ほかの女性陣は二十五キルグーラの砲丸を軽々と三十メルト、四十メルトと、鼻紙みたいに放り投げていましたもの。

……皆さん、本当に純粋な人間族《ヒューム》なのかしら？　私だって、腕立て伏せは毎日四百回できるのに、この有様です。

砲丸の重さが違うのでなおさら参考にはなりませんが、確か地球だと砲丸投げって、男女ともに世界記録でも、二十二～二十三メルトだったような気がします。

で、競技を終えた自分のチームの選手を笑顔で称えて迎え入れたエステルが、私のほうを振り返ると「ふふん♪」と優越感に浸った表情で私を見て、鼻で笑っていました。

「……くっ」

別に悔しくはありません。ええ、たとえブービーでも、悔しくはありませんわ。

「意外と負けず嫌いなんでしょうか？」

「ええまあ。以前にイラ……とある女とガチで殴り合いの喧嘩をしたくらいの武闘派ですね」

なにやらルークとコッペリアが囁き合っていましたが、

『ではでは、下から順にいきましょう！』

そんな私たちを置いて、司会進行はポンポンと進みます。

［乙女砲丸投げ・結果発表と現在の総合得点］
六位：黄色『（偽）ブタクサ姫』〇メルト……〇ポイント（総合〇ポイント：総合最下位）
五位：茶組『マジック・ホリック』十五メルト……十ポイント（競技点数・十ポイント：芸術点数・〇ポイント）総合二百十九ポイント（暫定五位）
四位：緑組『百花繚乱《プロフュージョン》』二十三メルト……三十ポイント（競技点数・二十ポイント：芸術点数・十ポイント）総合二百五十五ポイント（暫定二位）
三位：白組『金の切れ目が縁の切れ目（ジルシネ）団』三十一メルト……三十五ポイント（競技点数・三十ポイント：芸術点数・五ポイント）総合二百四十一ポイント（暫定三位）
二位：紫組『二代目巫女姫クララ様』八メルト……五十一ポイント（競技点数・一ポイント：芸術点数・五十ポイント）総合三百二ポイント（『もうこのまま一位ってことでいいんじゃない？』）
一位：ピンク組『銀の紋章《アージェント・レイブル》』四十六メルト……五十五ポイント（競技点数・四十ポイント：芸術点数・十五ポイント）総合二百三十四ポイント（暫定四位）

『――という結果になりました！　いや～～っ、さすがにか弱い巫女姫様には、この競技は鬼門だったか!?　だが、この結果は恥ではありません。逆に安心しました！　しかしながら、いまだに総合得点では不動の一位！　そして四位と五位が入れ替わり、これにより混戦模様が一段と激しく、カオスの様相を呈してきました‼』

途端、会場中が割れんばかりの拍手と歓声に包まれましたけれど――え？　あれぇ⁉　ちょ、ちょっと……。

「ちょっと待ちなさいよ！　なによ、この点数は⁉　さてはあんた、運営と組んでズルしたわね‼」

全力で抗議してきたのは、勿論エステルです。そしてその怒りの矛先は、なぜか私でした。

「へ？　いえ、私もなにがなんだか……」

「問答無用っ。うきーーーっ!!!」

興奮して野生に戻ったらしく、目と歯を剥き出しにして私に掴みかかってきたエステルを、コッペリアが迎撃の構えを取り、その前にルークが慌てて割って入って止めようとしたところで、

「待て待てっ！　暴力はいかん！」

「やめるのだ、合法ロリ少女よ！」

「その胸や尻と同じく、心も平らにせねばならんぞ！」

控え室に魔導甲冑の人を運び終えた二十八年組の皆さんが、飛び上がったエステルを、寄ってたかって羽交い絞めにして落ち着かせます。

「誰がロリよ⁉　あたしはもう十五歳だし、胸やお尻だって、去年に比べたら一セルメルトは増えているわ！　がるるるるるっ‼」

……落ち着かせているのですわよね？　なおさら興奮して、精神的にも物理的にも――顔の近く

に回された逞しい二の腕に実際に――噛み付いているような気がしますけれど。

「十四、十五歳の成長期に一セルメルトとは不憫な……」

「そうですね。あたしもこの一年間で成長して、念願のBカップに（もうちょっとで）なるのに」

エステルの逆上した自己申告を聞いて、逆に目頭を押さえる二十八年組の皆さんと、微妙に勝ち誇ったエレンが対照的でした。

「ちなみに、ジルちゃんは年間どのくらいバストサイズが増えたの？」

「ええ、教えてくださいい、お姉様！」

「え？　えーと、だいたい六セルメルト増えてきゅうじゅう――って、こんな場所でなにを言わせるのですか、メイ理事長、エウフェーミア⁉」

この騒ぎですので、当然物見高い観客や選手、運営委員の皆さんが注目しているなか、いつの間にか貴賓席からふたり揃って私の傍に来ていたメイ理事長とエウフェーミアに自然に聞かれて、ついいつもの口調で喋りそうになった私は、慌てて自分の口に手を当てました。

「「「「「「「「「――ちっ！」」」」」」」」」

周囲から一斉に舌打ちが聞こえた気がして、「――え？」と反射的に視線を巡らせましたけれど、途端にまるで潮が引くように、周りの方々が顔を逸らせて素知らぬフリをします。

「ろ、六セル⁉　きゅ、九十……ふぎゃああっ！　がるるるるるっ‼」

ひとりだけ、壊れた水車のように暴れ回るエステル。

「……なんですの、あの方は？　もしかして皇立学園の生徒ですか？」

筋肉の塊のような巨漢三人に拘束されながらも、これを振り解かんばかりの勢いで暴れる彼女の様子に、エウフェーミアが当惑したような表情を向けます。

「あれは単なる野生の令嬢なので、気にしないでいいわ」

「はあ、野生の方なのですか？」

「誰が野生よ⁉　うきーっ！　がる〜〜〜っ‼」

「……なるほど」

メイ理事長の適当な説明に納得するエウフェーミアと、野生そのものの咆哮を放つエステル。

「まあ、とりあえず話を戻すけど、いまの競技は通常の飛距離を競う点数とは別に、プリンセスを決める皇華祭らしく、いかに優雅に華麗に砲丸を投げるかの〝芸術点〟も加算される仕組みになってたってことね」

「芸術点⁉」

思わず私はメイ理事長の言葉を馬鹿みたいに繰り返し、次いでその悪戯っぽい笑みを浮かべる顔を凝視してしまいました。

だって、砲丸投げですわよ⁉　どこに芸術性が入る余地があるのでしょうか？

同時に、審査員席に乗り込んだバーニーJrの声が響きます。

『芸術点ですか。そんな隠し点数があったとは意外ですね〜。特別審査員の帝国女子爵《ヴァイカウンテス》ブラントミュラー様？』

『そこは、淑女の祭典である皇華祭らしい諧謔《かいぎゃく》ね。半ば騙し討ちのようになってしまったのは申し訳ないけれど、下手に意識させて余分な力が入って、怪我でもしたら大変だったからね』

そつなく答えるクリスティ女史。

『なるほど。それで巫女姫様が芸術点五十点と圧倒的だったと……ちなみに、高得点のポイントはどこだったのでしょうか、テオドロス法王聖下？』

『決まっとる！　胸じゃよ、胸！　クララが弾みをつけて投げた瞬間、儂ゃあ、砲丸を三つ同時に投げたんかと思うたぞ！　いや、眼福じゃ。先代のクララは残念じゃったが、当代のクララは完璧じゃな。ほかは、動き回っても筋肉で胸がまったく上下せんとはなにごとじゃ！　嘆かわしいっ』

『（あの……法王聖下、もうちょっとオブラートに包んで）』

『やかましい！　お前らもそう思うたから、この点数を付けたんじゃろうが！　取り繕うな！』

ほかの審査員が宥めに入った声もマイクに拾われましたけれど、相手は仮にも（本当に仮にもですが）法王聖下。この場で止められる人間など、超帝国の神人であるメイ理事長か、いちおう聖女教団の巫女姫である私くらいでしょう。

もっとも、メイ理事長はニマニマと人の悪い笑みを浮かべて他人事ですし、私は教団関係者としてあの方と同列に見られたくないので、関わる気はありません……ということで、見事に放置状態となってしまいました。

「――まっ、ということで、いまの段階だとまだジルちゃんが一位ね。納得した？」

「するわきゃないでしょう！！」

即座に反駁したのは野生の令嬢《エステル》です。

「なによ、それは！　おかしいわよ、まるっきり依怙贔屓《えこひいき》じゃないの！　実力で頑張ったほかの皆を馬鹿にしてるじゃないのよ！　いまの点数は間違っているわ！　だいたいあんたは天然ぶってあざといのよっ‼」

　絶叫するエステルの主張は「……確かにそうですわね」と、私から見ても納得できるものでした。

「いやいや、ジルちゃん。これはお祭りなんだから、そんな杓子定規に考えなくても――」

「お祭りだからこそ、皆さんが楽しめるものでなければいけないと思いますわ。私もエステルさんの意見に一票入れさせていただきます」

「「え～～～～～～っ！」」

　不満そうな顔をするメイ理事長と……なぜか唇を尖らすエステル。

「…………」

　もしかして、採点の不公平とかはどうでもよくて、ただ単に、私のやることにとりあえず反対しただけなのでは……？

　そう思いましたけれど、それ以上追及するのも野暮なので、あくまで理詰めで主張することで、とにもかくにも私とエステルの主張は受け入れられ、採点がやり直されました。

　結果――。

六位：黄色『(偽)ブタクサ姫』○メルト……○ポイント（総合○ポイント：総合最下位）

五位：紫組『二代目巫女姫クララ様』　八メルト……一ポイント　総合二百五十二ポイント（暫定一位）

四位：茶組『マジック・ホリック』　十五メルト……十ポイント　総合二百十九ポイント（暫定四位）
三位：緑組『百花繚乱《プロフュージョン》』　二十三メルト……二十ポイント　総合二百四十五ポイント（暫定二位）
二位：白組『金の切れ目が縁の切れ目（ジルシネ）団』　三十一メルト……三十ポイント　総合二百三十六ポイント（暫定三位）
一位：ピンク組『銀の紋章《アージェント・レイブル》』　四十六メルト……四十ポイント　総合二百十九ポイント（暫定四位）

芸術点を抜いた競技点数（飛距離に応じて、十ポイント加算される計算だそうです。十メルト以下は一ポイントとなります）のみの点数となり、修正された結果が発表された途端、会場に安堵とも戦慄ともつかない驚愕の声が木霊しました。

『おおおおおっ。まさに、まさに大混戦だーっ！　人間としての器の違いを見せつけた、首位である巫女姫様と現在二位の緑組との差は僅か七ポイント。そして三位である、ゴネ得な野生の令嬢との差も十六ポイント。これは、次のお手玉《ジャグリング》での逆転もあり得るか⁉』

「――誰が野生の令嬢よーっ!!!」

バーニーＪｒの絶叫に、エステルの雄叫び（雌叫び）が応えます。

「むーっ、これはマズイかも。万が一ジルちゃんが負けたら、下手すれば暴動が……」

一方、こちらはなにやら爪を噛んで、ブツブツ言っているメイ理事長。

え⁉　もしかして、本当に出来レースだったのですか!?!

　思わず聞き返そうとしたそのとき、不意にざわりと会場が騒がしくなりました。

「――大変です、大変ですわ。メイ理事長！」

　ほぼ同時に、校舎棟の方角からブルマと体操服を身に纏った女生徒――ではなく、いい年こいた男性が、血相を変えて女の子走りで駆けてくるのが視界に入りました。

　なぜかピンク色をした長髪のウィッグを被って、ご丁寧に紫色の鉢巻まで締めた彼女……ではなくて彼。

　ブルマから覗く逞しいお尻や毛深い脛を振り振り、周囲の視線もなんのその。

「大変ですわ〜っ！」と、切迫している口調のわりに、どこかホエホエと幸せそうな雰囲気を纏いつかせたまま、メイ理事長の前まで旋風のように一目散に駆け寄ってきて捲し立てます。

「偽者に逃げられましたの！　ああ、申し訳ございません、理事長先生。相手を甘く見た私の判断ミスですわ！」

「……あのォ。【闇の森《テネブラエ・ネムス》】の庵にいらした行商人さんですわよね？　異なところで異な格好でお会いしますけれど……ずばりお聞きしますが、それはなんの真似でしょうか？」

　およそ四年ぶりに再会した行商人さんが、できれば一生見たくない格好で現れたのでした。

❀幕間　セラヴィと運命の交差点……

「「「「きゃーーーっ♪♪♪」」」」

すぐ傍らから巻き起こった、少女たちの嬌声とも歓声ともつかない甘い叫び声。

思わずその騒ぎのおおもとをたどれば、一般講義棟の間を縫うようにして走る煉瓦道を、見慣れた制服姿の男女が肩を並べて、仲睦まじく歩いている光景が目に飛び込んできた。

爽やかな微風に髪をそよがせ、うららかな陽光を弾き返しながら歩くふたり――。

片や、淡い金髪に空のように澄んだ蒼い双眸をした、凛々しくも甘い顔だちをした白皙《はくせき》の貴公子。

片や、世にも稀なピンクゴールドの長い髪に翡翠色の瞳をした、儚げな女神……あるいは天使とも称すべき、この世のものとも思えない絶世の美姫。

まるで一幅の絵のように、鮮烈でありながらも微笑ましいその光景を前に、意味のない悲鳴を上げては興奮して、二階の窓から身を乗り出さんばかりに鈴なりになっている女子生徒たち。

リボンやスカーフの色からして、今季入園した新入生だろう。

騒ぎが伝播してさらに盛り上がりすぎた数人が、幸せいっぱいの表情のままその場に頽れる――ところを、同じ講義を履修している先輩たちが素早く動いて対応した。

「救護班！　また免疫のない生徒が倒れたので、保健室へ連絡っ。いまのところショック死した生徒はいないようだが、お二方の通られたルートを洗い出せ。進路上でうっかり出会い頭に直視、そのまま大事に至っている生徒がいる可能性がある。今日の当番は大至急、気付け薬《アンモニア》を持って見回り！

あと念のため、マニュアルに従って会長へも口頭で知らせて指示を仰げっ」

「会長って、生徒会『銀の紋章《アージェント・レイブル》』の会長ですか？」

「馬鹿だなぁ。会長っていえば『クララ様公認ロイヤルファンクラブ』のコッペリア会長に決まっているだろう。この『マニュアル・愚民どもがクララ様を迂闊に裸眼で見た際の注意事項』の筆者でもあるんだ。あとで百回は読み直しておけ！　あと、会長ならスカイフィッシュ並みにその辺を走っているから、適当な生徒に聞いて目撃証言を参考にしろ！」

「うっす！　了解です」

先輩たちは手慣れた様子で廊下から担架を持ってきて、テキパキと流れ作業で、昇天している後輩たちを保健室へと運び出す。さらには『クララ様＊命』と書かれた腕章を着けた男子生徒と、『ルーク様＃ハアハア』と書かれた団扇を持った女子生徒が、機敏な動きで講義室から各所へと飛び出していった。

「……慣れたものだなぁ」

半ば感心、半ば呆れながら、そう独り言ちる。

認識阻害なしで本来の魅力を垂れ流しに見せ……魅せているジル（自覚なし）と、もともとの優男っぷりに加えて、この一年の成長と放浪で深みを増したルーカスの（二重の意味で）天然超絶美形カップル。

自分も含めて、あのふたりが学園に復帰してから一月《ひとつき》ほどだが、それからの騒ぎを思い出して
――特に復帰直後は半ば暴動になり、やむなく俺たちは個別に特別教室で補習を受けさせられたほ

どである――俺はため息をついた。

よくて茫然自失、運が悪ければ文字通り心臓麻痺か脳溢血であの世逝き《ポックリ》……ま、たいてい学園の治癒術師か、それで手に負えなければジルが蘇生させるので、いまのところ大事にはなっていないが、少なくない数の生徒が、死んだ親族にお花畑で手招きされた経験を踏んで、いつの間にやら経験則から対応の仕方を学び（基本的に視線を外して正面から見ない）、慣れない相手に対するアフターケアまでできるようになっているのだ。慣れとは恐ろしいものである。

それにしても、絵になるふたりだと思う。見た目もそうだが、家柄、血統、能力、性格……あらゆる面で申し分のない、まさに理想の王子様と姫君とはかくあるべきだ、という夢を体現しているかのような姿だ。

「〝比翼の鳥〟に〝連理の枝〟か」

無意識に、そんな連想が言葉になった。

『比翼の鳥』は、雌雄それぞれ目がひとつ、翼がひとつのため、常に二羽一体となって飛ぶ鳥のことで、『連理の枝』は、ふたつの木が繋がってひとつになった木のことである。いずれも男女の仲が睦まじいことをたとえる、諸島列島の言い回しだ（現地には実際に存在するらしい）。

「……まさにそれだよなぁ」

お互いが揃うことで、欠けていたピースがすべて埋まる瑕疵のない完璧な男女。

このふたりを祝福するために世界があるとすら思える、最高のペア。

誰しもが微笑を送らずにはいられない、光り輝くふたり。

「――ったく、目障りだな。さっさと通り過ぎればいいものを……」

その騒ぎに辟易し……そのせいか、胸のあたりでモヤモヤと吐き気のようなものが渦巻く居心地の悪さを感じて、俺は背中を預けていた窓際から離れた。

席に着いて鞄からノートと筆記用具を取り出し、軽く次の講義の予習でもしようかと思ったところ、

「やあやあ、今期の講義が始まってもう二月《ふたつき》だっていうのに、相変わらずの騒ぎだね」

そう言って隣の席に勝手に腰を下ろしたのは、下宿している学生寮《コレッジ》の寮長でもある『アレク』こと、アレックス・フォーサイトという名の男子生徒だった。

「隣、いいかな?」

「好きにすればいいさ。つーか、あんたまだこんな講義を履修していたのか?」

年齢的には二十歳を過ぎていて、そろそろ卒業を視野に入れなければならないはずなのだが、一年ぶり(三十年ぶり?)にシレントへ帰還したときも変わらずに寮にいて、変わらずに学生と寮長をやっている彼の様子に、軽い皮肉を込めてツッコミを入れる。

「いろいろと仕事が忙しくてね。それに去年までは、この講義を受け持っていた教員がバリバリの差別主義者だったので、どうにも馬が合わずに敬遠していたのさ」

「仕事? 学生組合《ユニベスシタス》のほうの仕事か?」

ちなみに彼は、貴族と平民の差別の撤廃を求める、学生組合《ユニベスシタス》のシレント方部長《ほうぶちょう》も務めていた。

「そんなところさ。皇華祭も近いので大変だよ。まあ、あれは貴族のためのお祭りなので、僕の苦

労はチケットや露店の手配とか、あと個人的なゲストに便宜を図るとか……あくまで副次的なところだけれど。君なんて大変なんじゃないのか？　なにしろ祭りの主役である大本命の〝プリンセス〟——下馬評を見るまでもなく、確実に選ばれるであろうジュリア嬢の関係者なのだから」

軽く肩をすくめて、同情の姿勢を明確に示すアレク。

自分がいなかった間も、空き部屋になっていた（同室のエリアスはそのままひとりで）寮の部屋を確保してくれていたのは感謝している。また、遅れていた講義の履修にも力を貸してくれたり、お節介にも寮の食堂で『帰還祝勝会』を開いてくれやがったことは（ありがた迷惑ではあったが）、ここに帰ってきたという望郷の念を満たす、いい区切りのイベントだったと思う。

だが、そうした流れの延長で、もともとお節介な性格だったのに輪をかけて、俺に干渉するようになってきたのは正直、余計なお世話というものだった。

「……別に。忙しいのはジルとルーカス、あとはその関係者のお偉いさんばかりだし」

あと、なぜかコッペリアが連日フル回転で、

「うおぉぉぉぉっ！　働け、クララ様の下僕ども。ナントカ祭りまで残り十日。全員特攻覚悟で馬車馬のように働くのだーっ。つーか、失敗したら自爆装置か自爆呪文で死ぬ覚悟で働けーっ‼　トランザームっ！」

「「「「ハイル、クララ様！！！」」」」

いまも思いっ切りドップラー効果を伴って、手下と廊下を駆け抜けていった。しかし、あいつは本来、学内においては部外者のはずなのだが、最近ではいるのが当然とばかりに溶け込んでいるよ

なぁ……と思いながら、俺は言葉を続ける。

「ま、どっちにしても俺みたいな庶民には、プリンスも関係ないから気楽なもんだ。寮長には借りもあることだし、俺にできることがあるなら、ひとつぐらいは手伝ってもいいくらいだよ」

「そうかい、ありがたいね。だけど、君だって巫女姫様を助けた英雄のひとりだし、それなりに注目の的で忙しいと思うんだけどね。実際、あの凱旋パレードはなかなかの見物だった……まあ、確かに巫女姫と英雄皇子が主役で、そのほかは勇者様の一行その他って感じだったよな。もっと前に出れば主役のふたり並みにもて囃されると思うんだけど、そうするつもりはないのかい？」

　普段であれば、極めて好人物であるアレクの快活な感想……なのだが、どこか冷笑を含んでいるように感じられたのは、あるいは貴族に相反する学生組合《ユニベスシタス》の方部長という肩書きに対する、俺の偏《バイ》見《アス》によるものなのかも知れない。

「ないな。面倒がなくて結構だ」

「ふーん、だけど同じ男として……同じお姫様に惚れた者同士、ルーカス殿下に劣等感や嫉妬は抱かないものなのかい？」

　そんな俺の割り切りを一笑に付すかのように、アレクはいきなりとんでもない軽口を叩いた。

「はぁぁあ!?　あんたがそんな下世話な発言をするとは思わなかったぜ、寮長」

「おや、気に障ったかい？」

「ああ、正直なところ不愉快だね」

「それは申し訳ない。さっきの『目障りだな』からの態度を見ていて、片思いに思い悩む若人《わこうど》を、人生の先達《せんだつ》として教え導かなければと思ったんだけれど」

「余計なお世話だ――いや、えらい勘違いだ。だいたいあのふたりの間に、ほかの奴が割って入る隙間なんてないだろう」

そもそも俺がジルに惚れている……まあ、そんな感情がまったくないといえば嘘になるけれど、だからといってルーカスと張り合おうとか、ルーカスを出し抜こうなんて考えたこともない。

それだったらルーカスのいなかった三十年前の世界で、ジルに積極的にアタックしていたことだろう。ジルはあれで妙に恋愛事にうとくて、脇が甘いところがあるので、ちょっと押せばなんとかなった……かも知れない。

思うにアイツに対して抱いている感情は、恋だの愛だのといった浮ついたものじゃないのだろう。ぱっと思い浮かぶアイツに対する評価は、尊敬とか畏敬とか『あいつは凄い奴だ』というものなのだから。

だけどルーカスは違う。

俺がアイツ《ルーカス》の立場なら、一年も待てないし、文字通り世界の果てまで行って見つけるなんて情熱なんぞ……仮にあったとしても持続できない。必ず途中で諦めるか妥協するかしただろう。

あいつは凄い奴だ。尊敬できるし、信頼できる人間だ。

それに、根本的にあのふたりはお似合いだと思う。見た目も身分も……そして、なによりお互いの価値観が。

あいつらは、たとえ泥に塗れても、ゴミの中からでも綺麗なものを探し出し、ささやかな喜びに心から笑うことができる人種で、それでいて、金剛石が傷付かないように、神鋼鉄《オリハルコン》が絶対にほかの金属と混じり合わないように、自分自身は無垢なまま、綺麗なままでいられる。

そんな俺の胸中での独白が聞こえたかのように、アレクが隣の席でアルカイックスマイルを浮かべる。

「ま、確かにそうかも知れないけれど。なんだか面白くないね」

「そうかい？」

「だってそうだろう。恵まれた立場の人間がより幸せを得られるのに、虐げられている人間は、そのおこぼれに与るのに汲々《きゅうきゅう》とせざるを得ない。面白くないね」

確かにそういう見方もあるだろうな。と思ったところで講師が来て、雑談は終わりになった。

だけれど、このときの会話が皇華祭での思いがけない出会いを果たし、ひいては俺の運命を大きく変える伏線になるとは、このときは予想だにできなかった。

皇華祭、『乙女砲丸投げ』の競技中。

文字通り攻城兵器に使われそうな、二十五キルグーラもあるという子供の頭ほどの砲丸をブンブンとぶん投げるご令嬢方の雄姿と、体の線が思いっ切り出る体操服を着ているせいで、動くたびにゆさゆさと揺れる胸の砲丸を保持するジルの艶姿に、思わず呆然と見惚れていた俺——というか、この場にいるほとんど全員——に、差し迫った口調で声をかけてきた男子生徒がいた。

「すまない、セラヴィ君。いまいいかな？」

「アレク——寮長？　どうかした？」

「忙しいところ申し訳ないのだが、君、確か治癒術が使えたよね？」

周りのお祭り騒ぎとは乖離《かいり》する緊迫した雰囲気に、ピンときた俺も冷静になって声を潜める。

「怪我人か、病人か？」

「怪我……だと思う。大賢者《アデプタス・メジャー》——いや、その、やんごとない身分の大切なゲストなんだけれど、可能な限り内密に治癒をお願いしたい。ほかの者には知らせずに、こっそり抜け出せないかな？」

競技中のジルや応援している関係者に注意深く視線を送る様子から、よほど徹底して周囲に知られたくない相手なのだとわかる。

「……ああ、わかった。あんたには借りがあるからな。この程度、お安い御用だ」

「すまない。助かるよ」

ほっと安堵するアレクの案内で、俺は誰にも知られないうちに、そっとこの場をあとにした。

【第六章】セラヴィの選択と競技の終了

やってきた変質者――いつかの行商人さんの説明では埒《らち》が明かない、というわけで、私たちは彼の先導のもと、ゾロゾロと連れ立って現場へと向かって歩いていました。

エウフェーミアもついてきたがったのですが、さすがに危険だということで、競技場で待機となりました。

その際に、責任者としてオーランシュ家の筆頭執事《バトラー》をしているレグルスが呼ばれ、

「あら、お久しぶりですわね、レグ……えーと、いまはエミールでしたわね？」

「あ、はい。ご無沙汰しております、マイ・プリンセス」

いろいろな段取りや感動をすっ飛ばした、無味乾燥な挨拶となってしまったのはご愛嬌です。

「お姉様、エミールとお知り合いですか？」

怪訝な表情のエウフェーミア。

「ええ、まあ。個人的に〝巫女姫〟としての、私との古い友人のようなものですわね」

「友人などと畏れ多い！　私にとって貴女様は恩人であり、まさに女神でございます‼」

と、強弁するレグルスを宥め、あとそんな彼の姿がよほど珍しいのか、エウフェーミアが呆気に取られていましたので、これ幸いと押し付けて、

「とりあえず思い出話はあとにして、ちょっと用事を済ませてきますわ」

「……わかりました。では、のちほど」

謹厳な面持ちで頷くレグルスにあとを任せて、私たちは警備の人間に囲まれながら、そそくさとその場を去ったのでした。

「で、どこに行くのですか？」

泰然と前を歩くメイ理事長に確認したところ、

「あんたとさっきの執事《バトラー》が落ち合う予定だったところ。――図書棟のところよ」

そう答えが返ってきたので、私は思わず振り返って、こちらに向かって深々と頭を下げているレグルスを、マジマジと凝視してしまいました。

と、振り返りながら歩く私を危ぶんでか、ルークがさりげなく私の手を取って、エスコートしてくれます。

「危ないですよ、ジル」

「――ありがとうございます」

「どういたしまして。ところで、先ほどのオーランシュ家の筆頭執事《バトラー》についてですが、ジルは彼のことを、その……」

なぜか歯切れ悪く、ルークがもどかしげにレグルスの話題を口に出しかけたところで、

「よし、ここから先はあたしら以外、入れないように規制をしておいて！　事前に人払いの結界は張ってあるわよね？　よし、オッケー」

メイ理事長の指示に従って警備員が散らばり、虎模様の呪的紙テープによって一帯に結界が張ら

れるなか、学園の図書棟群へと足を踏み入れる私たち。

どういう基準で選ばれたのかは不明ですけれど、私たち六人――そういえば先ほどからセラヴィの姿が見えませんけれど、買い食いでもしているのでしょうか？　――と、メイ理事長、黒髪の行商人さんが、テープをくぐって足を踏み入れる許可をいただきました。

で、さらに目標であった第二図書棟の裏へ行くと、そこはまるでドラゴンが暴れ回ったかのような、凄惨な様相を呈していました。

「うえーっ。これ、直すのにどんだけ手間と予算がかかると思ってんのよォ」

腰に手を当て、ぐるりと被害を見回して渋い表情を浮かべるメイ理事長。

ざっと見た限り、暴風にでも遭ったかのように捲れ上がった芝生と地面。人の背丈ほどもある岩が軒並み薙ぎ払われ、一抱えも二抱えもある大樹が広範囲に渡ってへし折れるという、無残な有様を露呈しています。

煉瓦造りの建物にも大半にヒビが入り、なかには半壊しているものすらありました。

「最小限の被害でとどめられると思ったからこそ、アンタに下手人の拘束を依頼したんじゃないの⁉」

そんな理事長の怒りの矛先を受けて、

「も、申し訳ございませんわ、理事長先生。まさか、あの者があの状態から私の束縛を逃れるとは、正直想像もできませんでした。これは私の失態でございます、反省しておりますわ」

「……あの、いちいち私の声音を真似て、クネクネしないでいただけますか、行商人さん？」

この期に及んで体操服とブルマのまま、両手を胸元に添える仕草で「いやんいやん」と、鼻から抜ける嬌声を上げてぶりっ子（遺物級死語）ぶる、どう見ても変態にしか見えない黒髪糸目の行商人さん。

　さすがに目にあまるため、やんわりと物申す私ですが、さすがは変態。この程度の抗議では、毛ほども動じません。

「反省だけなら誰でもできるっていうの」

　あと、ついでにメイ理事長も、ピクリともせず自然に受け答えしています。

　もしかして慣れているのでしょうか？

「ああ、その通りですわ。こんな、こんな……不甲斐ない姿を晒すことになるなんて、お恥ずかしいですわ。ああ、いたたまれません。穴があったら入りたい心境でございます」

「いや、いたたまれないのは私のほうなのですが。というか、もしかして私って傍から見ると、こんな痛いタイプなのでしょうか？」

　よよよ……と、ハンカチを取り出して涙を拭く真似をする、もっこりブルマの行商人さんを前に、自らのアイデンティティーが揺らぎまくる私でした。

「ああ、なんて恐ろしいのでしょうっ」

「私としては、行商人さんの物真似と、それを前にしても平然とされているメイ理事長のほうが恐ろしいですわ。……あの、いい加減、私ばかりがツッコミで疲れるのですが」

「普段は徹底してボケ役ですからねえ」

しみじみとした口調で、慚愧《ざんき》に堪えないとばかりに肩をすくめるコッペリア。

「つーか、アンタ。コレを見て、もっと憤慨すべきじゃないの?!」

この期に及んで、私の真似をしたまま身を震わせる行商人さんを、指さすエレン。

「こんな扮装はジル……じゃなくて、『クララ様に対する侮辱ですね。よろしい、ならば戦争だーっ！』と、普段のアンタなら吼える場面だと思うけど？」

そういえば、珍しく静かにしているわね。

「尖ったナイフじゃあるまいし、誰かれ構わず突き刺さると思っているんですか？　エレン先輩は、ワタシという人造人間《オートマトン》を誤解していますねえ」

『やれやれ、これだから無知な人間は』という口調で嘆息するコッペリア。

「……なんか腹立つわねぇ～」

「のう。詰まるところ、あれはジルの関係者であるか？」

と、リーゼロッテ様に袖を引かれて確認を受けます。いうまでもなく『あれ』というのは、ブルマを穿いた変態のことです。

「……えーと。関係者というか、師匠《レジーナ》の友人というか、なんというか……言葉に詰まりますわね」

「「なるほど、つまり関係者ということ（だね）（じゃな）。納得した」」

なぜか、私のアヤフヤな説明で納得するヴィオラとリーゼロッテ様。解せません。というか、イロモノ枠は全員私の関係者だと、頭から決めてかかられていませんか!?

「つーか、ワタシの観測機があっちのクララ様モドキも『魔力量、魔力波動《バイブレーション》、霊気、霊光とも一致する＝同一人物である』と結論を出しているので、ツッコミづらいんですよ」

「アンタの目が腐ってるんじゃない⁉」

「……いやーっ、ワタシも自己診断プログラムを走らせたんですけど、どこにも異常がないんですよね。どうしましょう？」

「『どうしましょう？』じゃないわよ。なんでこんな、一目瞭然の事実を前に悩むわけ⁉」

はっはっはっ、と他人事のように笑うコッペリアの両肩を掴んで、激しく前後に揺さぶるエレン。

そんなふたりの様子に、

「ほほほほほっ。私の変装術は完璧なのよ♪　見た目のみならず、魔術的測定や科学的観測まで瓜ふたつ。完全に偽装できるわよン」

行商人さんは小指を立てて、艶めかしいしなを作り、嬌声を放ちました。

自信たっぷりの行商人さんと、「うおおおっ、区別がつかねえ！」と思い悩むコッペリアを前に、

「――ルークぅ……。私の実態って、他人から見たらあんな風なのでしょうか？　あれならまだ、ブタクサ姫っていわれたほうがマシなのですけれど……」

思わず、手を握ってくれたままのルークに縋り付きます。

「いやいやいやいやいや！　そんなわけはありません。ジルは誰よりも素敵な、僕の最愛のお姫様ですから‼」

「つーか、ジルはたまに、誰が見ても一目瞭然の事実を前に疑問を抱くのォ」

「まあ、変に自信たっぷりなのもジルらしくはないですけどね」

明言してくれるルークに、顔を見合わせるリーゼロッテ様とヴィオラ。

心なしかルークとはお互いに、ドサクサ紛れに大事な告白をしたような気もしますけれど……。

「「本当ですか⁉　嬉しいっ！」」

私が反射的に上げた歓声と、野太い裏声が同期《シンクロ》しました。

「…………」

思わず黙りこくった私を押し退けて、

「……あの、ドサクサ紛れに僕の手を取るのはやめてもらえませんか？　いま大事なところだったんですけど」

行商人さんに無理やり片手を取られたルークが、微妙に据わった目つきでそう言い聞かせます。

と、私たちに背中を向けて、その場に屈み込んでひとしきりその場の魔力波動《バイブレーション》などを検証していたメイ理事長ですが、

「う～～ん、わかんないわね。この反応だと、いきなりこの場にSランク以上の魔物が現れて、一暴れして煙のように霧散したって感じね」

どうにも釈然としない表情で振り返りました。

「召喚術ってわけでもなさそうだし。どんな奴だったの、相手は？　あんたが取り逃がすくらいなんだから、そこいらの二流じゃなかったんでしょう？」

問われた行商人さんは、悄然と肩を落として一言。

「――妖精族《エルフ》の女でしたわ」

「妖精族《エルフ》？　ジン……いえ、半黒妖精族《ハーフダークエルフ》の男性ではなくてですか？」

予想外の答えに、思わず――いい加減にこのモノマネはやめてほしいなぁと、切に念じながら――口を挟んでしまいました。

それにしても妖精族《エルフ》とは、にわかには信じられませんわ。見間違いか、もしくは別に敵対する妖精族《エルフ》がいるということでしょうか？

困惑する私たち以上に、メイ理事長は不審の表情を浮かべて問いかけます。

「妖精族《エルフ》ぅ？　超帝国本土にいる古代妖精族《ハイエルフ》が集団でかかってきたならともかく、地上にいるただの妖精族《エルフ》に、あんたが後れを取ったっていうの⁉」

「ただの妖精族《エルフ》、というのは違いますわね。達人《アデプト》級の魔術を行使して、なおかつ蒼……邪神の神器を使いこなすのですから」

通常の妖精族《エルフ》は、魔術を邪術《ソーサリィ》といって毛嫌いするのが普通です。

その魔術を達人《アデプト》と言わしめるほど極めて、なおかつ邪神の神器をも使いこなすとなれば、それは確かにただ者ではないでしょう。

「……それが本当なら、由々しきことね。下手をすればあたしらと同等、神人級かも知れないわ」

さすがに、緊張した面持ちで呟くメイ理事長。

そんな彼女に対して、へらへら笑いを一瞬だけ収めた行商人さんが――ホッと安堵の吐息を放つルークの手を放して――近寄っていき、「つーか、あれは・チャ・の姐さんでしたわ」その耳元になにやら囁きました。

「！！？？」

刹那、これまで見たことがないほどの衝撃を受けたかのように、凍り付いたメイ理事長。

触れたらそのまま粉々に壊れんばかりの理事長の様相に、私たちも思わず息を殺して、その場にとどまるばかりです。

どれほど時間が経ったでしょうか。

「そんな馬鹿な……」

心の奥底から振り絞らんばかりの声を、メイ理事長はこぼしました。

「アイツは死んだはず……」

「――なっ⁉」

アレクに案内された、いまは使っていない学園の厩舎の一室。

あちこち隙間の開いた壁や天井から陽の光が差し込むだけの薄闇の中、待ち構えていた中性的な半黒妖精族《ハーフダークエルフ》の男が瞬く間に姿を変えるのを目の当たりにして、セラヴィは絶句するのだった。

褐色の肌は洗い流されたかのように白くなり、中途半端に尖っていた耳は大きく天を突くように尖り、漆黒の髪は煌めく金色の髪へ、錆色の瞳は宝石のようなエメラルド色に。そしてなにより、男のものだった骨格と筋肉が組み替わり、まろやかな曲線を描き出した。

幻術や目眩ましの類ではない、明確に肉体構造が変わっての〝変身〟である。

だが、これほど軽やかで完全な変貌など、見たことも聞いたこともない。

「ふふふ。この本来の姿でないと、完全に傷を癒せないわね」

ほんの数秒で変身を終えた彼——いや、彼女は婀娜《あだ》な仕草で嫣然《えんぜん》と笑った。

「エ……妖精族《エルフ》？　いや、古代妖精族《ハイエルフ》……？　さっきまで気配も魔力も、完全に半黒妖精族《ハーフダークエルフ》そのものだったはず……?!」

思わず漏れたセラヴィの声が疑問形になってしまったのは、目の前にいる妖精族《エルフ》の存在感と魔力が、通常の妖精族《エルフ》とは桁外れであるからだ。

ジルの馴染みだという、いつもルタンドゥテにたむろしている妖精族《エルフ》のふたり組はもとより、現在、大陸でも最高峰である妖精族《エルフ》の〈妖精王《オベロン》〉や、黒妖精族《ダークエルフ》の〈妖精女王《ティターニア》〉ですら、彼女の前では霞むであろう。たとえるなら、いくら似ていても、猫と虎とを見間違えるわけがないのと同じだ。

それくらい、生物としてのレベルの差が歴然と存在している。

「ふっ。我が神の神器は、その〝存在〟すら変貌させる。先ほどまでのあの姿のときは、確かに私は半黒妖精族《ハーフダークエルフ》の男であった」

完全に気を呑まれて立ちすくむセラヴィと、その背後で恭しく跪拝するアレクに向かって、猫がネズミを弄ぶような笑みを向けるその女。

「覚えておきなさい。私は妖精族《エルフ》や古代妖精族《ハイエルフ》などという、下等な存在ではない」

この時代、地上からは消えた伝説の存在である古代妖精族《ハイエルフ》をして、『下等』と見下す彼女。

「私こそが、妖精族《エルフ》の唯一の神祖である〈神聖妖精族《サンクトゥスエルフ》〉。超越者にして真なる蒼き神の妻であった者。いまの世では〈6＝5《アデプタス・メジャー》〉（大賢者）とも呼ばれる者よ」

そう傲然と言い放った彼女は、声もなく戦慄《わなな》くセラヴィに向けて、右手を差し出す。

指先まで白くて細い手だが、死闘のあとを物語るかのように、いまは細かな糸で切られたような傷がいくつも走っていた。

「私はすべての肯定者。お前のことは聞いているわ、セラヴィ・ロウ司祭」

いっそ優しげに囁く彼女。

「悔しいのでしょう。生まれ落ちた身分が」

その瞬間、セラヴィの脳裏に甦ったのは、なにげない日常で赤裸々に知らしめられる、侮蔑の言葉である。

『所詮は下級神官の息子だからな』『魔力量も頭打ちみたいだし、神童も先が見えたな』『だから〈巫女姫〉に取り入っているんだろう』

「知っているわよ、虐げられている怒りを」

『巫女姫様にまとわりつくな、貧乏人が！』『そうだ、立場を考えろ。厚かましいにもほどがある！』

『お前の代わりなんか、いくらでもいるんだっ！』

「欲しいのでしょう、あの巫女姫と呼ばれる小娘が？」

刹那、幸せそうに微笑み合うジルとルークの姿が去来した。

「いまのままでは、お前の想いはけして届かない。けれど私の手を取れば、この世にある財も身分も権勢も、思いのままよ。どんな望みもかなう。さあ、私の手を取るがいいわ。ともに手を携えて、真の自由を得ましょう」

その、恐ろしく魅力的な誘惑を前に、煩悶するセラヴィの視界の中で、白と赤に染まった右手が、だんだんと存在感を増して大きくなっていくのだった。

『——お前は俺に似ている』『気を付けろ……』

一瞬だけ、黒妖精族《ダークエルフ》の反逆者であるトニトルスの遺言が甦ったが、すぐにその言葉は小さくなって消えていった。

暗闇の中で道に迷った子供が手を引かれるように、夢うつつの表情でフラフラと、〈神聖妖精族《サンクトゥスエルフ》〉を名乗る女の右手へ縋るように手を差し伸べるセラヴィ。

「我が事成れり！」

指先が触れ合う瞬間、女の口元が妖しく吊り上がった。

「……んー……」

刹那、軽い音を立てて、厩舎にある板戸でできた窓のひとつが開き、そこからひょっこりと茶色い狐耳が覗いたかと思うと、

「うんしょ、うんしょ」

かけ声とともに、紺色のメイド服を着た小柄な少女とスプーンが一本、厩舎の中へと転がり落ちてきた。

「「「…………」」」

予想外の事態に、機先を制せられたというか、梯子を外された気持ちで、唖然と少女を凝視する一同。

ちなみに、出入り口のすべてを閂《かんぬき》で施錠しておいたアレクであったが、厩舎の窓すべてまでは手が回らず、簡単に内側から釘で止めておいたのだが、どうやら釘止めが甘い箇所が一カ所あったらしく、そこの隙間からスプーンで釘をこじ開けて入ってきたらしい。

「――くんくんっ」

そのまま周りの空気に頓着することなく、スカートから飛び出た尻尾をぱたぱたと振ると、落ちたスプーンを拾ってポケットにしまい、四つん這いのまま厩舎の枯れた藁が敷き詰められている床を嗅ぎながら、ウロウロと徘徊する少女。

「お、おい。この餓鬼っ！」

我に返ったアレクが満面に怒気を漲らせ、少女に掴みかかろうとした。

「やめろ‼」

寸前のところで、その手をセラヴィが押さえる。

「ちっ！　邪魔をするな！」

行動を制されたアレクが、反射的にセラヴィのこめかみのあたりを殴り、殴られたセラヴィも、ほぼ無意識にアレクの顔面に拳を叩き付けた。

なし崩し的に、そのまま泥臭い殴り合いに発展するふたり。

その揉み合いの最中にも、我関せずで一心不乱に床を這い回っているラナ。お互いに地面を転がりながら、上になり下になりを繰り返しつつ、セラヴィは逃げる様子のないラナに呼びかけた。

「なにをしてるんだっ、危ないからすぐに逃げろ。ラナ！」

言われた少女は、耳の向きだけをセラヴィの方向へ傾けたが、そのまま厩舎の隅に積まれていた藁の小山へと向かい、

「——うにゅ？」

小首を傾げたかと思うと、次の瞬間に目を瞠り、なにか確信を抱いた表情で、両手を使って猛烈な勢いで藁の山をバラバラにし始めた。

「……ちっ。学園の結界の外に出ておくべきだったわね。下手に魔術を使えば、即座に魔力波動《バイブレーション》をタメゴローに感知されるか」

その小さな背中を見据えて、忌々しげに舌打ちをする〈神聖妖精族《サンクトゥスエルフ》〉の女。

もっとも、魔力を使わなければいいだけのこと。こんな子供など素手でも一捻りだけどね……と、剣呑な呟きを漏らしながら一歩踏み出そうとする。

「やめろ！　子供に手を出す気か⁉」

アレクを羽交い絞めにして、動きを封じ込めていたセラヴィが悲痛な叫びを上げる。

対して女は酷薄な表情で、

「ふっ、甘い。その甘さを捨てなければ、お前の望みはかなわないわよ、セラヴィ司祭」

そう、セラヴィの叫びを切って捨てた。

「鋼鉄の意思なくして野望は達成できない。痛みのない勝利などあると思うの？　——ああ、そう

ね。ちょうどいいわ、この小娘を始末しなさい。そうしたら、お前を仲間と認めてやりましょう」

続けてそう取り引きを持ちかけられ、愕然としたセラヴィの動きが止まった。

その隙に拘束を逃れたアレクが、セラヴィとラナに険しい視線を向けるが、〈神聖妖精族《サンクトゥスエルフ》〉の女に視線で制せられ、不承不承おとなしく引き下がった。

「…………」

「さあ、やりなさいセラヴィ司祭。それでこそ、今日までのお前を超えることができるのよ」

女の誘いに対して、セラヴィは無言のまま煩悶する。

（わかっている。これは、テロリストや宗教の洗脳……一種の通過儀礼《イニシエーション》だ）

そうしながら、『神童』と呼ばれた明晰な頭脳が素早く状況を把握していた。

顔見知りの子供を殺せという命令。普通の人間であれば絶対にできない。法律以前に倫理や道徳、なによりも人の本能によって禁止されているその行為を行わせることで、真っ当な人間としての価値観を粉砕させ、代わって都合のいい〝教育〟を吹き込む手段。

それを自分に強いているのだ。

まさに、人間としての分水嶺。これを越えれば、自分は人間ではない――人でなしに堕するだろう。

だが、人の世で己の望みをかなえられないのであれば、あるいは人でなしの世界に足を踏み入れることも……。

「――ぐ……」

懐から愛用の護符を取り出して、震える指先を無防備なラナの背中へと向けるセラヴィ。

「そう。それでいいのよ」

爛々と燃える瞳でそれを見据えて、歌うように促す女。

「うしょ、うしょ！」

えっちらおっちら藁の山を崩す——崩し方が乱雑なので、一度舞い上がった藁がまた堆積して、ほとんどエンドレスになっている——ラナ。

「——つぅ……クソっ‼」

セラヴィは最後にもう一度目を閉じて、ほとんどがむしゃらに護符を放り投げた。

十枚ほどの護符が宙を舞い、六枚がラナの周囲に等間隔に落ちて六芒星を描き、残り四枚がその外側に正方形を描く。

「じっとしていろ、ラナっ！」

刹那、正方形を描いた護符から猛烈な風が吹き荒れ、逆に六芒星は守りの結界となって、ラナのいるところだけを無風状態とした。

「——ちっ！」

「やはり目先の情に流されたか、セラヴィ！」

女の舌打ちとアレクの怒号が響くなか、ラナを抱えて逃げようとダッシュしたセラヴィの視界に、風でバラバラになった藁の山の底から、いかにもな『宝箱』が現れたのが見えた。

「——ん！」

躊躇なくそれに飛びついたラナが、重そうな箱の蓋を獣人族《ソアン》の腕力で一息に開ける。

「「「な……なにィ!?!」」」

刹那、開かれた宝箱の中から赤ん坊の頭ほどもある宝玉が顔を出して、目も眩むほどの虹色の輝きが天井などの遮蔽物《しゃへいぶつ》を無視し、上空遥かまで燦然と放たれたのだった。

「しまった。この魔力は――ちっ、タメゴローのものか⁉」

盛大に舌打ちした〈神聖妖精族《サンクトゥスエルフ》〉の女の言葉に応えるかのように、遥か闘技場《コロッセオ》の方向から、

『おおおおーーっと‼ どうやら第五競技〝学園全域スプーン宝探し〟の勝者が決定したらしいぞ！ 誰が発見者だ⁉ 取材陣はすぐに現場へ向かってくださーい！ つーか、トロトロせずにマッハで向かえや‼』

司会者のバーニーJrの闊達なアナウンスが響いてきた。


夕暮れの空を塗り替えんばかりに、燦然と輝く虹色の光。それに続いて、学園の敷地内に響き渡ったアナウンスを耳にして、現場検証を終えた私たちのほか、学園内の敷地内に散っていたほかのチームの参加者や関係者も、メイン会場である闘技場《コロッセオ》へと三々五々戻ってきました。

盛り上がっている会場へ足を踏み入れると、一抱えほどもある虹色の宝玉を掲げたラナと、ラナを肩車して会場全体に誇示しているセラヴィの姿が目に入ってきます。

『〝学園全域スプーン宝探し〟。スプーン一本で、広大な学園内のどこかに隠されている宝玉を探し出すという、運営委員も事実上不可能と見なしていた試練をやり遂げたのは、なんと巫女姫様の代理人、ちっちゃな侍女のラナちゃんだ〜〜っ！』

途端、津波のような怒涛の拍手と歓声が沸き起こり、あまりの迫力に肩車されているラナが目を白黒させてひっくり返りそうになり、慌ててセラヴィの頭にしがみ付きました。

知らない間に随分と仲よくなったのね〜。もしかして、セラヴィの姿が見えなかったのは、こっそりラナのフォローをしてくれていたからでしょうか？　ふふ、照れ屋なんだから……。

と、微笑ましく思いながら、闘技場《コロッセオ》の選手用の出入り口からその様子を窺います。

『ちなみに〝学園全域スプーン宝探し〟の獲得ポイントは、勝者の総取りで二百ポイント！　先ほど『自由形お手玉《ジャグリング》』で一気に暫定一位に躍り出た白組ですが、この結果により、最終競技である〝学園乙女拳闘会〟を待たずして、紫組ジュリア様の優勝が決定しました‼』

えっ、そうなんですの⁉　というか〝乙女〟って名称を付ければ、なんでもいいと思っていませんか？

「なによそれ⁉　ズルい、インチキよーーっ！」

と、またもや結果に激昂するエステル。

感情的にも釈然としないのはわかりますが、今回はきちんとした規定の中でのお話です。

私もなんとなく棚ボタの優勝で、いいのかしら？　と思いますけれど、案外、ほかのプリンセス候補や観客も納得しているみたいで、早々と『プリンセスおめでとう、クララ様！』の横断幕が、観客席に掲げられていました（絶対にコッペリアの仕込みですわね）。

まあ、確かに最終競技が女子力（物理）のぶつけ合いという血生臭いものになる予定でしたので、私としてはこれを回避できるとなれば、否も応もありませんけれど。

ふと、強い視線を感じてその先をたどってみれば、魔導甲冑の人の代わりに宝探しにいっていた侍女頭のゾエさんも戻られたみたいで、どこか荒んだような……いっそ殺意の籠もったともいうべき目で、私やラナ、セラヴィを睨んでいました。

それだけ真剣に競技に臨んでいたのですわね。そのせいでしょうか、どことなく全身が疲れたような、生彩のない雰囲気を醸しています。

「――ま、とりあえず、殊勲者であるラナを褒めてあげないといけませんわね」

いつまでも他人事としているわけにも参りません。

気合を入れ直した私は、競技場の中心で待つふたりのもとへと歩き出しました。

『おおっ、ご覧くださいっ、この場に我らがプリンセス、二代目巫女姫様がお戻りになられました！　会場の皆様、道を開けてください！　押さないで、押さないで……押すなっつってんだろう！』

【終章】後夜祭の夜と突然の告白

今宵は、月が綺麗だった。

銀板のような満月が雲ひとつない夜空に浮かび上がり、冴え冴えとした光を放っている。俺は中庭の中央にある噴水の縁へ座って背中を預け、制服の肘を載せて、ゆらゆらと揺れる水面に映る銀影を横目に眺めながら、慌ただしかった今日一日の騒ぎと祭りの余韻とに感慨深く浸っていた。

『それでは、栄えあるミス皇華祭の〝プリンセス〟に入場していただきましょう。オーケーオーケー！　騒がない騒がない。もうわかっているね!?　おう、その通り!!　下馬評通り、ほとんどの分野で圧倒的なプリンセス・パワーを発揮して、蓋を開けてみれば他の追随を許さなかった、プリンセス・オブ・プリンセス！　我らが誇る愛しの巫女姫様、ミス・ジュリア・フォルトゥーナ・クレールヒェン・グラウィス嬢だーーーーっ!!!』

後夜祭とあって、残っているのは学園生と一部の関係者だけだが、それでも怒涛のような歓声が沸き起こるなか、清楚な純白のイブニングドレスを纏ったジルが、恥じらいながらも満面の笑みで、中庭に設えられた野外会場へと姿を現した。

その超絶な美貌のお陰で、学生が用意した安物のティアラも、国宝のように輝いている。

『続いてミスター皇華祭〝プリンス〟だが、こちらはなんと同率一位で、真っ二つに票が分かれる結果となってしまいました。皇華祭始まって以来の椿事《ちんじ》だ！』

途端、随所で不穏な囁きが始まり、カーペットの上を歩いていたジルも、困惑した表情で歩みを止めた。

『――で、双方の話し合いの結果、一方の当事者であるヴィオラ様が棄権される意思を表明され、もう一方が〝プリンス〟と認められました！　――そこっ。先に名前を口に出さない！　けどまあ、もう予想はついているね。その通～りっ。この方なら〝プリンセス〟のエスコート役として文句なし！　押しも押されもしない王子様！　この組み合わせは皇華祭の伝統に残る――いや、あとにも先にもないであろう空前絶後、唯一にして無二。不滅の光芒を放つ金字塔！　このカップルのために皇華祭が存在したといっても過言ではない。そうです、ルーカス・レオンハルト・アベル殿下ですっっっ!!!』

その瞬間、先ほどよりも一際大きな拍手と歓声、野卑な口笛の音が、一斉に夜の帳《とばり》を打ち砕く。

ジルから見て反対側の出入り口から、こちらも純白のタキシードを着たルークが、こちらは晴れがましい表情を浮かべ、うっとりするほど優しい眼差しを、反対側で待つジルへと注いだ。

やがて歩みを進めたふたりは、それが当然であるかのように合流して、ルークのエスコートのもと、手に手を取って舞台の中央へと進み出てきた。

それと同時に待機していた楽団が、ダンスのための曲を演奏し始める。

『では、皇華祭の最後を締めくくるダンスパーティの開始だ！　まずはプリンセス、プリンスの踊りにご注目ください‼』

言われるまでもなく、ふたりとも水を得た魚のように、優雅に……ため息が出るほど甘く美しいダンスを披露するのだった。

後夜祭の華であるダンスパーティが始まって、どのくらい経っただろうか。

俺は相変わらず噴水に寄りかかり、たまにメイド役の女子生徒（多分、平民なのだろう）が通りかかるのを捕まえて、ワイングラスに入ったワインをちびちびやっていた。色取り取りのドレスによって、大輪の花が咲いたようなダンス会場から漂ってくるざわめきと楽団の演奏、傍らで披露される隠し芸による喝采の声を肴にして、何杯目かのグラスを空けた俺は、いい加減手持ち無沙汰になったのを自覚して、さてどうするかなと考えた。

（せっかくのタダ酒、タダ飯なので、ここで夕飯を済ましていっちまうか。けど、酒はともかく飯のほうは反対側だしなぁ……）

立食形式で、各自が好きなものを摘まめるようにと、サンドイッチから、ウミガメ丸ごと一匹を使ったご馳走、若鳩のパイ、野鳥の肉団子、各種プディング、デザートにアイスクリームまで揃っているが、ありつこうと思うと、華やかな会場の貴族たちが群れている領域を通らなければならない。

それも面倒なので、このまま酒だけ飲んで、空きっ腹を抱えて帰って寝ちまおうか……そう、半ば覚悟を決めたところへ、大きな銀のトレーを抱えたメイドが通りかかった。

「――ん？　随分と隅っこで黄昏てるわね、愚民」

「……お前か、コッペリア」

メイドとは思えない傲岸不遜な態度で接してくる、見た目同年代の人造人間《オートマトン》の憎まれ口にげんなりと返す俺だけど、心地よい余韻とざわめきが破られたのが不快なのと同じくらい、思いがけずに安堵していることを自覚して驚いた。

どうやら会場の空気にあてられて、俺としたことが人恋しい気持ちになっていたらしい。

（……やっぱ似合わないな。さっさと退散するに限るか）

この場から立ち去ろうと腰を浮かせかけた俺だけど、その機先を制する形で眉をひそめたコッペリアが、俺の傍らに転がっている空のシャンパングラスやワイングラスを手早く回収して、代わりに美味そうな匂いを放つ料理を並べ始めた。

サーモンのマリネにハムと卵のサンドイッチ、鳥もも肉のローストにウズラのパイ、焼きブレッド・プディングにチーズに焼き菓子、ついでに飲み物として、酒ではなくてミルクのコップが添えられる。

「ふっ。神童などと呼ばれても、所詮は無知な愚民ね。ろくすっぽ食事もせずにアルコールばかり摂取していると、健康と成長を阻害するということも知らないとは。とはいえ、ほかになんの能もない愚民が体を悪くしたら本気で使い道がないんで、これでも食べて健康の維持増進を図るように、格別の情けをかけてやるわ」

文句を言おうにも鼻腔をくすぐる匂いに抗し切れず、俺は無言のままコッペリアの好意（？）に甘えることにした。

一口食べたらあとは歯止めがかからず、無我夢中で手掴みのまま、ご馳走を掻き込む。

そんな俺の様子を鼻白んだような表情で見ていたコッペリアだが、

「……品のない。まあ、だけど愚民にしては、今回は頑張ったほう。ラナぽんも喜んでいたし、クララ様も安堵されておられた。今後もコンスタントにこの程度はできるようになればいいんだけど、まあ一層の精進を期待するわ」

最後のチーズを食べてミルクを飲み干したところで、そんなことを付け加えた。

料理を持ってきたことといい、食べ終わるまで待っていたことといい、もしかして……まさかとは思うけど、手放しで俺のことを褒めているんじゃないかな、こいつ⁉

コッペリアの、文字通り人形のように整った顔を、思わずまじまじと凝視したところ、「――へっ」と、こちらの心中を察したかのように鼻で笑われた。……うん。気のせいだった。

「おーい、セラヴィくーん！」

と、そこへ子犬のように駆け寄ってきたのは、同じ寮で同室のエリアスである。

「こんなところにいたのかい？　君のことだから、もう寮に帰っちゃったかと思ったよ」

実はいま帰ろうと思っていたんだ、と口には出さずに無言で軽く肩をすくめて、どうとでも取れるような曖昧な反応をしておいた。

「そういうお前は、誰かを捜していたみたいだけど……ああ、例の幼馴染みを誘ってダンスでもするつもりでいたのか？」

ふと思い付いてそう冷やかすと、エリアスは笑顔のままその場に凝固して、ハラハラと落涙するのだった。

周囲の喧騒を余所《よそ》に静寂が落ちたこの場所で、エリアスの存在などミジンコほども眼中に入れていないコッペリアが、カチャカチャと傍らの食器を片付けている音だけが響く。

「あー……悪かった。俺がいろいろと無神経だった。すまん」

思いがけずに祭り気分で浮ついていたのか、それとも意外とさっきの酒が利いているのか、らしくもない失言だったのに気付いて、俺は素直に詫びた。

「あー、いや、いいんだよ。そういう運命なんだ……初恋は実らないっていうし……ね」

肩を落としながらも健気に笑うエリアスのなにげない一言が、なぜか胸に突き刺さった。

『初恋は実らないっていうしね』――子供の頃の思い出の少女ではない。なぜかいまのジルの顔が浮かぶ。

俺のそんな内心など知る由もないエリアスは空元気を出して、あははは……と笑いながら、

「……まあでも、どうせ失恋するなら、格好悪くても告白してから玉砕したかったなぁ」

「ん……ああ、そうだな。いっそいまからでも、気持ちを伝えてくればいいんじゃないか？」

俺にしては珍しく（自分でも意外に思いながら）、なぜか自然とそんな言葉がこぼれていた。

「そ、そんなことはできないよ！　アナベルの気持ちはもうわかったんだし、そのうえで僕の気持ちを押し付けるなんて、ただ自己満足なだけじゃないか。アナベルが困るだけだよ！」

とんでもないとばかりに両手を振るエリアス。

こいつ、へたれかと思いきや意外と男気があるんだな、とその言い訳を聞いて感心してしまった。

「そ、それよりも――」

いつまでもここにいると、その話題を蒸し返されると危惧したのか（もうその気はないんだけど）、

エリアスは周囲を見回して早口で尋ねる。

「寮長を捜しているんだけど見当たらないんだ。どこに行ったのか誰も知らないみたいだし、セラヴィ君は見てないかな？」

「――っ！？！」

　途端、脳裏に甦ったのは、アレク――アレックス・フォーサイトの人畜無害そうな笑顔と、学園の厩舎の一室で〈神聖妖精族《サンクトゥスエルフ》〉を名乗った女に絶対の忠誠を誓い、怒りに任せてラナを殺そうとしたみにくい素顔だった。

　そのラナは今回の殊勲賞ということで、代わる代わるやってくる見知らぬ相手に褒められ、撫でられ、食べきれない料理を与えられて困惑しているのが、人の輪の向こう側に見える。

　両手いっぱいに抱えた食料にふらついて、倒れそうになった……ところを間一髪で支えたのは、見る者を圧倒する巨大な魔導甲冑――ブタクサ姫だった。って、あの甲冑が自発的な行動を起こしたところなんて、初めて見たぞ。

　ラナのほうは異様な風体にも慣れたのかぺこぺこと頭を下げ、魔導甲冑のほうはなにかもの言いたげに突っ立っている。……もしかして、知り合いなのか？　と思ったところへ、お互いの関係者である、こちらはメイド服を着たエレンと、あちらはゾエとかいうオーランシュ家の侍女頭がやってきて、簡単に一言二言挨拶をして、お互いを引っ張っていった。

「……さて。アレクはどこに行ったのやら。俺にはわからないな」

　そんな光景を眺めながら、俺は端的にそう答えるしかなかった。

「そっかー。ごめんよ、邪魔して。じゃ」

気にした素振りもなく、踵を返すエリアス。

『多分、もうアレクは戻ってこないと思うぞ――』

その背中にそう言いかけて……詮《せん》ないことと思い直してやめた。アレクにしろあの〈神聖妖精族《サンクトゥスエルフ》〉の女にしろ、とっくに俺たちの手の届かない場所に逃げていることだろう。

そう物思いに耽りかけたところで、ふと視線を感じて見てみれば、コッペリアが空いた皿やグラスを載せたトレーを片手で抱えた姿勢のまま、黙然と俺の顔を眺めている。

「……なんだよ？」

「〝アレク〟とかの話題が出た瞬間に脈拍と発汗量が一気に増大して、呼吸にも乱れが生じたのを確認したため、脳卒中かなにかでポックリ逝くのかとスタンバイしていただけなので、気にしないように」

「――ふん。余計なお世話だ。いまは平常値に戻っているだろう？」

「まあね。ま、愚民がストレスを溜めようが隠し事をしようが自由だけど、クララ様の不利益になる嘘だけは看過できないので、そのつもりで肝に銘じるように。つーか、殺すので」

当然のように殺害予告をするコッペリア。隠し事をしているのに気付いているのか？　こいつ、呆けているのか鋭いのか、いまいち掴みどころがないよなぁ……。

と思って密かに舌を巻いていたところへ、ちょうど話題の人物――この後夜祭の主役が、屈託のない笑顔でやってきた。

「あら、セラヴィ。こんなところにいたの？　せっかくなので、貴方も踊ればいいのに」

シンプルなドレスがなによりも似合う。宵闇の中にあってすら、鮮烈に光り輝くような絶世の美貌のお姫様であるジルが、周囲の目を気にすることなく、真っ直ぐに俺のほうへと向かってくる。

「……生憎とダンスに誘うパートナーもいないし、それにこの格好《なり》じゃなぁ」

いつもの一張羅である、古着の制服の袖を引っ張ってみせる。

制服も正装の一種ではあるので、ギリギリこの場でも浮いていないが、積極的にダンスを楽しもうと思う連中は、この日のために気張った衣装を用意しておくのが普通だ。

俺みたいな貧乏神官は、こうして会場の片隅で、ご馳走や酒のご相伴に与るのがデフォルトってものさ。

そう答えると、ジルはいつもののほほーんとした笑顔のまま小首を傾げて、

「学生のお祭りを楽しむのですから、別に問題ないと思いますけれど？　それに最初の頃はともかく、途中からは一般の学生も羽目を外して、ダンスに参加していますわ。かくいう私も、制服の男子生徒何人かに誘われて、一曲ずつ付き合いましたし」

でも、さすがに踊りっ放しで疲れたので、ちょっとおサボりしにきちゃいました。と、悪戯っぽく笑いながら、躊躇なく俺の隣へ来て噴水の縁に腰を下ろすジル。

冴え冴えとした月の光に照らされて、輝く水面を背景にしたその姿は、まるで神話の一節を切り取って絵にしたような、この世のものとも思えないほど幻想的な光景だった。

「クララ様、なにかお召し上がりになりますか？　それとも、お飲み物を用意いたしますか？」

邪魔な食器やグラスが満載されたトレーを、通りかかった学園の女子生徒が扮するメイドにほとんど無理やり押し付けて、手すきになった本職のメイドが、ジルの隣に侍って尋ねる。

「……う～ん？　では、なにか飲み物を――お茶があればお願いできるかしら？」

「お任せください。青茶《あおちゃ》――金萱茶《きんせんちゃ》が手元にございます」

「金萱？　ああ、烏龍茶の種類ね。ちょうどいいわ」

もはや、突っ込みを入れる気にもならない手際でコッペリアはナプキンを広げ、どこからともなく取り出した茶器一式と茶葉、沸騰したケトルで、お茶を淹れ始めた。

「……ふう。美味しいわ」

満足そうに、小さなカップでお茶を飲むジル。

「――どうかされましたの、セラヴィ？　先ほどからずっと、私の顔をご覧になっているようですが？」

そう怪訝な表情をされたところで、やっと俺は自分がそんなジルの一連の様子に、ずっと見惚れていたことに気付いて狼狽した。

「な、なんでもない。ただ、その……今日は月が綺麗だと思っただけさ」

思わず、そんな馬鹿なことを口走っていた。

なにが「月が綺麗」だ。そんなの「今日はいい天気ですね」と変わらないじゃないか！

気の利いた台詞のひとつも言えない自分に自己嫌悪……しかけた俺だったけれど、ふと、ジルの様子がおかしなことに気付いた。

なぜか頬を真っ赤に染めて、無言で恥じらっている。

「――あー、その、俺、なんか変なことを喋ったか？」

ついそう尋ねると、

「いえ、そういうわけでは。私が勝手に意識しただけで……本当に気にしないでください！」

なぜか泡を食って、必死にもたついている。

「？　そう言われると、なおさら気になるんだけど……」

思いっ切り怪訝な視線を向けると、ジルは「う～～……」と呻いていたが、観念した表情で視線を外して、小さく囁くように答えてくれた。

「……えーと、その、遠い異国で翻訳された小説の中にある、男性が女性に『貴女を愛しています』という文言を、翻訳者が『月が綺麗ですね』と表現を変えたのです。それ以来、その国では『月が綺麗ですね』という言葉は、『貴女を愛しています』という意味の暗喩になったわけですの」

ああ、なるほど恥じらうわけだ。

「すみません。ちょっとお祭り気分で、おかしなことを考えてしまっただけ……ですので。セラヴィにそんな意図がないことは、重々承知していますから」

「いや、そんなことはない」

必死に否定して誤魔化そうとするジルの姿を見ていたら、俺の心の中のタガが、一本どころか二十～三十本まとめて吹き飛んだ。

酒のせいかも知れない。いろいろあって興奮しているのかも知れない。直前にあったエリアスとの会話がきっかけになったのかも知れない。それとも、満月の魔力によるものかも知れない。

とにかく、俺は気付いたときには口に出していた。

「俺はジル、お前が好きだ！　友達としてとかじゃなくて、男としてお前を愛している。誰にも渡したくない。たとえ相手が帝国の皇子様であっても、この気持ちは揺るがない！」

そう、思いの丈を告白した。

「――それは僕も同じだよ」

と、呆然としているジルの背後から、決然とした表情の色男――帝国の直系帝孫にして、ジルの婚約者を自認するルーカス……ルークが静かに歩み寄ってきた。

おそらくは、ジルの姿が見えないのを心配して捜しにきたのだろう。

ジルは気付かなかったみたいだけれど、コッペリアは気付いていて、俺が告白しようとした……その空気を察し、俺が口を開きかけたのを制していたのはわかっている。

そのルークも、真っ直ぐにジルを見据えてはっきりと口に出した。

「この僕、ルーカス・レオンハルト・アベルは、ジル、貴女を愛しています。ずっと貴女だけを見て、貴女だけを愛していました。この気持ちは誰にも負けませんっ‼」

互いの視線が空中で激突する。

で、肝心のジルはといえば、混乱の極みのなか、

「……これは考えるのをやめた顔ですねー」

思いっ切り目と口を丸く見開いた埴輪と化しているようで、様子を確認したコッペリアが、一言

コメントした。

（第十一巻　了）

【キャラクターデザイン公開】

「あんたはあんたらしく真っ直ぐに、自分の信じた道を通っていきなさい」

メイ・イロウーハ

リビティウム皇立学園の理事長。世界最強の魔女たる生きた伝説と呼ばれる。遥か昔《神魔聖戦《フィーニス・ジハード》》当時から姿を変えずに存在している……らしい!?

キャラクターデザイン：高瀬コウ

あとがき

　世間では新型コロナウイルスの影響で、出かけることもままならない状況ですが、この本が出版される頃には終息宣言が出されていることを期待しつつ、いつもご愛読ありがとうございます、佐崎一路です。ここのところ書き下ろしが続いた『リビティウム皇国のブタクサ姫』ですが、今回は久々にＷＥＢ版をもとに加筆修正を行いました。そして、ちょっと雰囲気を変えての学園編です。

　いや、実はＷＥＢ版に書いたときにも、学園編は書きたくなくて書きたくなくてしょうがなかったのですよね。なぜかといえば、異世界転生ものって、判で捺したかのように『学園生活』と『冒険者ギルド活動』があるので、書きたくなかったのですよ！　オンリーワンを目指したかったのですが、だけれど普通にウケているんですよ、定石通りの作品のほうが！　なんか負けた感が強いのですが、ともあれ頑として『冒険者ギルド活動』は書かないようにして、『学園編』についても最低限にしていたのですが、当時、第四巻でまりも様が描かれた皇立学園の制服がドストライクだったため、なし崩しに学園編の続きを書きたくなり、結果が今回の話になっています。

　では、あとがきも残り少ないので、毎回お世話になっています、編集並びに出版に携わった皆様に心よりの謝辞を。また、毎回、細かい注文に嫌な顔もせずに応じてくださった高瀬コウ様、ありがとうございます。

　そして毎回、この本をお手に取ってくださる読者の皆様に、心よりの感謝を捧げます。

佐崎一路

リビティウム皇国《こうこく》のブタクサ姫《ひめ》11

2020年7月3日 初版発行

【著　　者】佐崎一路

【イラスト】高瀬コウ
【キャラクター原案】まりも
【地図イラスト】福地貴子
【編　　集】株式会社 桜雲社／新紀元社編集部／堀 良江
【デザイン・DTP】野澤由香

【発行者】福本皇祐
【発行所】株式会社新紀元社
〒101-0054　東京都千代田区神田錦町1-7　錦町一丁目ビル2F
TEL 03-3219-0921 ／ FAX 03-3219-0922
http://www.shinkigensha.co.jp/
郵便振替　00110-4-27618

【印刷・製本】株式会社リーブルテック

ISBN978-4-7753-1849-2

※本書は、「小説家になろう」(http://syosetu.com/)に掲載されていたものを、改稿のうえ書籍化したものです。